알렙

EL ALEPH
by
Jorge Luis Borges

Copyright © Maria Kodama 1989

Korean translation Copyright © 1996 Minumsa Publishing Co., Ltd.

This Korean translation edition is published by arrangement
with MARIA KODAMA, executrice of the estate of Jorge Luis Borges
c/o Aitken, Stone & Wylie Ltd., London
through Eric Yang Agency, Seoul.

이 책의 한국어판 저작권은 Eric Yang Agency를 통해
Maria Kodama c/o Aitken, Stone & Wylie와
독점 계약으로 (주)**민음사**가 가지고 있습니다.

저작권법에 의해 한국 내에서 보호를 받는 저작물이므로
무단 전재와 무단 복제를 금합니다.

알렙

호르헤 루이스 보르헤스 지음
황병하 옮김

민음사

차례

죽지 않는 사람들 —— 7
죽어 있는 사람 —— 38
신학자들 —— 48
전사(戰士)와 포로에 관한 이야기 —— 66
따데오 이시도로 끄루스(1829-1874)의 전기 —— 75
엠마 순스 —— 83
아스테리온의 집 —— 94
또 다른 죽음 —— 100
독일 진혼곡 —— 114
아베로에스의 추적 —— 127
자이르 —— 145
신의 글 —— 163
아벤하깐 엘 보하리, 자신의 미로에서 죽다 —— 172
두 왕과 두 개의 미로 —— 188
기다림 —— 190
문턱의 남자 —— 197
알렙 —— 207

후기 · 241
1952년의 추신 · 243
해설 · 245
작가 연보 · 253
작품 연보 · 255

죽지 않는 사람들

솔로몬은 말한다. 〈지구 아래에 새로운 것은 없다〉고. 따라서 플라톤이 생각했던 것처럼 〈모든 지식은 단지 회상일 뿐이다〉. 이에 응해 솔로몬은 자신의 격언을 말한다. 〈모든 새로운 것은 단지 망각의 결과일 뿐〉이라고.

프란시스 베이컨:『에세이』58.[1]

1929년 6월 초 런던, 이스미르[2] 출신 골동품상 조셉 카르타필루스[3]가 뤼생즈 공주[4]에게 소형 4절판으로 된 포프[5]의 여섯 권짜

---

* 이 책의 대부분의 각주는 역자의 주이다. 저자의 주일 경우에는 〔원주〕라고 표기한다.

1) Francis Bacon(1561-1626): 영국의 철학자이자 법학자. 이 부분은 그의 『에세이』 58, 「세상의 흥망성쇠」에 나오는 부분이다.
2) Izmir: 스페인어로는 에스미르나 Esmirna, 영어로는 스머르너 Smyrna로 표기되는 에게 해 연안에 있는 터키의 항구 이름.
3) Joseph Carthaphilus: 가공의 인물이지만 이 작품의 주제인 불사성(不死性)과 관련하여 로저 웬도버 Roger Wendover(13세기경)의 연대기에 나오는 주인공 카르타필루스를 암시케 한다. 소위 〈방황하는 유태인〉이라 불리는 이 유태 설화적 인물은 예수로부터 자신이 재림하게 될 때까지 기다리라는 명령을 받는다. 그는 백 세까지 살았다가 다시 삼십 세가 되어 세상의 마지막 날까지 그 나이에 머물러 있게 된다.
4) 보르헤스의 친구인 리디아 요베라스 Lidia LLoveras로 포시니 뤼생즈 Faucigny Lucinge 왕자와 결혼해 뤼생즈 공주의 칭호를 갖게 된다. 카르타필루스라는 가공의 인물과 뤼생즈 공주라는 실존의 인물을 혼용하고 있

리 『일리어드』(1715-1720)를 사도록 권했다. 공주는 그것들을 구입했다. 책을 받으면서 그녀는 그와 몇 마디 말을 나누었다. 그녀가 우리에게 들려준 바에 따르면 그는 회색 눈과 회색 구레나룻 수염, 그리고 아주 야릇한 인상을 가진 흙빛의 노쇠한 사람이었다. 그는 여러 개의 언어를 유창하게, 그러나 엉망으로 구사했다. 그는 몇 분 사이에 불어에서 영어로, 영어에서 살로니카식 스페인어와 마카오식 포르투갈어가 혼합된 언어[6]로 옮겨가곤 했다. 10월, 공주는 〈제우스〉호에 탔던 여행객으로부터 카르타필루스는 이스미르로 가는 도중 배 안에서 죽었고, 이오스 섬[7]에 묻혔다는 소식을 들었다. 그녀는 『일리어드』의 마지막 권에서 이 원고를 발견했다.

원본은 영어로 씌어 있는데 라틴어식 표현들이 도처에 깔려 있다. 우리가 보여주고자 하는 이 글은 원본을 그대로 옮겨온 것이다.

는 것은 환상적 사실주의의 한 방식이다.
5) Alexander Pope(1688-1744): 영국의 시인이자 수필가. 『비평에 관한 에세이』, 『인간에 관한 에세이』 등의 저술도 남겼지만 『일리어드』와 『오디세이』의 번역으로 더욱 유명하다.
6) 살로니카Salonika는 그리스의 항구 이름이다. 이 지역은 스페인에서 쫓겨난 유태인들이 많이 이주했던 곳으로 그들은 스페인어와 히브리어가 혼합된 방언을 썼다. 마카오는 포르투갈의 식민지인 중국 남동 해안의 도시를 가리킨다. 따라서 살로니카에서는 부분적으로 히브리식 스페인어가, 그리고 마카오에서는 포르투갈어가 쓰였다.
7) Ios: 그리스의 섬 이름으로 호머가 묻혔던 곳으로 알려져 있다. 따라서 이 작품의 주제와 관련하여 카르타필루스가 여기서 죽었다는 것은 암시적 의미를 갖게 된다.

1

　내가 기억하는 한 나의 고난은 디오클레시아노 황제[8] 치하 때 테베스 헤카톰필로스[9]에 있는 한 정원에서 시작되었다. 나는 (공을 세우지는 못했지만) 최근에 있었던 이집트 전쟁에 참전했었고, 홍해를 마주보고 있는 베레니체[10]에 주둔한 군단의 군단장으로 복무하고 있었다. 열병과 마술이 정신없이 칼에 미쳐 있던 많은 사람들의 목숨을 앗아가 버렸다. 마우리타니아[11] 사람들은 전쟁에서 패했다. 전에 반도들이 점령했었던 도시들은 지옥의 신들[12]에게 통째로 헌납되었다. 진압된 알렉산드리아[13]는 로마 황제의 관용을 구했지만 허사였다. 1년이 지나지 않아 로마의 군단들은 승리를 알렸다. 그러나 나는 겨우 전쟁의 신인 마르스의 얼굴만 슬쩍 보았을 뿐이었다. 이러한 소외감은 나를 고통스럽게 만들었고, 그리고 아마 그것이 공포스럽고 광활한 사막을 헤매 비밀에 묻혀 있던 〈죽지 않는 사람들의 도시〉를 발견하도록 하는 자극을 주었는지도 몰랐다.

---

8) Diocleciano, Gaius Aurelius Valerius(245-313) : 284-305년 사이의 로마 황제. 296년 그는 군대를 이끌고 가 이집트에서 반란을 일으킨 아킬레우스를 진압했다.
9) Thebes Hekatompylos : 그리스 비오띠아 지역의 한 구역으로 옛날에는 비오띠아의 수도였다. 흔히 테베스라고 불리운다.
10) Berenice : 이집트 남쪽에 있는 도시의 이름.
11) Mauretania : 북부 아프리카에 자리잡고 있던 옛 왕국의 이름으로 현재 모로코와 알제리의 일부가 그곳에 해당된다. 실제로 이 왕국은 디오클레시아노 황제 시절 로마에 대해 반란을 일으켰었다.
12) 원문을 그대로 번역하자면 〈플루토(지옥의 신)의 신〉들이지만 지옥의 신들로 의역했다.
13) Alexandria : 이집트의 중심 항구 이름.

이미 앞에서 언급했던 것처럼 나의 고난은 테베스의 한 정원에서 시작되었다. 그 날 밤 내내 나는 잠을 이루지 못했다. 왜냐하면 나의 가슴 속에서 어떤 것이 전쟁을 벌이고 있었기 때문이었다. 새벽이 되기 조금 전 나는 침상에서 일어났다. 나의 노예들은 잠에 빠져 있었다. 달은 끝없는 모래사장과 비슷한 빛깔을 가지고 있었다. 탈진하고 피범벅이 된 말에 탄 어떤 사람이 동쪽에서 오고 있었다. 나로부터 몇 발자국 떨어진 곳에 도달한 그가 말에서 굴러떨어졌다. 그는 희미하지만 강인한 음성의 라틴어로 도시의 성벽들을 씻어내고 있는 강의 이름이 무엇이냐고 물었다. 나는 비가 살찌게 해준 〈이집트〉라고 대답했다.[14] 「내가 찾고 있는 또 다른 강은」 그가 슬프게 대꾸했다. 「인간을 죽음으로부터 정화시켜 주는 그런 비밀의 강이지요」 그의 가슴에서는 검붉은 피가 뿜어 나오고 있었다. 그는 자신의 고국이 갠지스 강[15]의 다른편 쪽에 있는 어떤 산이고, 그 산에서는 만일 세계가 끝나는 서쪽 끝까지 걸어가면 영생을 주는 물을 가지고 있는 어떤 강에 도달하게 되는 걸로 알려져 있다고 말했다. 그는 강의 아래쪽 하구에는 요새들과 원형극장들과 사원들이 즐비한 〈죽지 않는 사람들의 도시〉가 세워져 있다고 덧붙였다. 동이 트기도 전에 그는 죽었지만 나는 이미 그 도시와 그곳의 강을 찾기로 마음의 결단을 내렸다. 형리에게 심문을 당한 몇몇 마우리타니아인 죄수들도 그 여행자의 이야기를 사실로서 확인해 주었다. 어떤 죄수는 그곳을

---

14) 비가 살찌게 해준다는 것은 이집트가 홍수로 인한 나일 강의 범람으로 비옥한 옥토를 가지게 되었다는 것을 가리킨다.

15) 인도에 있는 강 이름으로 힌두교도들은 여기서 몸을 씻으면 죄가 사해진다고 믿는다.

지구의 끝에 있는 엘리시아 평원[16]으로 기억했다. 그곳에서는 인간의 생명이 끝없이 지속된다. 어떤 죄수는 그곳을 팍톨루스 강[17]이 시작되는 산꼭대기들로 기억했다. 그곳의 거주자들은 1세기에 걸친 장수를 누린다. 나는 로마에서 인간의 목숨을 늘리는 것은 그의 고통을 가중시키고 그의 죽음을 배가시키는 것이라고 생각하는 철학자들과 이야기를 나누었다. 내가 전에 한때나마 〈죽지 않는 사람들의 도시〉가 존재한다고 믿었었는지 알 수가 없다. 어찌됐든 그때는 그곳을 찾는 일만으로 족했다. 제툴리아의 총독 플라비우스[18]는 그 작업을 수행할 수 있도록 내게 200명의 군인들을 내주었다. 나는 또한 길에 밝다고들 했으나 제일 먼저 도주를 해버렸던 용병들까지 모집했다.

나중에 일어났던 사건들은 우리들의 여행 초기에 얽힌 기억들마저도 설명이 불가능할 정도로 변형을 시켜놓았다. 우리들은 아르시노에[19]에서 출발하여 불타오르는 사막으로 들어갔다. 우리들은 뱀을 통째로 삼키고 언어 교환에 무지한 유인원들의 나라를 가로질러 갔다. 이어 자신들의 부인들을 공동으로 소유하고 사자를 먹고 사는 가라만티스 족[20]의 나라와, 단지 타르타루스[21]만을

---

16) 엘리시아 평원이란 그리스 신화에서 신들로부터 불사의 생명을 부여받게 될 영웅들이 가게 되는 지상낙원을 가리킨다.
17) Pactolus : 이스마르 만에 있는 제디스 강으로 흘러 들어오는 옛 리디아에 있는 소아시아 지역의 강 이름.
18) Flavius : 로마의 유명한 가문으로 알려져 있음. 여기서 그 가문의 사람을 가리키는 것인지 명확지 않다.
19) Arsinoe : 나일강 서쪽에 있는 이집트의 도시 이름.
20) 고대 햄족에 속하는 종족으로 사하라 사막 동부 지역에 거주했다.
21) Tartarus : 지옥의 가장 밑바닥을 가리키는 것으로 가장 사악한 인간들이 가는 곳이다. 바로 이곳이 제우스에 의해 타이탄(거인)들이 갇혀졌던 곳

숭배하는 오질 족의 나라를 가로질렀다. 우리들은 이어 닥친 사막들에서 녹초가 되어버렸다. 그곳의 모래는 검고, 낮의 열기는 참을 수 없을 정도였기 때문에 여행자들은 밤의 시간을 이용해 길을 가야 한다. 나는 멀리서 오세아누스(대양, 大洋)[22]에게 이름을 지어준 산 하나가 가물거리는 것을 보았다.[23] 그곳의 산록에는 독을 없애는 등대풀[24]이 자라고 있다. 산의 정상은 사티로스[25]들이 살고 있는, 방탕하고 잔혹하고 거친 사람들의 나라이다. 땅이 괴물들을 낳았던[26] 이 야만적인 지역 깊숙한 곳에 어떤 저명한 도시가 감춰져 있다는 것이 우리 모두에게 전혀 납득되지 않았다. 우리들은 발걸음을 돌려 되돌아가는 것은 불명예일 것이었기 때문에 행진을 계속했다. 겁에 질린 몇몇 사람들은 달 쪽으로 얼굴을 향한 채 잠을 잤다. 그들은 열기에 불타버렸다. 다른 몇 사람들은 저수지의 썩은 물에서 광기와 죽음을 마셨다. 그러자 이탈

이다. 이곳은 가장 어두운 밤보다 3배나 더 어두우며 구리로 된 벽으로 둘러싸여 있다고 알려져 있다.
22) Oceanus : 그리스 신화에 보면 오세아누스는 대양을 가리키기도 하지만 열두 타이탄 중 가장 손위의 타이탄에 속한다. 그는 티라누스와 가에아의 아들이며 테티스의 남편이다.
23) 그리스 신화에서 오세아누스에게 이름을 준 산이란 아틀라스 산을 가리킨다. 아틀라스는 땅과 하늘을 갈라놓기 위해 어깨에 하늘을 떠받치고 있는 거인 중의 하나이다. 실제로 북서 아프리카에는 이 이름의 산맥이 있다. 아틀라스는 이아페투스와 클리메네 사이에 태어난 자식이다.
24) euforbio(스페인어), spurge(영어) : 열대과의 식물로 약초로 쓰인다.
25) 디오니소스의 시종들로 사람 모양을 하고 있으나 발과 다리는 염소 모양이고, 머리에는 작은 뿔이 있는 하급신들. 방탕한 잔치와 떠들썩한 놀이를 즐기는 것으로 유명하다.
26) 이 부분은 그리스 신화의 천지창조 부분을 강력히 시사한다. 왜냐하면 그리스 신화에서 대지를 뜻하는 가에아 Gaea로부터 괴물들인 타이탄들이 출생했기 때문이다.

자들이 생겨나기 시작했다. 그리고 순식간에 반란이 일어났다. 나는 그들을 평정하기 위해 가혹함을 행사하는 것을 주저하지 않았다. 나는 고집스럽게 전진을 계속했다. (자기들 중의 한 사람을 목매단 것에 대한 복수를 열망하는) 선동자들이 나의 죽음을 획책하고 있다고 한 참모가 귀띔을 해주었다. 나는 내게 충성하는 적은 수의 군인들과 함께 막사를 탈출했다. 사막의 모래 폭풍과 끝간 데 없는 밤이 나로 하여금 그들을 잃어버리도록 만들었다. 나는 크레타[27] 족의 화살에 맞아 상처를 입었다. 나는 물을 찾지 못한 채 여러 날을, 또는 태양과 갈증 그리고 갈증에 대한 공포로 인해 무한정할 정도로 늘어난 기나긴 단 하루 동안을 방황했다. 나는 내 말이 가고 싶은 대로 제멋대로 가도록 내버려 두었다. 새벽녘에 이르러 나는 멀리서 피라미드들과 탑들이 불쑥 솟아오르는 것을 보았다. 나는 몸부림을 치며 반짝반짝 윤이 나는 조그마한 미로의 꿈을 꿨다. 그것의 한가운데에는 물 항아리가 하나 놓여 있었다. 나의 손은 거의 그것을 건드릴 것 같았고, 나의 눈은 그것을 보고 있었다. 그러나 나는 미로의 곡선들이 너무도 복잡하고 혼란스러워 내가 그 항아리에 이르기 전에 죽게 되리라는 것을 깨닫고 있었다.

2

마침내 그 악몽으로부터 간신히 자유로워졌을 때 나는 보통 크

---

27) Creta : 에게 해에 있는 그리스의 섬 이름. 그리스 신화에 자주 등장하는 섬이다.

기가. 무덤과 엇비슷한 크기의 돌로 만든 타원형의 구덩이 안에 손이 묶인 채 뉘어져 있는 내 자신을 발견했다. 어떤 산의 가파른 경사면에 만들어져 있는 그 구덩이의 깊이는 깊지 않았다. 그것의 벽들은 습기에 차 있었고, 사람의 인공적인 노력에 의해서라기보다는 시간에 의해 매끈하게 닳아 있었다. 나는 가슴이 고통스러울 정도로 쿵쿵 뛰는 것을 느꼈고, 갈증이 나를 에워싸고 있는 것을 느꼈다. 나는 주위를 둘러보았고, 힘없이 소리를 질렀다. 산의 아래쪽에는 찌꺼기들과 모래들 때문에 흐름이 둔해진 한 불경한 개울물이 소리없이 흘러가고 있었다. 개울 건너편 산록에는 틀림없는 〈죽지 않는 사람들의 도시〉가 (마지막 태양빛 또는 첫 태양빛을 받아) 반짝거리고 있었다. 나는 담벼락들과 아치들과 건물들의 앞면과 광장들을 보았다. 내 것과 비슷한 백여 개의 불규칙한 구덩이들이 산과 골짜기에 줄줄이 이랑을 만들어놓고 있었다. 모래사장에는 아주 얕은 우물들이 있었다. 바로 그 초라한 구멍들로부터(그 묘혈로부터) 텁수룩하게 수염을 기른 회색빛 피부의 벌거벗은 사람들이 나타났다. 나는 그들이 누구인가를 알 것 같았다. 그들은 짐승의 족속에 속하는 혈거인들로서 아라비아 만의 해변과 에티오피아의 동굴에 창궐해 살고 있는 종족이었다. 따라서 나는 그들이 말을 하지 못하고 뱀을 먹는다는 게 전혀 놀랍지가 않았다.

격심한 갈증은 나로 하여금 앞뒤를 가리지 않도록 만들었다. 나는 내가 모래사장으로부터 약 10여 미터 떨어진 곳에 있다는 계산이 섰다. 나는 등 뒤로 손이 묶인 채로 눈을 감고 산 아래로 몸을 날렸다. 나는 탁한 물 속에 피범벅이 된 내 얼굴을 쑤셔박았다. 나는 마치 동물들이 물을 먹는 것처럼 물을 들이마셨다. 다시

죽지 않는 사람들 15

　잠과 혼수상태로 빠져들기 전 나는 내 스스로조차 설명할 길 없이 몇 단어의 그리스 말들을 되풀이해 중얼거렸다. 「에세포스 강의 검은 물을 마시고 있는 셀레아[28)]에서 온 부유한 터키 사람들……」
　내 위에서 몇 차례의 낮과 밤이 지나갔는지 모른다. 고통에 시달리고 동굴들의 피난처로 돌아갈 여력조차 잃은 채 나는 무심한 모래사장에 누워 달과 해가 나의 불행한 운명을 가지고 도박을 하도록 내버려두었다. 야만 속에 갇힌 채 천진난만하기만 한 혈거인들은 내가 살아나거나 또는 죽을 수 있도록 그 어떤 도움도 주지 않았다. 헛되이 나는 그들에게 나를 죽여달라고 애원을 했다. 어느 날 나는 규석 귀퉁이에 찍어 포승을 풀었다. 또 다른 어느 날 나는 일어섰고, 생애 처음으로──로마 제국의 군단들 중 한 군단의 군단장인 나, 마르코 플라미니오 루포는──그 역겨운 뱀고기 조각을 구걸하거나 훔칠 수가 있었다.
　〈죽지 않는 사람들〉을 보고, 초인간적인 도시를 내 손으로 만져보고 싶은 욕망은 나로 하여금 거의 잠을 이루지 못하도록 만들었다. 마치 내 의중을 꿰뚫고 있는 듯 혈거인들 또한 잠을 자지 않았다. 처음에 나는 그들이 나를 감시하는 것으로 추측했다. 그러나 얼마 후 나는 마치 개들이 그러했을 것처럼 그들이 나의 초조함에 전염되었다는 생각이 들었다. 그 야만적인 마을을 떠나기 위해 나는 가장 그들의 눈에 많이 띌 시간인 해거름을 택했다. 그때가 되면 그들은 구덩이나 우물에서 나와 멍한 눈으로 석양을 바라보곤 했다. 나는 신의 도움을 청하기 위해서 그랬다기보다는

---
28) Zeleia : 프리지아의 이다 Ida 산록에 있는 도시의 이름으로 트로이의 명궁수 판달루스의 고향이다. 아폴로가 그에게 신비의 활을 주었다.

언어를 가지고 혈거인들로 하여금 두려움을 느끼도록 하기 위해 큰소리로 기도를 했다. 나는 여울들이 물의 흐름을 더디게 만들고 있는 개울을 건너 〈죽지 않는 사람들의 도시〉로 향했다. 어리둥절하게도 두어 혈거인들이 내 뒤를 따라왔다. 그들은 (이 종족에 속하는 다른 이들처럼) 바싹 오그라든 체구를 가지고 있었다. 그들은 공포감을 일으키지는 않았지만 나로 하여금 역겨움을 느끼도록 만들었다. 나는 마치 채석장처럼 보이는 크기가 다른 몇 개의 구덩이를 피해 길을 돌아서 가야 했다. 그 〈도시〉가 너무 거대했기 때문에 눈 측정이 흐려져 있던 나는 그곳이 가까운 곳에 있는 걸로 생각했던 터였다. 자정 무렵 나는 노란 모래사장에 우상들의 모습을 곤두세우고 있는 그곳의 검은 담벼락 그림자를 밟게 되었다. 나는 어떤 신성한 두려움에 사로잡혀 걸음을 멈추었다. 새로운 것과 사막은 인간에게 적대적이기 때문에 나는 그 혈거인들 중의 하나가 끝까지 나를 따라온 사실에 몹시 기뻤다. 나는 눈을 감았고, (잠을 자지 않으면서) 날이 새기를 기다렸다.

　나는 앞에서 〈도시〉가 암석으로 된 고원 위에 세워져 있다고 말했었다. 높은 절벽과 비교되는 이 암석 고원은 성벽만큼이나 정복하기가 힘들었다. 나는 수없는 헛걸음질을 되풀이했다. 기둥의 주춧돌들 사이에는 아주 미세한 차이점조차 보이지 않았다. 모양이 일정한 담벼락들은 단 한 개의 문조차 허락하고 있지 않는 것처럼 보였다. 나는 무더위를 피해 한 동굴 속으로 들어갔다. 동굴의 안쪽에는 우물 하나가 있었다. 우물 속에는 아래의 깜깜한 어둠 속으로 꺼져 들어가 있는 층계가 하나 있었다. 나는 내려갔다. 나는 얼기설기 뒤엉킨 칙칙한 통로를 따라가다 간신히 형체가 드러나 보이는 한 거대한 원형의 방에 도달했다. 그 지하방에는 아홉 개의 문이 있었다. 그 중 여덟 개는 야비하게도 다시 그 방으로 되돌아오도록 만들어진 미로 속으로 뚫려 있었다. 아홉번째 문(또 다른 미로로 연결된)은 첫번째 방과 똑같은 두번째 원형의 방으로 뚫려 있었다. 나는 방들이 총 몇 개인지에 대해 관심을 쏟지 않았다. 정적은 적의에 차 있었고, 거의 완벽에 가까웠다. 어떻게 생겨났는지 알 수 없는 지하의 바람 외에 돌로 만든 이 지하의 그물 속에서는 그 어떤 소리도 들려오지 않았다. 소리 없이 녹슨 물이 흐르고 있는 실개천들이 갈라진 돌 틈바구니들 사이로 빠져 들어가고 있었다. 나는 부르르 떨면서 이 의아스러운 세계에 익숙해져 가기 시작했다. 나는 아홉 개의 문을 가진 지하실들과, 끝없이 갈라지는 길다란 지하실들 외에 다른 무엇이 있을 수 있을까 의아스러울 정도였다. 그 지하에서 내가 얼마 동안 걸었는지 나는 알지 못한다. 나는 그 지하실들의 갈래들 속에서 한 차례 그들에 대해 똑같은 무게의 향수를 느끼며 야만인들의 잔혹한 마을과 나의 고향을 혼동했다.

낭하의 아주 깊은 곳에서 뜻하지 않은 벽 하나가 나의 길을 가로막았다. 한 줄기 가느다란 빛이 내 위에 떨어졌다. 나는 침침한 눈을 들어올렸다. 현기증 속에서 나는 저 높은 곳에 있는 너무도 푸르러 보랏빛으로 보이는 둥근 하늘을 보았다. 몇 개의 철 계단이 벽을 따라 나 있었다. 피로가 나의 몸뚱이를 흐물흐물하게 만들어놓고 있었지만 나는 이따금 어렵사리 기쁨의 눈물을 흘리기 위해 멈추었을 뿐 계속 올라갔다. 내 눈에 기둥의 머리 부분들과, 기둥의 장식들과, 삼각형 모양으로 된 건물의 바람막이들과, 둥근 지붕들과, 현란한 화강암과 대리석 장식물들이 들어오기 시작했다. 그렇게 해서 나는 검은 미로들로 뒤엉킨 암흑의 지대로부터 눈부신 그 〈도시〉로 올라갈 수가 있었던 것이다.
  나는 일종의 작은 광장, 보다 정확히 말해 마당 같은 곳으로 올라갔다. 그곳은 모양이 일정치 않고 높이조차 들쭉날쭉한 한 건축물에 둘러싸여 있었다. 이 기이한 건축물은 다양한 형태의 원형 지붕들과 기둥들을 가지고 있었다. 이 믿겨지지 않는 기이한 건축물이 가진 다른 어떤 특성보다 나는 그것이 가지고 있는 오래된 나이에 숨을 죽였다. 나는 이 건축물이 인류가 태어나기 이전에, 지구가 생겨나기 이전에 지어진 게 아닌가 하는 느낌이 들었다. 그 형용할 길 없는 고색창연함(달리 보면 공포스럽기조차 한)은 나로 하여금 그것이 불사의 일꾼들에 의해 만들어진 작품으로 보이도록 만들었다. 처음에는 조심스럽게, 나중에는 무관심하게, 종국에 가서는 절망에 사로잡힌 채 나는 그 형용할 길 없는 궁전의 계단들과 보도들을 헤매고 다녔다. (얼마 후 나는 계단들의 높이와 넓이가 동일하지 않다는 것, 따라서 그것들은 유례가 없는 어떤 피로감을 느끼도록 만든다는 사실을 깨달았다.) 처음에 나는, 〈이 궁전은 신들에 의해 만들어진 것이다〉라고 생각했었다. 나는 사람들이 거주하지 않는 경내를 돌아보고 난 후 그러한 나의 생각을 수정했다. 〈이 건물을 세운 신들은 죽었다.〉 그것이 가진 특성들을 살펴보고 난 후 나는 말했다. 「이것을 지은 신들은 미친 신들이다」 나는 내가 거의 회한에 가까운 이해할 수 없는 욕설과 함께, 감각적인 두려움보다는 지성적인 공포 속에서 그 말을 했었다는 것을 잘 알고 있다. 그 건물은 거대한 고색창연함의 느낌 외에도 또 다른 느낌들을 부가적으로 가지고 있었다. 무한함의 느낌, 굉장함의 느낌, 미묘한 무의미의 느낌. 나는 어떤 미로를 뚫고 간신히 여기까지 왔었다. 그러나 그 눈부신 〈죽지 않는 자들의 도시〉는 나로 하여금 공포와 거부감에 사로잡히도록 만들었다. 미로란 사람들로 하여금 길을 잃도록 만들기 위해 지어진 건축물이다. 즉 대칭들로 가득 찬 그것의 건축 구조가 지향하고 있는 목표는 바로 이것인 것이다. 내가 완전히 탐사를 마치지 못한 궁전의 건축 구조는 그러한 목표가 결여되어 있었다. 그곳에는 끝이 막힌 낭하들, 결코 다다를 수 없는 높은 곳에 나 있는 창들, 감방이나 우물로 뚫려 있는 현란한 문들, 아래를 향해 나 있는 계단들과 난간이 있는 거꾸로 된 믿을 수 없는 층계들이 즐비했다. 한 고색창연한 벽의 측면에 하늘거리며 걸려 있는 또 다른 층계들은 원형 지붕의 어두침침한 꼭대기에서 두세 차례 원형을 그리면서 그 어떤 곳에도 다다라 있지 않은 채 끝이 나 있었다. 내가 지금 열거했던 그러한 일례들을 그것들이 가진 그 자체의 모습대로 묘사했는지는 자신이 없다. 그러나 그것들이 여러 해 동안 나의 악몽 속에서 난리를 피우며 나타나곤 했다는 것만은 확실하다. 어쨌거나 나는 더 이상 그러 저러한 모습들이 실제로 있었던 현실의 모사였는지, 아니면 나의 밤들이 마구 뒤섞어 놓은 채 만들어놓은 형체들의 모사였는지 분간할 길이 없다. 〈이 '도시'는 (나는 생각했다) 너무도 기괴스러워 동떨어진 사막의 한 가운데 있음에도 불구하고 단지 그것이 존재하고 영속한다는 사실 하나만으로도 과거와 미래가 뒤섞이도록 만들고, 한편으로는 천체(天體)를 위태롭게 만든다. 그것이 영속하는 한 세계의 그 어떤 누구도 용맹스러울 수 있거나, 행복할 수가 없다.〉 나는 그 도시를 묘사하고 싶지 않다. 왜냐하면 그렇게 되면 그것은 앞뒤가 맞지 않는 말들의 혼돈, 이빨과 내장들과 머리통이 서로를 증오하면서 우글거리고 뒤엉켜 (아마) 서로가 비슷한 형상이 되어 있는 호랑이나 황소의 몸뚱이가 될 것이기 때문이다.

　나는 내가 어떻게 먼지 뒤덮이고, 습기에 찬 지하실들을 꿰뚫고 귀환을 하게 되었는지의 과정을 기억하지 못한다. 유일하게 내가 기억하고 있는 것은 마지막 미로를 빠져나왔을 때 또다시 그 사악한 〈죽지 않는 자들의 도시〉에 둘러싸여 있는 내 자신을 보게 될지도 모른다는 두려움을 결코 버리지 못했다는 사실이다. 그 외에 내가 기억하는 것은 아무것도 없다. 지금에 와서는 거꾸로 견딜 수 없게 된 이러한 망각은 아마 내 스스로가 의도했던 것인지도 모른다. 지금과 마찬가지로 앞으로도 기억이 나질 않겠지만 아마 탈출 과정의 정황들이 너무도 불유쾌했기 때문에 나는 그것을 잊어버리기로 다짐을 했던 것인지도 모른다.

3

　나의 고난에 관한 이야기를 주의깊게 읽었던 사람들은 그 혈거족의 한 사람이 마치 개가 그러는 것처럼 성벽의 불규칙한 그림자들이 드리워져 있는 곳까지 내 뒤를 졸졸 따라왔었다는 사실을 기억할 것이다. 마지막 지하실을 빠져나온 순간 나는 동굴의 입구에서 그를 발견했다. 그는 모래 바닥에 엎드려 있었다. 그는 서툴게 일련의 기호들을 모래사장 위에 썼다가 지우곤 하고 있었다. 그 글자들은 마치 꿈 속에서의 글자들과 같았고, 그 뜻이 이해되려는 순간 곧 혼돈 속으로 서로 뒤엉켜 버리곤 했다. 처음에 나는 그것들이 야만인들의 문자가 아닌가 하는 생각을 했다. 그러나 잠시 후 나는 말을 하지 못하는 종족의 인간들이 문자를 가질 수 있다는 게 얼토당토 않는 일이라는 것을 깨달았다. 게다가 그 기호들 중 그 어떤 기호도 나머지 기호와 동일하지 않았다. 따라서 그것은 그 기호들이 문자적 상징을 가졌다는 가능성을 배제하거나 그것으로부터 멀어지도록 만들고 있었다. 그는 그것들을 계속 그렸고, 그것들을 바라보았고, 그리고 그것들을 수정하곤 했다. 그러다가 갑자기 그가 그 놀이에 싫증이 난 것인지 손바닥과 팔로 그것들을 지워버렸다. 그가 나를 쳐다보았는데 그는 나를 알아보지 못하는 것 같았다. 그럼에도 불구하고, 동굴 입구 바닥에 엎드려 나를 올려다 보고 있는 이 발육 부진의 혈거인이 나를 기다리고 있었다는 생각이 들자 내게는 너무도 거대한 안도의 기쁨이 몰려들었다(또는 너무도 거대하고 공포스러운 고독에 휩싸이고 말았다). 태양은 들판을 따갑도록 달궈놓고 있었다. 따라서 첫번째로 뜬 별들 아래에서 마을로 가기 위한 발걸음을 옮기기 시작했을 때도 내 발 밑의 모래는 여전히 따가웠다. 그 혈거인이 앞장을 섰다. 그 날 밤 나는 그로 하여금 나를 기억하도록 하고, 몇 마디 단어들을 따라하도록 만들고자 하는 계획을 세웠다. 나는 개와 말에게는 첫번째 것을 수행할 수 있는 능력이 있다는 것을 상기했다. 로마 황제들이 기르는 밤꾀꼬리를 포함한 많은 새들은 후자의 능력을 가지고 있다. 아무리 원시적인 인간이라 할지라도 항상 그는 비이성적인 피조물들에 비해 우월한 이해 능력을 가지고 있을 것이다.

그 혈거인의 비천함과 비참함은 나를 죽은 오디세이의 늙은 개, 아르고스에 대한 기억으로 데려갔다.[29] 그래서 나는 그에게

---

29) 호머의 『오디세이』에 보면 아르고스 Argos는 오디세이의 충직한 개로 등장한다. 아르고스는 오디세이가 자신의 왕국인 이타카로 돌아왔을 때 제일

아르고스라는 이름을 붙여주고, 그것을 그에게 인지시켜 주고자 시도했다. 나는 실패했고, 실패를 거듭했다. 집요한 의지, 가혹함, 끈질김도 소용이 없었다. 꼼짝 않고, 흐릿한 눈을 굴리고 있는 그는 내가 자신에게 주입시키려고 하는 소리들을 전혀 포착하지 못하는 것 같았다. 내게서 몇 발자국 떨어지지 않은 곳에 있었음에도 그는 아주 멀리 떨어진 어떤 곳에 있는 것 같았다. 그는 마치 무너져가는 작은 스핑크스처럼 드러누워 무심하게 자신의 위에서 하늘이 황혼의 빛에서 밤의 어둠으로 바뀌도록 내버려두고 있었다. 나는 그가 나의 의도를 깨닫는 게 불가능하다는 결론을 내렸다. 나는 사람들이 자신들에게 일을 시키지 않도록 하기 위해 원숭이들이 의도적으로 말을 하지 않는다는 게 에티오피아 사람들 사이에서는 널리 퍼져 있는 사실이라는 것을 기억했다. 나는 아르고스의 침묵을 의심이나 두려움의 탓으로 돌렸다. 나는 그러한 상상으로부터 다른 상상들, 보다 터무니없는 상상들로 옮겨갔다. 나는 아르고스와 내가 전혀 유리된 세계 속에서 살고 있다는 생각을 했다. 나는 우리들의 지각 작용은 같으나 아르고스는 그것을 다른 방식으로 조합하고, 그것들을 가지고 다른 대상물들을 축조하지 않나 생각했다. 나는 그에게는 아예 대상물이라는 게 없고, 다만 아주 짤막한 인상들의 어지럽고 지속적인 유희들만 있는 게 아닌가 하는 생각도 했다. 나는 기억이 없는 세상, 시간이 없는 세상을 상상해 보았다. 나는 명사들이 없는 어떤 언

먼저 그를 알아본다. 그 개는 거름으로 사용되는 똥더미 위에 누워 있다가 오디세이가 가까이 오는 것을 보고 꼬리를 흔들며 달려가 그에게 기댄 채 죽는다. 보르헤스가 이 장면을 상기시키고 있는 것은 그 혈거인이 자신을 기다리고 있었던 사실과 비교하기 위해서이다.

어, 비인칭 동사들, 또는 어미 변화를 하지 않는 형용사를 가진 언어의 가능성을 상정해 보았다.[30] 그렇게 하루 하루 들이 죽어갔고, 그 하루 하루 들과 함께 한 해 한 해 들이 죽어갔다. 그런데 어느 날 아침 일종의 행운과도 같은 어떤 일이 일어났다. 이루 말할 수 없을 정도로 더디게 비가 내렸던 것이다.

사막의 밤들은 추웠다. 그러나 그 날 밤은 뜨거웠다. 나는 테살리아에 있는 한 강물[31](내가 그 물에 금으로 만든 고기를 풀어 놓아 주었던)이 나를 구하려고 흘러오는 꿈을 꾸었다. 나는 그것이 빨간 사막과 검은 돌 위에 가까워져 오는 소리를 들었다. 쾌적한 공기와 부산한 빗소리가 나의 잠을 깨웠다. 나는 비를 맞으려고 발가벗은 채 사방을 내달았다. 밤이 걷히고 있었다. 노란 구름 아래에서 나 못지 않게 환희에 넘쳐 있는 그 혈거인이 일종의 엑스터시 속에서 생기 넘치는 소나기를 맞고 있었다. 빗방울들은 마치 신이 거느리고 있는 코리반테스[32]들 같았다. 하늘을 향해 눈

---

30) 명사들이 없는 언어에 관해서는 『픽션들』의 「틀뢴, 우크바르, 오르비우스 떼르띠우스」에도 나온다. 동사의 인칭에 따른 변형과 형용사의 어미 변형이 없는 언어에 대한 보르헤스의 상정은 스페인어를 그 기본에 두고 있는 것 같다. 왜냐하면 스페인어를 비롯한 로망스어 계통에는 인칭에 따른 동사 및 형용사의 변화가 있기 때문이다. 그러나 영어에는 동사의 변형은 있되, 형용사의 변형은 없다. 만일 존칭과 비칭에 따른 동사의 변형은 없지만 기본적으로 인칭에 따른 동사 변형 및 형용사 변형이 전혀 없는 우리말에 대한 지식이 보르헤스에게 있었더라면 이러한 부분에 관한 언급이 어떻게 달라졌을까 매우 흥미롭다.
31) 테살리아는 그리스에 있는 지역 이름으로 그곳의 어떤 강이란 그리스 신화에서 강의 신으로 지칭되는 페네우스를 가리키는 듯하다.
32) Corybantes: 쿠레테스 Curetes라고도 불리우는 시벨레 Cybele, 즉 그리스 신화에서는 레아 Rhea라고 불리는 프리지아 Phrigia(옛 소아시아에 있던 지역의 이름)에서 섬기던 여신의 시종들을 가리킨다. 오비드의 『변신』에 따르면 그들은 비로 만들어진 크레타 섬의 어떤 사람들을 가리킨다. 따라

을 처들고 있는 아르고스는 흐느껴 울고 있는 듯 보였다. 물줄기들이 그의 얼굴에 흘러내리고 있었다. (나중에 알게 된 거지만) 그것은 빗물이 아니라 눈물이었다. 아르고스, 나는 그에게 아르고스 하고 소리쳤다.

그러자 부드러운 탄성과 함께 마치 오랫동안 잊어버렸거나 망각하고 있었던 것을 떠올리기나 한 것처럼 아르고스가 더듬거리며 이렇게 말했다. 「아르고스, 율리시즈의 개」 그런 다음 역시 나를 쳐다보지 않은 채 덧붙였다. 「이 개는 퇴비더미 위에 누워 있다」

우리는 어려움 없이 그 현실을 받아들였다. 왜냐하면 현실적인 것이란 아무것도 없다는 직관이 섰기 때문이었다. 나는 그에게 『오디세이』에 대해 무엇을 아느냐고 물었다. 그는 그리스어를 알아듣는 게 매우 힘든 것 같았다. 그래서 나는 나의 질문을 반복해야 했다.

「아주 조금」 그가 말했다. 「가장 형편없는 음유시인들보다 더 모르지요. 벌써 내가 그 『오디세이』를 창조한 지 천백 년의 세월이 흐른 것 같소」

4

그 날 모든 것이 명백하게 밝혀졌다. 그 혈거인들이 바로 〈죽

서 보르헤스는 후자의 경우를 염두에 두고 이런 비유를 한 것 같다. 그들은 예술에 대해 아주 해박한 지식을 가지고 있고, 아폴로와 탈리아, 아폴로와 아테네, 헬리오스와 아테네, 제우스와 칼리오페, 크로노스와 레아 사이에 난 자식들로 알려져 있기도 한다.

지 않는 사람들〉이었다. 그 모래 섞인 개천이 바로 그 말을 타고 왔던 사람이 찾아 헤맸던 그 〈불사의 강〉이었다. 풍문이 멀리 갠지스 강 유역까지 퍼져 있던 그 도시는 〈죽지 않는 사람들〉에 의해 파괴된 지 9세기가 흘러 있었다. 그들은 그 폐허의 잔재들을 가지고 같은 자리에 내가 가로질러 갔던 그 터무니없는 도시를 건설했던 것이다. 일종의 패러디, 일종의 전복, 그리고 또한 세계를 지배하고 있되, 우리 인간들과 닮지 않았다는 것 외에는 우리로서는 전혀 알지 못하는 비이성적인 신들의 사원이랄까. 그 건축물은 〈죽지 않는 자들〉이 관용을 베푼 마지막 상징물이었다. 그것은 그들이 모든 외재적 노고라는 게 헛되다는 것을 깨닫게 된 단계에 이르렀었음을 알려주는 표적물이었다. 그들은 생각 속에, 순전한 사색 속에 살기로 결심을 했다. 그들은 건축물을 지었지만 그것에 대해 잊어버렸고, 동굴 속에서 거주하기 시작했다. 그들은 생각에 몰두했는지라 물질세계에 대해 거의 인식을 하지 않게 되었다.

　이것들이 호머가 마치 어린애에게 들려주듯 내게 해준 말이었다. 또한 그는 자신의 노년기에 대해서도 들려주었다. 그는 자신의 마지막 여행에 대한 이야기를 해주었다. 그는 마치 율리시즈처럼 바다가 무엇인지도 모르고, 소금으로 간을 한 감칠 맛이 나는 고기도 먹지 않고, 노가 무엇인지에 대해 궁금해하지도 않는 사람들을 찾을 목적으로 방랑을 떠났다. 그는 〈죽지 않는 자들의 도시〉에서 1세기 동안 거주했다. 그는 그들이 그 도시를 폐허로 만들어버리자 그들에게 다른 도시를 짓도록 충고했다. 그것은 전혀 우리를 놀라게 만드는 일이 아니다. 왜냐하면 그(호머)가 일리온[33]의 전쟁에 관한 시를 쓴 뒤 개구리들과 생쥐들의 전쟁에 관한 시를 썼다는 것은 널리 알려져 있던 사실이었으니까 말이다.[34] 그 것은 마치 한 신이 처음에는 질서를 만들었다가, 나중에 혼돈을 만든 것과도 같았다.

　불사의 존재가 되는 것은 매우 흔한 일이다. 인간을 제외하고 모든 피조물들은 죽음에 대해 무지하기 때문에 불사의 존재들이 다. 신성하고, 공포스럽고, 불가해한 것은 인간이 불사의 존재라 는 것을 알게 되는 것이다. 나는 종교를 제외하고 이러한 인식에 이르도록 하는 경우가 매우 드물다는 것에 주목한 적이 있다. 이 스라엘 사람들과 기독교인들과 이슬람교도들은 불사성(不死性)을 신앙한다. 그러나 그들이 현세에서 드러내보인 숭배의 양식은 그 들이 단지 그렇게 믿었던 것에 불과하다는 것을 증거해 보인다. 왜냐하면 그들은 현세 외의 모든 세계를 무한의 숫자 속에 담아 그것들을 현세에 대한 상이나 벌로 운명지어 놓기 때문이다. 내 게 보다 그럴 듯해 보이는 것은 힌두스탄[35] 지역의 어떤 종교에서 말하는 수레바퀴[36]이다. 이 수레바퀴 속에서는 시작이란 것도 없 고, 끝이란 것도 있을 수가 없다. 현재의 삶은 전생의 결과이 며, 그리고 그것은 다음 생을 낳는다. 그러나 그 어떤 삶도 전체

---

33) Ilion : 트로이의 도시 이름으로 호머의 『일리어드』 무대가 되는 도시.
34) 호머는 『일리어드』를 쓴 다음에 『일리어드』에 대한 풍자적 패러디인 『개구리들과 쥐들』이라는 서사시를 쓴 것으로 알려져 있다. 보르헤스는 호머의 이러한 패러디적 성격을 들어 또 다른 도시를 건설하라고 충고했던 이 작품에서의 호머를 비유하고 있다.
35) 인도의 힌두교 지역, 또는 인도의 페르시아식 이름.
36) 이 수레바퀴에 관한 언급은 이 작품집에 실려 있는「신의 글」에서도 언급된다. 불교에서 수레바퀴의 의미는 세계의 이치를 깨닫는 지혜를 가리키며, 세계의 이치란 윤회, 영겁회귀이다. 또한 힌두교에서도 수레바퀴는 끝 없는 환생으로서의 회귀를 상징한다.

를 결정짓는 요인이 되지 못한다……. 여러 세기에 걸친 실행을 통해 하나의 교의를 형성하게 된 죽지 않는 자들의 공화국은 완벽한 인내와 거의 완벽에 가까운 냉소를 터득하게 되었다. 그들은 무한한 시간 속에서는 모든 사람들에게 모든 일들이 일어난다는 것을 알고 있었다. 자신들 과거나, 또는 미래의 덕행 때문에 모든 사람은 모든 선의 신봉자들이다. 그렇지만 역시 같은 이치로 모든 사람들은 과거와 미래의 악행 때문에 모든 악의 추종자들이다. 그와 같이 마치 홀짝 놀이에서처럼 짝수와 홀수는 균형을 좇아 확장된다. 그와 같이 역시 마찬가지로 명석함과 우둔함은 서로를 잠식하고, 서로를 교정한다. 그리고 아마도 유치한 시 『엘 시드』[37]는 목가시들에 나오는 한 성질 형용사, 또는 헤라클리투스[38]의 어록에 나오는 한 구절 때문에 생겨난 그것들의 대응체인지도 모른다. 가장 쓸모없기 그지없는 생각조차도 하나의 보이지 않는 섭리에 따른 것이고, 그것은 어떤 비밀의 형상을 완벽하게 되도록 해주거나, 또는 그것이 탄생되도록 만들어준다. 나는

---

37) 흔히 『시드의 시 Poema del Cid』, 또는 『미오 시드의 노래 Cantar de Mio Cid』로 알려져 있는 작자 불명의 이 서사시는 프랑스의 『롤랑의 노래』와 더불어 로망스어권의 대표적이고 가장 오래된 서사시로 손꼽힌다. 여러 음유 시인들에 의해 불리워졌던 이 시는 1307년 뻬드로 아빠드에 의해 문자화되었다가 유실되었으나 1779년 또마스 안또니오 산체스에 의해 복원되었다. 이 시는 스페인의 왕 알폰소 6세에 의해 추방당한 한 귀족의 아들 로드리고 디아스 데 비바르가 겪게 되는 여러 가지 개인적, 역사적 사건을 다룬 것이다. 특히 이 시는 당시 스페인을 지배하고 있던 아랍과의 싸움을 그리고 있어 다른 많은 중세 설화들처럼 역사적-설화적 성격을 동시에 지니고 있다. 이 시는 찰톤 헤스톤과 소피아 로렌 주연의 『엘 시드』라는 이름으로 영화화되기도 했다.

38) Heraclitus(B.C. 540?-480?) : 그리스 철학자로 물질은 끝없이 변화한다는 것과, 세계의 기본 원소는 불이라는 주장을 했다.

미래의 세계에서는 그것이 선으로 결과되고, 이미 과거의 세계에서는 선으로 결과되었게끔 하기 위해 현재 악행을 저지르고 있는 사람들을 알고 있다……. 이런 식으로 들여다 보면 우리들의 모든 행동들은 정당성을 가지게 되지만 동시에 무심한 어떤 것들로 변하게 된다. 거기에는 도덕적이거나 지적인 우월성 같은 것은 존재하지 않는다. 호머는 『오디세이』를 지었다. 만일 무한한 정황들과 무한한 변화들을 가진 어떤 무한한 시간을 상정해 본다면 적어도 한번 『오디세이』가 씌어지지 않는다는 것은 불가능한 일이다. 아무도 아닌 사람은 어떤 사람이며, 단 한 사람의 죽지 않는 인간은 모든 죽지 않는 인간들이다. 마치 꼬르넬리우스 아그리빠[39]처럼, 나는 신이고, 나는 영웅이고, 나는 철학자고, 나는 마귀이고, 나는 세계이다. 이것은 바로 나는 존재하지 않는다는 것을 따분한 방식으로 말하는 것에 다름 아니다.

세계를 하나의 정밀한 보상 제도로서 보는 이해 방식은 〈죽지 않는 자들〉에게 광범위한 영향을 미쳤다. 첫째, 그것은 그들로 하여금 경건심에 냉담해지도록 만들었다. 나는 강의 다른 건너편 들판을 조각내고 있는 오래된 채석장들에 대해 언급했었다. 한 사람이 한 번은 채석장의 가장 깊은 곳으로 추락했다. 그는 자해를 가하거나 죽을 수도 없었다. 그런데 갈증이 그를 엄습했다. 사람들이 그에게 밧줄 하나를 내려주기까지 70년이라는 세월이 흘렀다. 그들은 자신들의 운명에 대해서조차도 마찬가지로 관심이 없었다. 그들에게 있어 육체는 마치 복종적인 가축들과도 같았

---

[39] Cornelius Agrippa(1486-1535): 독일의 철학자요, 스페인의 카를로스 1세 시대의 역사에 관한 저술을 남긴 역사가이다. 그의 연금술에 관한 집요한 관심은 그를 종교재판에 회부되어 처형되도록 만들었다.

다. 그래서 매달 몇 시간의 적선 같은 잠, 약간의 물, 그리고 고기 한 토막이면 충분했다. 그 누구도 우리들을 고행주의자로 비하시키지 않기를. 사고(思考)만큼 미묘한 기쁨은 없기 때문에 우리는 그것에 항복을 하게 된다. 이따금, 기이한 자극이 우리들에게 물질적 세계를 되돌려주기도 한다. 예를 들어, 그 날 아침에 있었던 비에 대해 느끼는 아주 원초적인 희열처럼 말이다. 그러한 이탈은 매우 드문 경우에 속한다. 모든 〈죽지 않는 자들〉은 완벽한 평정을 견지할 수 있는 능력을 소지하고 있다. 나는 단 한 차례도 서 있는 것을 본 적이 없는 어떤 사람을 기억한다. 그의 가슴에서는 새 한 마리가 둥지를 틀고 있었다.

다른 것과 대응되지 않는 그 어떤 것도 없다는 교리들 가운데 별반 큰 중요성을 가지고 있지 못하는 한 학설이 있다. 그런데 10세기 말 또는 초에 그 학설은 우리들로 하여금 지구의 곳곳을 뒤지고 다니도록 우리를 부추겼다. 그 학설은 대략 다음과 같은 내용을 가지고 있었다. 〈그곳의 물이 불사성을 갖도록 만들어주는 강이 하나 있다. 그렇지만 다른 어떤 곳에는 그 불사성을 지워버릴 또 다른 강이 있을 것이리라.〉 강의 숫자는 무한하지 않다. 어떤 불사의 순례자가 세계 전체를 헤매고 다니면 언젠가 그는 세계에 있는 모든 강물을 마시게 되고 말리라. 우리들은 이 강을 찾고자 하는 계획을 세웠던 것이다.

죽음(또는 그것에 대한 유혹)은 인간을 소중하고 애상적인 존재로 만들어준다. 인간들은 그러한 자신들의 환영적인 존재 조건 때문에 가슴 뭉클해한다. 인간이 행하는 각 행동은 그들의 마지막 행동이 될 수도 있다. 마치 꿈에서의 어떤 얼굴처럼 흩어져 버리는 운명을 가지지 않는 얼굴은 결코 없다. 죽음의 운명을 가진 모든 존재들은 복원이 불가능하며 위험스럽기 그지없는 가치를 소지하고 있다. 반대로, 〈죽지 않는 자들〉에게 있어 각 행동(그리고 각 사고)는 그 시작을 알 수 없는 과거에 했던 다른 행동들과 사고들의 메아리이다. 또는 미래에 끝없이 어지러움을 느끼게 될 때까지 되풀이될 다른 행동들에 대한 진실된 조짐이다. 마치 무한한 수의 거울들 사이에 갇혀 있는 것 같지 않은 것은 아무것도 없다. 애상적이고, 심각하고, 제례적인 것은 〈죽지 않는 자들〉과는 전혀 무관하다. 호머와 나는 탄지에 항구[40] 어귀에서 헤어졌다. 나는 우리들이 서로 이별의 인사조차 나누지 않았던 걸로 기억한다.

5

나는 다른 새로운 왕국들, 새로운 제국들을 헤맸다. 1066년 가을,[41] 나는 스탬포드 다리의 전투에 참가했다.[42] 나는 내가 금세 자신의 운명이 무엇인지를 발견하게 된 해롤드 왕 군대에 속해 있었는지, 아니면 1미터 또는 그보다 조금 많은 땅을 정복하게 되었던 그 불행한 하랄드 하르드라다의 군대에 속해 있었는지 기억이 나지는 않는다.[43] 헤지라 력(이슬람교 력)으로 7세기,[44] 불

---

40) Tangier : 지브롤터 해협에 있는 항구의 이름.
41) 우리는 이 날짜를 주목해 볼 필요가 있다. 왜냐하면 이 이야기가 처음 시작된 연대는 A.D. 3세기였기 때문이다. 이제 주인공은 불사의 인간이 되어 있는 것이다.
42) Stamford : 이 다리는 영국의 요크셔 지방에 있는 다리의 이름이다. 이 지역에서 1066년 노르웨이와 영국 사이에 전투가 벌어졌다.

죽지 않는 사람들 31

락[45]의 교외에서 나는 세심한 필체로 이미 내가 잊어버렸던 언어로, 내가 알지 못하는 알파벳으로 신드바드의 일곱 가지 모험[46]과, 청동의 도시에 관한 이야기[47]를 필사했다. 사마르칸다[48] 감옥의 마당에서 나는 수없이 장기를 뒀다. 나는 비카네르,[49] 그리고 또한 보헤미아[50]에서도 점성학을 연구했다. 1638년 나는 콜로스바르,[51] 그 다음에는 라이프치히[52]에 있었다. 1714년 아베르딘[53]에서 나는 6권에 달하는 포프의 『일리어드』[54]의 구독 신청을 했다. 나

---

43) 해롤드 해리풋 Harold Harefoot(1022-1066)은 그 전쟁 당시 영국의 왕이었고, 하랄드 하르드라다 Harald Hardraade(1015-1066)는 노르웨이의 왕이었다. 해롤드가 자신의 운명을 알게 되었다는 것은 이 전투에서 그가 죽었다는 것을 의미하며, 하랄드 하르드라데가 불행했다는 것은 역시 그 또한 이 전쟁에서 죽었다는 것을 의미한다. 이 전쟁에서 노르웨이가 영국에 패했다.
44) 서기 력으로 13세기에 해당한다.
45) 이집트 카이로 시의 한 구역 이름이다. 보르헤스가 이 지역을 택한 것은 그곳에 유명한 박물관이 있기 때문이다.
46) 『천일야화』의 한 부분을 이루는 이야기들에 나오는 주인공 이름으로, 이 이야기들에서는 주로 바다에서의 모험이 주조를 이루고 있다.
47) 이 또한 『천일야화』에 나오는 이야기로서 죽음에 관한 주제를 가지고 있다. 이 이야기에 보면 청동으로 된 건물만이 있고, 모든 것은 죽어 있다. 이것은 마치 보르헤스의 『픽션들』에 나오는 「바벨의 도서관」의 한 장면과 유사성을 가진다. 마찬가지로 여기서도 도서관만 남고 모든 것은 죽어 있다.
48) Samarcanda : 옛 소련연방에 속했으나 현재 우즈베크 공화국에 속해 있는 도시로 한때는 중앙아시아에서 가장 번창했던 도시였다. 정확히는 알 수 없으나 보르헤스에 따르면 헤지라 력으로 7세기경 이슬람교가 지배하고 있던 그곳에서는 장기가 유행했다고 한다.
49) Bikaner : 인도의 북서쪽에 있는 도시의 이름.
50) Bohemia : 체코슬로바키아의 서쪽에 있는 지역 및 민족의 이름.
51) Kolozvar : 루마니아의 북서쪽에 있는 도시의 이름.
52) 옛 동독의 중앙에 자리잡고 있는 도시의 이름.
53) Aberdeen : 옛 스코틀랜드의 북동쪽에 있는 군 county의 이름.
54) Alexander Pope(1688-1744) : 1720년 호머의 『일리어드』 영어판 번역본을 완간했다. 주 5번 참조. 화자가 여기서 1714년에 구독 신청을 했다는 것은

는 내가 흥분에 사로잡힌 채 그것에 몰입했었다는 것을 안다. 내 생각에 1729년경 나는 지암바띠스따[55]라고 불리는 수사학 교수 한 사람과 이 시(일리어드)의 기원에 대한 토론을 벌였다. 1921년 10월 4일 나를 태우고 봄베이로 가던 〈판타〉호는 에리트레아 해안[56]에 있는 한 항구에 닻을 내려야 했다.[57] 나는 배에서 내렸다. 또한 홍해를 마주하고 선 내게 아주 오래된 또 다른 옛 아침들이 떠올랐다. 내가 로마의 군단장이었고, 열병과 마술과 나태가 군인들을 삼켜버렸던 그 시절 말이다. 나는 그 항구 도시의 근교에서 아주 맑은 물이 흐르고 있는 개울을 발견했다. 나는 습관에 쓸려 그 물을 떠 맛을 보았다. 둑 위로 올라왔던 나는 가시나무에 손등을 찔렸다. 예사롭지 않은 고통이 내게 너무도 생생하게 느껴졌다. 나는 침묵 속에서 여전히 의심을 감추지 못한 채 행복해하며 피가 천천히 방울을 만들어가는 아름다운 과정을 바라보았다. 나

총 여섯 권으로 된 이 책이 1715년부터 한 권씩 발간되었기 때문이다.

55) 뒤의 원주에도 언급이 되지만 이 지암바띠스따는 이탈리아의 철학자 지암바띠스따 비꼬 Giambattista Vico(1668-1744)를 가리키는 듯하다. 뒤의 원주에서 보르헤스는 우리에게 『터널』이라는 작품으로 이름이 알려진 에르네스또 사바또의 말을 빌려 그가 지암바띠스따 비꼬임을 간접적으로 언급하고 있다. 이 또한 보르헤스가 즐겨 쓰는 이야기하기 Narrating 기법으로서의 뒤틀기이다. 실제로 비꼬는 1725년에 발간한 『새로운 과학 Scienza Nuova』이라는 저서에서 호머의 작품에 관한 독창성의 문제를 다루었었다.
  비꼬는 당시에 초석을 닦아가고 있던 자연과학의 방법론을 이용한 인문과학을 처음으로 제창한 사람이다. 따라서 인문학의 과학화를 주장하는 구조주의자들은 그를 구조주의의 원조로 여기고 있다. Terence Hawkes, *Structuralism & Semiotics*(Berkeley & Los Angeles: California University Press, 1977), 11-15쪽 참조.
56) Eritrea : 홍해에 있는 지역의 이름으로 옛날에는 이탈리아의 식민지였다.
57) 이 원고에 지워진 부분이 한 곳 있다. 아마 그 항구의 이름이 지워진 것 같다. 〔원주〕

는 다시 죽는 존재가 되었다, 나는 반복해 중얼거렸다, 나는 다시 모든 인간과 똑같은 존재가 되었다. 그 날 밤 나는 새벽이 될 때까지 잠을 잤다.

……나는 일년 가까운 시간 동안 이 원고를 검토했다. 나는 그게 꼭 들어맞는 진실임을 확신한다. 그러나 앞의 몇 장(章)들과, 심지어 다른 장들의 몇몇 단락들은 내 생각에 약간의 거짓을 담고 있는 것 같다. 그러한 판단은 아마 내가 시인들에게서 배웠던, 모든 것을 허위로 오염시키는 정황 묘사, 즉 어떤 절차에 대한 지나친 맹종에서 비롯된 게 아닌가 싶다. 왜냐하면 그러한 정황이란 현실에서는 풍요하게 존재할지 모르나 그것에 대한 기억에서는 그러하지 않기 때문이다……. 그럼에도 불구하고 나는 보다 그럴 듯한 근거 하나를 발견했었던 것 같다. 사람들이 나를 〈환상적〉이라고 판단할지 모르지만 나는 그것에 대해 써보겠다.

〈내가 들려준 이야기가 비사실적으로 보이는 것은 그 안에 전혀 다른 두 사람에게 일어났던 일들이 혼재되어 있기 때문이다.〉 제1장에 보면, 말을 타고 온 어떤 사람이 테베스의 성벽을 씻고 있는 강의 이름을 알고자 한다. 전에 이 도시에 헤카톰필로스라는 이름을 붙여주었던[58] 플라미니오 루포[59]는 그 강이 이집트라고 말한다. 그러나 그것은 플라미니오 루포의 말이라기보다 호머의 말이다. 왜냐하면 『일리어드』에서 호머는 테베스 헤카톰필로스에 대한 명백한 언급을 하고 있기 때문이다. 그리고 『오디세이』에서

---

58) 왜냐하면 테베스의 또 다른 이름은 〈테베스 헤카톰필로스〉이기 때문이다.
59) 플라미니오 루포는 앞의 이야기에 나오는 주인공의 이름이다. 이 인물이 실존 인물이 아니기 때문에 이런 이름을 붙였다는 것도 또한 허구이다.

도 프로테우스[60]와 율리시즈의 입을 통해 줄곧 이집트를 나일 강으로 부르고 있기 때문이다. 제2장에서, 로마인은 불사의 강물을 마시는 순간 몇 마디 말을 그리스어로 중얼거리게 된다. 이 말들은 호머적인 것으로 그 유명한 군선(軍船)들의 이름들을 언급하고 있는 부분의 끝머리에 나온다. 조금 더 가면 현기증이 나도록 만드는 궁전에서 그는 〈거의 회한에 가까운 욕설〉에 대해 말한다. 이 말 또한 그러한 공포를 구상했었던 호머와 일치한다. 그러한 유사성들은 나를 무척 조바심 나게 만들었다. 그러다가 미학적 양식에서의 또 다른 유사성들은 나로 하여금 진실을 발견하도록 만들어주었다. 그것들은 마지막 장에 삽입되어 있었다. 거기에는 〈내가 스탬포트 다리의 전투에 참가했고, 불락에서 선원 신드바드의 모험을 필사했고, 아베르딘에서 포프의 『일리어드』 영어판 구독 신청을 했다〉라고 씌어 있다. 그 중에서도 특히 다음과 같은 부분을 주목해 볼 수 있다. 〈비카네르, 그리고 또한 보헤미아에서도 점성학을 연구했다.〉 이러한 증언들 중 거짓된 것은 하나도 없다. 의미심장한 것은 그것들이 강조되어 있다는 점에 있다. 그것들 중에서 첫번째로 우리가 발견해 낼 수 있는 것은 그가 무인이었을 거라는 점이다. 그러나 뒤에 가서 화자는 그가 더 이상 전쟁이 아닌 인간의 운명과 관련된 직업을 가졌다는 점을 환

---

60) Proteus : 프로테우스는 원래 오세아누스와 테티스 사이에서 태어난 그리스 신화에 나오는 신의 이름이다. 바다의 신인 포세이돈이 그에게 예언과 여러 가지 형태로 모습을 바꿀 수 있는 능력을 주었다고 한다.

    이와 함께 그는 이집트 왕으로 설정되기도 한다. 트로이 전쟁 당시 패리스가 헬레나를 납치해 트로이로 가지만 실제로 그가 납치한 헬레나는 실제의 헬레나가 아니라 헬레나의 환영이다. 실제의 헬레나는 그 사이 바로 이 이집트 왕인 프로테우스와 머물러 있던 것으로 나와 있다.

기시킨다. 그 다음에 언급되고 있는 것들은 더욱 호기심을 자아 낸다. 하나의 희미한 원론적인 의아심이 나로 하여금 그것을 다시 적어보도록 만들었다. 〈나는 그들이 애상적이라는 것을 알았기 때문에 그렇게 했다.〉 그것은 로마인 플라미니오 루포가 한 말이 아니다. 그것은 호머가 한 말이다. 호머가 13세기에 또 다른 율리시즈인 신드바드의 모험들을 필사하고, 몇 세기가 지난 후 북반구의 한 왕국에서 야만의 언어로 씌어진 자신의 『일리어드』 인쇄물들을 발견한 것은 회귀한 일이다. 비카네르의 이름을 선택하고 있는 문장에서는 아주 멋진 어휘들을 보여주고 싶어 안달이 난(마치 그 군선들의 목록을 쓴 작가처럼) 지적인 어떤 사람이 그것을 썼다는 게 드러난다.[61]

끝부분에 가까워지면서 그의 기억의 영상들은 거의 남아 있지 않다. 남아 있는 것은 단지 〈말들〉뿐이다. 나는 시간이, 한때는 나 자신을 의미했던 〈말들〉을 그 많은 세기 동안 나를 동반하고 다녔던 어떤 운명을 상징했던 〈말들〉과 혼동되도록 만들었을 거라는 게 전혀 이상하지 않다. 나는 호머였던 것이다. 간단히 말해 나는 마치 율리시즈처럼 〈아무것도 아닌 자〉가 될 것이다. 간단히

---

61) 에르네스또 사바또는 골동품상 카르타필루스와 『일리어드』의 제작 과정을 놓고 토론을 벌였던 〈지암바띠스따〉가 바로 지암바띠스따 비꼬임을 시사한다. 이 이탈리아인은 호머가 플루톤 또는 아킬레스의 방식을 따른 상징적 인물이라고 항변한다. 〔원주〕

플루톤은 지옥의 신, 아킬레스는 트로이 전쟁의 그리스 영웅이다. 보르헤스가 플루톤 또는 아킬레스 방식이라고 한 것은 지암바띠스따 비꼬가 그리스의 신들과 영웅들이 마치 플루톤은 지옥, 아킬레스는 용기에 대한 보편적 상징에 불과하다고 본 데서 비롯된 것이다.

에르네스또 사바또, 지암바띠스따 비꼬에 관해서는 이 단편 주 55번을 참조할 것. 〔역주〕

말해 나는 모든 사람이 될 것이다, 즉 나는 죽을 것이다.

〈후기(1950)〉[62]

앞에서 기록한 원고의 출간이 불러일으킨 논평들 가운데 비록 가장 품격이 있는 것은 아니지만 가장 흥미로운 것은 성경식으로 제목을 붙인 『형형색색의 코트』(맨체스터, 1948)이다.[63] 이 작품은 나훔 꼬르도베로 박사[64]가 아주 꼼꼼한 필치로 써낸 작품이다. 이 책은 약 1백여 페이지로 구성되어 있다. 저자는 그리스의 센토[65] 시들, 라틴 후기의 센토 시들, 그리고 벤 존슨[66]에 대해 말한다. 벤 존슨은 자신의 동시대 작가들을 세네카, 알렉산더 로스의 『선교하는 버질』, 조지 무어와 엘리어트의 기교들, 그리고 마지막으로 골동품상 조셉 카르타필루스가 창안해 낸 〈이야기 기법〉들의 부스러기들을 보여준 작가들로 규정했다.[67] 그는 첫 장(章)에서는

---

62) 이 후기는 1950년에 씌어진 게 아니라 이 작품이 발표된 1949년에 씌어진 것이다. 「틀뢴, 우크바르, 오르비스 떼르띠우스」에서도 이와 같은 가짜 사실주의의 기법이 등장한다.

63) 여기서 이 작품의 제목이 성경적이란 말은 구약성서의 한 부분을 인유하고 있기 때문이다. 「창세기」에 보면 야곱이 나중에 형들의 시샘 때문에 이집트로 팔려가게 되는 막내아들 요셉에게 그런 옷을 준다.

64) 허구적 인물이다. 에블린 피쉬본과 피쉬 휴지스에 따르면 나훔은 구약성서에 나오는 예언자의 이름이요, 꼬르도베로는 유태 신비주의 사상가의 한 사람으로 그 두 이름을 합성한 이름이라고 한다. 에블린 피쉬본·피쉬 휴지스, 『보르헤스 사전』 63쪽.

65) cento : 유명한 시들의 구절들을 따와 만든 작품들을 가리킨다. 바로 여기서 우리는 현대의 패스티쉬 기법에 대한 이론적 기반이 나왔음을 보게 된다.

66) Ben Jonson(1572-1637): 셰익스피어를 잇는 자코뱅 시대의 대표적인 영국 극작가로 주로 희극에서 뛰어난 재능을 보여주었다. 주요 작품으로는 「자신의 성격에서 벗어난 모든 남자」, 「묵묵한 여인」, 「자신의 성격 속에 남은 모든 남자」, 「볼포네」, 「연금술사」 등과 같은 희극과, 「캐틸라인, 그의 음모」와 같은 비극이 있다.

플리니(『자연사』, 제8권),[68] 제2장에서는 토마스 드퀸시(『글』, 제3권, 439쪽),[69] 제3장에서는 데카르트가 삐에르 샤뉘 대사[70]에게 보냈던 편지, 제4장에서는 버나드 쇼[71](「므두셀라[72]로 돌아가다」, 제5막)가 부분적으로 옮겨져 와 있는 것에 대해 공격을 가한다. 그는 이러한 침범, 또는 표절을 근거로 이 원고 전체의 출처가 의심스럽다는 유추를 해낸다.

내 견해로 그러한 결론은 받아들이기가 힘들다. 카르타필루스는 〈끝부분에 가까워지면서 기억의 영상들은 거의 남아 있지 않다. 오직 남아 있는 것은 '말들' 뿐이다〉라고 썼었다. 말들, 제자리를 잃고 불구가 된 말들, 다른 사람들의 말들이 바로 시간이 이 저자에게 남겨준 보잘 것 없는 적선이었다.

세실리아 인헤니에로스[73]에게

---

67) 벤 존슨이 동시대 작가들이, 열거한 그 사람들의 작품들을 단편적으로 차용한 작가들이라고 규정했다는 것은 일종의 풍자이다. 왜냐하면 실제로 벤 존슨이 세네카의 산문들을 부분적으로 차용했었기 때문이다. 그러나 알렉산더 로스 Alexander Ross(1590-1654), 조지 무어(1852-1933), 엘리엇(1888-1965)은 벤 존슨보다 후대 사람들이기 때문에 벤 존슨의 동시대 사람들이 그들의 문학성을 단편적으로 차용했다는 것은 보르헤스의 가짜 사실주의적 장치이다. 또한 카르타필루스는 허구의 인물이기 때문에 더욱 그러하다. 이러한 가짜 사실주의 기법은 이 작품에서 보다 중요한 의미를 가지게 되는데 그것은 〈죽지 않는 인간〉이란 모든 인간 그 자체이기 때문이다.

여기서 알렉산더 로스의 『선교하는 버질』이 나오는데 그것은 그의 저서로, 로마의 시인이었던 버질풍으로 복음 전파를 꾀하는 양식을 가지고 있다.
68) Pliny(23-79): 로마의 저술가. 자세한 것은 『픽션들』의 「기억의 천재 푸네스」의 주 19번(179쪽)을 참조할 것.
69) Thomas de Quincey(1785-1859): 영국의 저술가.
70) Pierre Chanut(1604-1667): 데카르트의 친구로 스웨덴 주재 프랑스 대사.
71) George Bernard Shaw(1856-1950): 영국의 극작가.
72) 창세기에 나오는 969세까지 살았다는 인물.
73) 보르헤스의 개인적 친구.

죽어 있는 사람

　부에노스 아이레스[1] 근교 출신의 한 남자, 굽힐 줄 모르는 용기 외에는 다른 덕목을 가지고 있지 않은 한 비장한 싸움꾼이 브라질 국경에 있는 말 탄 사나이들이 난무하는 사막으로 들어가 밀수꾼들의 두목이 된다는 것은 전혀 불가능한 일인 것처럼 보인다. 나는 그렇게 생각하는 사람들에게 벤하민 오딸롤라의 일생에 대한 이야기를 들려주고 싶다. 발바네라[2] 지역에서 그에 대한 기억을 가지고 있는 사람은 아무도 없을 것이다. 그는 자신의 삶에 걸맞는 그런 죽음, 한 발의 총탄에 맞아 리우 그란데 두 술[3]의 교외 지역에서 죽었다. 나는 그의 파란만장한 삶에 대한 조목 조

---

1) Buenos Aires : 아르헨티나의 수도인 도시, 또는 그 근교를 포함한 지방 이름.
2) Balvanera : 부에노스 아이레스 근교에 있는 한 지역의 이름.
3) Rio Grande do Sul : 브라질의 주 이름.

목의 상세한 내용들은 모른다. 만일 내가 앞으로 그것들에 대해 알게 된다면 나는 이 글에 수정을 가하고, 그리고 확장을 할 것이다. 지금으로서는 이 요약적인 글이나마 유용함이 있으리라 생각한다.

1891년 벤하민 오딸로라는 19세가 되어 있다. 그는 좁은 이마와, 진지해 보이는 맑은 눈, 바스코[4]인적인 뛰어난 힘을 가진 멋진 젊은이다. 그의 승리로 끝난 한 칼싸움은 그가 용감한 남자라는 것을 증명해 보이도록 만들어주었다. 그는 상대방의 죽음이나 아르헨티나로부터 도주해야 하는 즉각적인 필요성 앞에서도 전혀 초조해하지 않는다. 그가 살던 구역의 두목이 그에게 우루과이의 아세베도 반데이라 앞으로 쓴 편지 한 통을 준다. 오딸로라는 배에 오르고, 폭풍우와 배가 삐거덕거리는 소리로 뒤덮인 항해를 한다. 다음날, 그는 뭐라 말할 수 없고, 아마 이유를 알 수 없는 어떤 서글픔과 함께 몬떼비데오[5] 거리들을 방황한다. 그는 아세베도 반데이라를 만나지 못한다. 자정 무렵, 그는 빠소 델 몰리노[6] 광장에 있는 한 구멍가게에서 마부들 사이에 벌어진 싸움판에 끼여든다. 단도 하나가 빛을 반짝인다. 오딸로라는 어느 쪽이 옳고, 어느 쪽이 그른지에 대해 판단이 서지 않는다. 그러나 마치 다른 사람들에게 도박이나 음악이 그러하듯 그는 순전히 위험 자체의 맛에 끌리는 그런 사람이다. 난투의 과정중에 그는 한 일꾼이 칙칙한 빛깔의 중절모를 쓰고 판초를 입은 한 남자에게 던

---

4) Vasco : 프랑스와 스페인 국경에 있는 피레네 산맥에 위치한 스페인의 주 이름.
5) Montevideo : 우루과이의 수도.
6) Paso del Molino : 몬떼비데오에 있는 한 구역의 이름.

진 비열한 칼질을 막아준다. 나중에 그 사람이 아세베도 반데이라라는 게 드러난다. (그것을 알게 된 오딸롤라는 편지를 찢어버린다. 왜냐하면 그는 그것을 빌미로 신세를 지게 됨 없이 모든 것을 혼자의 힘으로 헤쳐나가고 싶었기 때문이다.) 비록 용맹하기는 했지만 아세베도 반데이라는 매우 불균형해 보이는 기형적인 인상을 가지고 있다. 계속 코 앞에 어른거렸던 그의 얼굴에는 유태인과 흑인과 인디언 혈통의 흔적이 뒤섞여 있다. 그의 모습 속에는 원숭이와 호랑이의 인상이 함께 들어 있다. 그의 얼굴을 가르고 있는 칼자국은 검은 돼지털 콧수염처럼 또 다른 흉측한 장식물 이상의 그 어떤 것으로 비쳐지지 않는다.

알콜의 장난, 또는 실수로 인해 일어난 난투극은 마치 일어났을 때처럼 아주 순식간에 끝난다. 오딸롤라는 마부들과 함께 술을 마시고, 떠들썩한 놀이판에 합류하고, 그리고 그들과 함께 시우다드 비헤하[7]에 있는 한 저택으로 간다. 이미 해는 중천에 높이 떠 있다. 그들은 저택의 가장 깊숙한 곳에 있는 흙이 깔려 있는 마당에서 잠을 자기 위해 마구(馬具)를 펼친다. 어렴풋이 오딸롤라는 그 날 밤과 그 전날 밤을 비교해 본다. 이제 이미 그는 친구들 틈에 끼여 삶의 딴딴한 땅을 밟고 있다. 이상스럽게도 부에노스 아이레스가 그립게 느껴지지 않는 것에 대한 어떤 회한이 그를 야릇한 불안에 빠지도록 만든다. 그는 저녁 무렵까지 잠을 잔다. 술에 취해 반데이라를 공격했던 그 동료가 그를 깨운다. (오딸롤라는 그 남자가 다른 사람들과 더불어 그 소동과 흥분의 밤을 함께 나누었고, 반데이라가 자신의 옆에 앉혀놓고 계속 술을 먹도록 강요했던 바로 그 사람이라는 것을 기억한다.) 그 남자

---

7) Ciudad Vieja : 우루과이에 있는 한 도시의 이름.

가 오딸롤라에게 두목이 그를 찾아오라고 시켰다고 말한다. 아세베도 반데이라가 현관을 마주보고 있는 일종의 책상 같은 곳에서 그를 기다리고 있다. (오딸롤라는 결코 전에 방계형의 문들을 가진 그런 현관을 본 적이 없다.) 반데이라 곁에는 머리를 물들인 피부가 하얗고 비아냥거리는 듯한 인상의 여자가 앉아 있다. 반데이라가 그를 유심히 살펴본 뒤 그에게 사탕수수 술 한 잔을 권한다. 반데이라가 그에게 자네는 씩씩한 남자 같다고 말하고, 다른 사람들과 함께 북부에 가서 소떼들을 몰고 오지 않겠느냐는 제안을 되풀이해 말한다. 오딸롤라는 제안을 받아들인다. 새벽 무렵 그들은 따꾸아렘보 강[8] 방향을 향해 길을 떠나고 있다.

그렇게 해서 오딸롤라에게 또 다른 삶이 시작된다. 광활한 새벽과 말의 냄새가 묻어나는 여행의 삶. 그러한 삶은 그에게 있어 전혀 생소하고, 이따금 고통스럽기조차 하다. 그러나 그러한 삶은 이미 그의 피 속에 흐르고 있다. 왜냐하면 다른 나라의 남자들이 바다를 예감하고 숭배하는 것과 마찬가지로[9] 우리들은(더불어 이러한 상징들을 예술화시키고 있는 사람 또한) 말발굽 아래에서 메아리를 울리는 지칠 줄 모르는 평원을 그리워하기 때문이다. 오딸롤라는 달구지와 말몰이꾼들의 동네에서 자랐다. 따라서 그는 1년이 채 되지 않아 가우초(목동)로 변신할 수 있게 된다. 그는 야생마를 길들이고, 말들을 목장의 우리에 몰아넣고, 가축들을 도살하고, 짐승들로 하여금 순종하게 하는 채찍과 짐승들을 쓰러뜨리는 투석줄을 사용하고, 잠과 폭풍우와 한파와 더위를 견디고, 휘파람과 고함 소리를 이용해 가축들을 모는 법을 배운다.

---

8) Tacuarembó : 우루과이에 있는 강의 이름.
9) 여기서 다른 나라란 영국이다.

이 수련의 기간 동안 그가 아세베도 반데이라와 만난 것은 단 한 차례뿐이다. 그러나 그는 그 순간을 매우 뚜렷하게 기억하고 있다. 왜냐하면 반데이라의 수하가 되는 것은 사람들의 존경과 두려움을 한몸에 받게 되는 것이기 때문이고, 목동들의 말에 따르면 남자답기로 반데이라를 따라갈 사람은 없기 때문이다. 어떤 사람은 반데이라가 리우 그란데 두 술을 흐르는 꽈레임 강의 우루과이 쪽 지역에서 태어났다고 주장한다.[10] 이러한 소문은 그의 명성을 깎아내릴 수도 있지만, 도리어 그것은 그를 은밀하게 빽빽한 밀림과 늪지와 형용할 길 없고 거의 무한히 거리가 떨어져 있는 어떤 곳으로부터 온 사람인 것으로 신비화시켜 준다. 점차로 오딸롤라는 반데이라가 하고 있는 사업이 아주 다양하지만 주된 사업은 밀수라는 것을 알게 된다. 마부가 되는 것은 노예가 되는 것과 다를 바가 없다. 오딸롤라는 밀수꾼의 위치로 상승하기로 결심한다. 어느 날 밤 동료 두 사람이 국경을 넘어 상당량의 사탕수수 술을 가지고 돌아오기로 계획되어 있다. 오딸롤라는 그들 중의 하나로 하여금 싸움을 걸도록 만든 뒤 그에게 상처를 입히고 그의 자리를 차지한다. 야심과, 또한 알 수 없는 충성심이 그를 자극한다. (그는) 제발 그가 자신이 데리고 있는 우루과이인들을 다 합쳐봐도 내가 낫다는 사실을 마침내 깨닫게만 된다면 얼마나 좋을까라고 생각한다.

오딸롤라가 다시 몬떼비데오로 돌아왔을 때는 또 한 해가 지나 있다. 그는 도시의 변두리 지역과, (그에게는 아주 거대해 보이는) 도심을 가로지른다. 그와 그의 동료들은 두목의 집에 당도한

---

10) 꽈레임 Cuareim 강은 리우 그란데 두 술 주의 브라질과 우루과이 국경선을 따라 흐르는 강이다.

다. 그들은 저택의 가장 안쪽에 있는 마당에다 마구들을 펼쳐놓는다. 며칠의 시간이 지나갔건만 오딸롤라는 반데이라를 만나지 못한다. 사람들은 불안을 드러내보이며 그가 앓고 있다고 말한다. 한 깜둥이가 찻주전자와 마떼 차를 가지고 자주 그의 방으로 올라가곤 한다. 어느 날 오후, 오딸롤라에게 이 일이 맡겨진다. 그는 은근히 치욕감을 느끼지만 동시에 자부심 또한 느낀다.

반데이라의 방은 장식이 없고 어두컴컴하다. 서쪽을 향해 발코니가 하나 나 있다. 회초리들, 채찍들, 총들, 칼과 창들이 어지럽게 널려 있는 탁자가 하나 놓여 있다. 유리의 빛이 흐려져 있는 오래된 거울이 하나 걸려 있다. 반데이라는 입을 위로 향한 채 누워 있다. 그는 잠든 채 신음을 쏟아내고 있다. 강렬한 마지막 태양빛이 그의 모습을 드러내 보여준다. 그 거대한 하얀 방이 그를 보잘 것 없고, 형편없이 보이도록 만드는 것 같다. 오딸롤라는 세월이 그에게 가져다 준 백발과 피로와 쇠약함과 피부의 균열들을 유심히 바라본다. 이 늙어빠진 영감이 자신들을 통솔했다는 생각이 들자 그에게 울컥 격앙감이 솟구친다. 오딸롤라는 단 한 방이면 그를 끝내버릴 수 있을 거라는 생각을 한다. 그 순간 그는 거울을 통해 어떤 사람이 방 안에 들어와 있는 것을 본다. 빨간 머리를 가진 여자다. 제대로 옷을 입지 않고 맨발 차림인 여자가 차가운 시선으로 그를 훑어본다. 반데이라가 몸을 일으킨다. 그가 여자의 머리칼을 만지작거리면서 연거푸 마떼 차를 마시고 자신의 무용담에 관한 얘기를 한다. 마침내 오딸롤라에게 가도 좋다는 허락이 내린다.

며칠 후 그들에게 북부로 가라는 명령이 하달된다. 그들은 끝간 데 없는 평원에 있는 다른 목장과 다를 바가 없는 한 버려진 목장에 도착한다. 그곳에는 그곳을 쾌적하게 느끼도록 만들어줄 만한 나무들도 개울도 없다. 오직 일출부터 일몰까지 끝없이 태양만이 내리쬘 뿐이다. 가축들을 위한 우리가 있기는 했지만 황폐하고 초라하기 그지없다. 그 형편없는 목장의 이름은 〈한숨〉이다.

오딸롤라는 일꾼들의 마차 바퀴 소리 틈바구니로 반데이라가 몬떼비데오로부터 곧 도착할 거라는 말을 듣는다. 그는 이유를 묻는다. 누군가가 가우초가 된 한 외지인이 그의 위에 군림하려고 들기 때문이라고 설명한다. 오딸롤라는 그게 단지 농담에 불과한 말이라고 생각한다. 그러나 그는 그 얼토당토 않는 말이 사실이었으면 하고 바란다. 얼마 후 그는 반데이라가 정치가들 중의 한 사람과 적이 됐고, 그래서 그 정치가가 더 이상 그에게 도움을 주지 않기 때문에 그렇다는 사실을 알아낸다. 그는 이 소식에 기쁨을 느낀다.

몸체가 긴 무기들이 담긴 상자들이 도착한다. 그 여자의 방에 놓을 은으로 만든 항아리와 대야가 도착한다. 금은 구슬을 단 비단 커튼들이 도착한다. 어느 날 아침 산줄기로부터 무성한 수염에 판초를 입은 음침한 얼굴의 한 사내가 도착한다. 그의 이름은 울삐아노 수아레스이다. 그는 아세베도 반데이라의 심복, 또는 그의 호위병이다. 그는 브라질식의 어투를 가지고 있는데 아주 말수가 적다. 오딸롤라는 그의 과묵함이 적의, 아니면 냉소, 아니면 단순히 수염 때문에 오는 것인지 분간할 수가 없다. 그러나 그는 자신이 획책하고 있는 계획을 위해서는 그와 친해져야 한다는 사실만은 깨닫고 있다.

얼마 후 벤하민 오딸롤라의 운명 속으로 아세베도 반데이라가 남부 지방에서 가져온 흑색 발목을 가진 빨간 말이 들어온다. 그 말은 금속판으로 도금한 마구와 가장자리를 호랑이의 가죽으로 댄 안장깔개를 뽐낸다. 이 민첩한 말은 두목이 가진 권위에 대한 상징이다. 그래서 그는 그 말을 탐내게 되고, 앙심 섞인 욕망 속에서 찬란한 빛을 내는 머리를 가진 여자를 원하게 되기에 이른다. 그 여자, 마구, 그리고 적토마는 그가 패망시키고자 노력하는 그 어떤 남자의 징표이자 수사이다.

여기에 이르러 이야기는 복잡하게 뒤얽히고 심원해진다. 아세베도 반데이라는 은근히 차츰 더 범위와 무게를 더해 협박을 가하는 기술, 말하고 있는 상대를 점차적으로 정복해 나가는 악마적인 조종술의 전문가였다. 오딸롤라는 그의 이 아리송한 전법을 자신이 계획하고 있는 고난한 작업에 역이용하기로 마음먹는다. 그는 시간을 두고 서서히 아세베도 반데이라의 자리를 강탈하기로 마음먹는다. 그는 매일 위험으로 가득 찬 삶을 함께 공유하는 과정을 통해 수아레스의 우정을 얻게 되기에 이른다. 그는 수아레스에게 자신의 계획을 털어놓는다. 수아레스가 그를 돕겠다고 약속한다. 그 뒤로 아주 많은 사건들이 일어나지만 그것들에 대해 내가 알고 있는 것은 거의 없다. 오딸롤라는 반데이라의 명령에 불복종한다. 그는 반데이라의 명령들을 잊어버리거나, 뒤바꿔 버리거나, 반대로 행해 버리곤 한다. 우주가 그와 함께 음모를 꾸미고 있는 것 같고, 그리고 우주가 사건의 진행을 독려한다. 어느 날 정오, 따꾸아렘보 강가의 들판에서 리우 그란데 출신 사람들과 총격전이 벌어진다. 오딸롤라가 반데이라의 자리를 찬탈해 우루과이인들을 지휘한다. 총알 한 발이 그의 어깨를 관통한다. 그러나 그 날 오후 오딸롤라는 두목의 적토마를 타고 목장 〈한숨〉으로 돌아온다. 그 날 오후 그가 흘린 몇 방울의 피가 호랑이

가죽을 적신다. 그 날 밤 그는 빛나는 머리를 가진 여자와 잠을 잔다. 달리 알려져 있는 이야기들에서는 이 사건들의 순서가 뒤바뀌어 있거나, 그 사건들이 단 하루에 일어났으리라는 것을 부정하기도 한다.

그럼에도 불구하고, 반데이라는 명목상으로는 여전히 두목이다. 그는 전혀 시행되지 않는 명령들을 내리곤 한다. 벤하민 오딸롤라는 습성과 동정심에 뒤얽혀 그것에 대해 상관하지 않는다.

이 이야기의 마지막 장면은 1894년의 마지막날 밤에 있었던 소동과 일치한다. 그 날 밤 목장 〈한숨〉의 남정네들은 막 잡은 새끼 양 고기를 먹고, 툭하면 싸우게 만드는 독한 술을 마신다. 누군가가 기타로 아주 어려운 밀롱가[11] 춤곡 하나를 끝없이 연주한다. 식탁의 머리맡에 앉아 있는 오딸롤라는 취해 끝간 데 없는 환희와 열광의 도가니에 휩싸인다. 이 끝없이 쌓여 올라가는 흥분의 탑이야말로 바로 그가 저항할 수 없는 바로 그의 운명 자체이다. 고함을 질러대는 사람들 틈에 끼여 묵묵히 앉아 있는 반데이라는 떠들썩한 밤이 그냥 흘러가 버리도록 내버려둔다. 12시 종이 치자 반데이라는 마치 해야 될 어떤 일이 생각 난 사람처럼 자리에서 일어난다. 그는 일어서고, 그리고 가서 여자의 방을 부드럽게 노크한다. 여자는 마치 노크 소리를 기다렸기나 한 듯 즉각 문을 연다. 그녀가 맨발과 반쯤 벌거벗은 차림으로 문 밖으로 나온다. 두목이 기어들어가는, 그리고 여자 같은 목소리로 그녀에게 명령을 내린다.

「너와 부에노스 아이레스 항구 출신의 저 사람은 서로 아주 좋아하는 사이니까 모든 사람들이 보는 앞에서 저 사람에게 키스를

---

11) 아르헨티나, 우루과이 등지의 전통 음악이자 춤곡.

한 번 해봐라」

 난폭한 광경이 뒤따른다. 여자는 거부하려고 한다. 그러나 두 사람이 팔을 붙들어 오딸롤라 앞으로 그녀를 밀친다. 그녀는 눈물로 뒤범벅이 된 채 그의 얼굴과 가슴에 입을 맞춘다. 울뻬아노 수아레스는 이미 권총을 움켜쥐고 있던 터다. 죽음을 맞이하기 전 오딸롤라는 시초부터 그들은 자신을 배반했고, 이미 사형이 언도되어 있었고, 그들은 이미 그에게 죽음의 판결을 내렸고, 그리고 반데이라에게 그는 이미 죽어 있는 것이나 마찬가지이기 때문에 자신에게 사랑과 지휘권과 승리를 허용했던 것이라는 사실을 깨닫는다.
 희미한 조소와 함께 수아레스가 총을 발사한다.

신학자들

훈노 족들은 정원을 짓밟고 성배와 제단을 모독한 뒤 말을 탄 채 수도원 도서관 안으로 난입했다. 그들은 자신들이 이해할 수 없는 책들을 찢고 능멸하고 그것들을 불에 태웠다. 아마 그 글자들 안에 자신들의 신인 쇠 반월도에 대한 불경스러운 어떤 무엇이 담겨 있을지도 모른다는 두려움 때문이었으리라. 양피지 사본들과 고문서들이 불에 탔다. 그런데 불길의 한가운데 재 속에 『신의 도시』[1] 제12권이 거의 손상을 입지 않은 채 고스란히 남아 있었던 것이다. 그 책은 아테네에서 플라톤이 수많은 세기가 지나면 모든 것들은 이전의 상태로 되돌아가고, 자신도 아테네에서 다시 바로 이 똑같은 학설을 똑같은 청중 앞에서 가르치게 될 거라고 가르쳤다는 사실을 기술하고 있다. 불들이 사면을 해준 그

---

[1] 성 아우구스티누스(354-430)의 저작들 중의 하나. 그의 저술로는 이외에도 『고백』, 『은혜에 관한 논문』 등이 있다.

책은 특별한 숭배를 받게 되었다. 이 머나먼 지방에서 그 책을 읽고 또 읽었던 사람들은 그 저자가 그 학설을 천명하고 있는 것은 단지 역으로 그것을 보다 효과적으로 반박하기 위함이라는 사실을 잊어버리게 되었다. I세기가 지난 후, 아낄레아[2]의 보좌 주교인 아우렐리아노[3]는 다뉴브 강 유역에 〈무변교(無變敎)도들〉(또한 환상교(環狀敎)도들이라고도 불리는)이라는 아주 새로운 종파가 생겨났다는 것을 알게 되었다. 그 교파는 역사는 순환적이고, 과거에 없었거나 미래에 없을 그 어떤 것도 존재할 수 없다는 교리를 가르쳤다. 산악 지대에서는 〈수레바퀴〉와 〈뱀〉이 십자가의 자리를 대신하게 되었다. 모든 사람들이 두려움에 떨었다. 그러나 모든 사람들은 신의 일곱번째 속성에 관한 논문으로 명성을 얻었던 후안 데 빠노니아[4]가 그 혐오스럽기 그지없는 이단을 공박하리라는 소문에 마음을 놓았다.

　이 소식들, 특히 마지막 소식을 접한 아우렐리아노는 몹시 기분이 언짢았다. 그는 신학 분야에 있어 위험을 수반하지 않는 그 어떤 새로운 학설이라는 게 불가능하다는 것을 알고 있는 사람이었다. 그렇지만 그는 이어 순환적 시간이라는 주제가 심각한 위

---

[2] Aquilea : 로마 제국 당시 이탈리아에 있던 중요한 도시의 이름. 이 도시는 452년 흉노 족의 왕 아틸라 Atila에 의해 파괴되었다.
[3] 이 아우렐리아노가 프랑스 아를레의 주교였던 아우렐리아노(6세기경)를 가리키는지 확실치 않다. 실제로 아우렐리아노는 흉노 족이 아낄레아를 파괴한 지 정확히 I세기 후에 아를레의 주교를 했기 때문에 그를 가리키고 있는 듯 하나 주교를 했던 지역이 다르다. 그가 아를레의 주교가 되기 전에 아낄레아에서 부주교를 했는지는 기록을 통해 확인해 볼 길이 없다.
[4] 여기서 빠노니아 Panonia란 이 인물이 태어난 지역을 가리키는 것으로 다뉴브 강 중류에 위치하고 있는 지역이다. 기원전 I세기와 기원후 I세기 사이에 로마 제국에 의해 점령되었다. 후안 데 빠노니아는 허구적 인물이다.

협이 되기에는 너무도 기이하고 너무도 경이로운 주제라는 데에 생각이 미쳤다. (우리가 두려워해야 할 이단은 정통 교리로 오인될 수 있는 그런 교리들이다.) 더욱 그를 고통스럽게 만든 것은 후안 데 빠노니아의 개입——침범——이었다. 2년 전, 그는 아주 장황한 『신의 일곱번째 성격인 영원성에 관하여 De septima affectione Dei sive de aeternitate』라는 책자를 가지고 아우렐리아노의 전문 영역을 침범했었다. 이제 시간의 문제가 마치 자기 영역에나 속하는 것처럼 아마도 프로크루스테스[5]적인 강변들, 〈뱀〉보다 더 공포스러운 가짜 만병통치약을 가지고 〈환상교도들〉을 교정시키려 하고 있는 것이었다……. 그 날 밤 아우렐리아노는 신탁(神託)의 중단을 다루고 있는 플타크의 옛 대화록 책장들을 들춰보았다. 그는 스물아홉번째 단락에서 무한한 태양들, 달들, 아폴로들, 디아나들, 포세이돈[6]들을 가진 무한히 순환하는 세계들을 주창하고 있는 스토아주의자들에 대한 풍자를 읽었다. 그는 그것의 발견을 행운의 징조로 느꼈다. 그는 후안 데 빠노니아에 앞서 〈수레바퀴〉의 이단들을 공박하기로 마음의 결정을 내렸다.

어떤 여자를 잊기 위해, 더 이상 그 여자에 대해 생각하지 않기 위해 그녀의 사랑을 찾는 사람이 있다. 이와 비슷하게 아우렐리아노는 그에게 해를 가하기 위해서가 아니라 그가 자신에게 안겨준 회한으로부터 벗어나기 위해 후안 데 빠노니아를 능가하기

---

5) Procrustes : 여행객들을 붙들어 자신의 침대에 맞춰 치수를 잰 다음 크면 자르고 작으면 늘렸던 희랍 신화의 인물. 여기서 프로크루스테스적이란 그처럼 〈억지의〉란 뜻을 가진다.

6) 아폴로는 태양, 디아나는 달, 포세이돈은 바다를 상징하는 그리스 신화의 신들. 아폴로와 포세이돈은 그리스식 이름이고, 디아나는 로마식 이름으로 이 신의 그리스식 이름은 아르테미스이다.

를 원했다. 그는 단순히 일에 열중하고, 삼단논법을 만들어내거나 모독적인 언사들을 창안해 내고, 〈아닌 nego〉, 〈반면에 autem〉, 〈결코 아닌 nequaquam〉과 같은 말들을 계속 씀으로써 마음의 평정을 얻어 그러한 앙심을 잊을 수 있었다. 그는 삽입구들이 거추장스럽게 끼여 있는 방대하고 이해할 길 없는 문장들을 만들어냈는데 그것들에서 드러나는 부주의함과 문법적인 오류는 마치 조소를 내비치기 위한 방편들처럼 보였다. 그는 동음반복 또한 그것을 위한 책략으로 삼았다. 그는 후안이 예언자적인 엄격함을 가지고 〈환상교도들〉을 맹공할 것이라는 예견이 들었다. 그래서 그는 후안과 차별성을 갖기 위해 야유의 방식을 선택했다. 성 아우구스티누스에 보면 예수가 불경한 자들이 방황하고 있는 무한히 순환하는 미로로부터 우리를 구원하는 바른 길이라는 말이 나온다. 아우렐리아노는 의도적으로 진부하게 그들을 익시온,[7] 프로메테우스의 간,[8] 시지푸스,[9] 두 개의 태양을 본 테베스의 왕, 말더듬이, 거울, 메아리, 물방앗간의 노새, 그리고 양각(兩角) 삼단논법에 비교했다. (이교도의 설화들은 장식품으로

---

7) Ixion: 테살리의 왕으로 헤라를 유혹하려 했으나 제우스가 헤라의 형상을 가진 구름을 보내 그 구름과 통정을 하고 괴물들을 낳도록 한 그리스 신화의 인물. 바로 두 헤라라는 이 일화와 관련하여 그가 순환을 주장하는 〈환상교〉와 비교된 것이다.
8) Prometheus: 인간에게 불을 훔쳐다 준 죄로 코카수스 산의 한 바위에 묶여 독수리에게 매일 간을 뜯어먹히게 되는 그리스 신화의 인물. 그의 간이 먹힌 만큼 계속 자라기 때문에 역시 똑같은 것이 되풀이된다는 〈환상교〉의 교리에 비유시키고 있다.
9) Sisyphus: 자신의 여조카 살룸네우스를 겁탈하고 그녀의 아이들을 죽인 죄과를 받아 산 위까지 바위를 밀고 갔다가 다시 미끄러져 내려와 버리는 돌을 다시 밀고 올라오는 노고를 되풀이해야 하는 그리스 신화의 인물. 프로메테우스의 간처럼 역시 반복의 의미 때문에 〈환상교〉와 비교된다.

강등된 채 여전히 존속하고 있었다.) 서재를 가지고 있는 다른 모든 사람들처럼 아우렐리아노는 소장하고 있는 책들 모두를 읽어보지 못한 데 대한 자책감을 가지고 있었다. 그런데 그러한 논쟁의 시작은 그로 하여금 자신의 태만을 꾸짖는 듯 많은 책들에 대한 그런 의무를 다할 수 있도록 만들어주었다. 그렇게 해서 그는 오리게네스의 저작 『태초로부터』[10]의 한 부분을 자신의 글에 삽입할 수 있었다. 그 구절은 유다 이스카리웃이 재차 예수를 팔고, 바울이 재차 예루살렘에서 스테파노의 순교를 목격하게 되리라는 주장을 부정한다. 그는 키케로의 『선(先)학문』[11]에서도 한 부분을 따왔다. 이 구절에서 키케로는 자신이 루쿨로[12]와 이야기를 나누는 동안 그 수가 무한한 또 다른 루쿨로들과 키케로들이 무한한 똑같은 세계들 속에서 정확히 똑같은 말을 하고 있다고 상상하는 사람들을 조롱한다. 덧붙여, 그는 〈무변교〉에 대한 반박의 증거로 플타크의 저술을 제시했고, 하느님의 말씀보다는 〈자연의 빛 lumen nature〉에 더욱 가치를 부여하고 있는 우상 숭배자들이 일으키고 있는 추문을 공박했다. 그 작업을 마치는 데는 9일의 기간이 걸렸다. 10일째 되는 날, 후안 데 빠노니아가 반박문의 사본

---

[10] Origenes(185-254): 알렉산드리아의 성경 주석가이자 신학자로, 『태초로부터』는 그의 주 저서이다.
　　에블린 피쉬본에 따르면 오리게네스와 알렉산드리아의 주교였던 데메트리우스 사이에 벌어졌던 이단 논쟁이 보르헤스의 이 단편과 유사성을 가지고 있다고 지적한다. 왜냐하면 데메트리우스가 오리게네스의 명성을 시샘하여 그를 이단으로 몰아 처형되도록 만들었기 때문이다. 『보르헤스 사전』, 178쪽.

[11] Marcus Tulius Cicero(B.C. 106-43): 로마의 정치가요 웅변가요 철학자. 주 저서로 『선(先)학문 Academica Priora』, 『후(後)학문 Academica Posteriora』 등이 있다.

[12] Luculo: 루쿨로는 키케로의 앞에 든 저서들에 나오는 화자의 이름이다.

을 그에게 보내왔다.

 그것은 마치 거의 그를 비웃고나 있는 듯 간명하기 그지없었다. 아우렐리아노는 조소와 함께, 그러나 얼마 후에는 두려움과 함께 그것을 읽었다. 그것의 첫 부분은 「히브리서」 9장의 마지막 구절들에 대한 주석을 싣고 있었다. 그 부분은 예수가 태초로부터 여러 차례 자신을 희생했던 것이 아니라 많은 세기들이 지난 근자에 와서 단 한 차례 희생을 했던 것뿐이라고 적혀 있었다.[13] 두번째 부분에서는 이방인들의 헛된 중언부언에 반한 성경의 가르침(「마태복음」 6장 7절)과,[14] 아무리 우주가 광대하다 해도 두 개의 똑같은 얼굴은 존재하지 않는다고 고찰하고 있는 플리니의 『자연사』[15] 제7권의 구절을 증거로 제시하고 있었다. 후안 데 빠노니아는 역시 마찬가지로 두 개의 영혼이란 존재할 수가 없고, 가장 추악한 죄인이라 할지라도 그는 예수가 그를 위해 흘린 피만큼이나 값진 것이라고 천명하고 있었다. 한 인간의 행위는 동일한 중심을 가지고 있는 아홉 개의 하늘보다 더 값지고, 그것이 없어졌다가 다시 되돌아온다고 상상하는 것은 현학적인 경박함에 다름 아니다(라고 그는 단언하고 있었다). 시간은 우리가 잃어버린 것을 되돌려주지 않는다. 영원성이 우리에게 천국의 영화, 또

---

13) 히브리서 9장 12절에 보면 〈그리스도는 단 한 번 지성소에 들어가셔서 염소나 송아지의 피가 아닌 당신 자신의 피로서 우리에게 영원히 속죄받을 길을 마련해 주셨습니다〉라는 구절이 나온다. 성경 인용은 공동번역 성서 가톨릭용을 사용하였다. 앞으로도 성경 인용이 있을 경우 같은 번역본을 사용하기로 한다.
14) 〈너희는 기도할 때에 이방인들처럼 빈 말을 되풀이하지 마라.〉「마태복음」 6장 7절.
15) 플리니에 관해서는 보르헤스 전집 2권 『픽션들』의 「기억의 천재 푸네스」 주 19번을 참조할 것.

는 지옥불을 안겨주기 위해 그것을 보존한다. 그의 논문은 명료했을 뿐더러 보편성마저 지니고 있었다. 그래서 그것은 어떤 구체적인 한 개인에 의해 씌어졌다기보다는 누구든지, 또는 혹 모든 사람들에 의해 씌어진 것처럼 보였다.

아우렐리아노는 거의 피부로 느낄 정도로 굴욕감을 맛보았다. 그는 자신의 원고를 파기해 버릴까, 아니면 수정해 볼까 생각했다. 그는 앙심 섞인 고집불통 속에서 그것을 글자 하나 수정하지 않은 채 그대로 로마로 보냈다. 몇 달 후, 페르가뭄 공의회[16]가 열렸을 때 〈무변교도들〉의 실책에 대한 논박을 책임 질 신학자로 임명된 사람은 (예견되었던 것처럼) 후안 데 빠노니아였다. 그의 박학하고 논리정연한 공박은 그 이교 교주였던 에우포르부스로 하여금 화형의 판결을 받도록 만들기에 충분한 것이었다. 「이것은 전에도 일어났고, 앞으로도 일어날 것이리라」에우포르부스가 말했다. 「그대들은 장작더미가 아닌 불의 미로를 태우고 있는 것이니라. 나를 태웠던 모든 불들이 여기에 모인다면 지구에서 그치지 않고 천사들의 눈까지도 멀게 되리라. 나는 이 말을 셀 수도 없이 많이 했었노라」그런 다음 그는 화염이 자신을 덮쳤기 때문에 비명을 질렀다.[17]

〈수레바퀴〉가 〈십자가〉 앞에서 무릎을 꿇었다. 그러나 아우렐리아노와 후안은 자신들의 은밀한 전쟁을 멈추지 않았다. 그 둘

---

16) Pergamum : 소아시아에 있는 도시의 이름으로 현재는 베르가마 Bergama라고 불린다. 페르가뭄에서는 공의회가 열렸던 적이 없다.
17) 에우포르부스 Euphorbus는 트로이 전쟁 때의 트로이 쪽 장군의 이름이다. 따라서 그가 〈무변교〉의 교주라는 것은 허구이다. 그러나 보르헤스가 이 이름을 택한 것은 환생의 철학을 주장했던 피타고라스가 전생에 자신이 에우포르부스였다고 한 데서 기인하는 것 같다.

신학자들 55

은 같은 부대에 속해 있었고, 같은 훈장을 꿈꾸고 있었고, 같은 적을 상대로 싸우고 있었다. 아우렐리아노는 구체적으로 드러내 보이지는 않았지만 후안을 이기려는 의도가 담기지 않은 말은 단 하나도 쓰지 않았다. 그들의 결투는 불가시적이었다. 만일 그 방대한 색인들이 내 눈을 속이지 않았다면 미뉴의 『교부학(敎父學)』[18]에 포함되어 있는 아우렐리아노의 저서들 속에 후안의 이름은 단 한번도 언급되지 않는다. (후안의 저서들에 관해서는 단지 20여 개의 낱말들만이 남아 있을 뿐이다.) 둘은 똑같이 제2 콘스탄티노플 공의회[19]에서 내린 어떤 파문 결정들에 대해 반대 의견을 표명했다. 둘은 성자(聖子)의 신성을 부정했던 아리안주의[20]자들을 공격했다. 그들은 지구가 마치 유태인들의 기도소처럼 4각형이라고 가르치는 코스마스의 『기독교적 지형학』[21]이 가진 정통성을 옹호했다. 불행하게도 이 지구가 4각형이라는 것 때문에 또 다른 강렬한 반향의 이단이 퍼져가기 시작했다. 이집트, 또는 아시아에서 태동한(왜냐하면 발원지에 대한 증언들이 서로 다르고, 부세트[22]는 하르낙[23]의 논지를 부정하기 때문에) 그 이교는

---

18) Jacque Paul Migne(1800-1875): 프랑스의 신부요 신학자로 그리스어로 된 162권, 라틴어로 된 217권의, 역대 성직자들이 쓴 글들을 모은 『교부학』을 편찬했다.
19) 옛 비잔틴의 수도. 실제로 553년에 제2차 공의회가 열렸었다.
20) 예수의 신성을 부인한 아리우스 Arius(256?-336)에 의해 제창된 믿음으로 나중에 이단시되었다. 실제로 제2차 콘스탄티노플 공의회에서도 아리안주의에 대한 이단 판결이 있었다.
21) Cosma(6세기경): 상인으로 여러 나라를 여행한 후 『기독교적 지형학』을 지었다. 그는 거기서 지구가 직사각형이라고 주장했다.
22) Wilhelm Bousset(1865-1920): 독일의 신학자. 예를 들어, 고대 바빌로니아의 〈홍수 신화〉처럼 성경에 바빌로니아나 이집트의 신화가 침투했음을 주장했다.

동방의 여러 지역들을 엄습했고, 마케도니아, 카르타고, 트레베리스[24]에서는 그것의 신전들이 세워졌다. 그 이교는 마치 모든 곳에 침투해 있는 것 같았다. 브리타니아[25] 교구에서는 십자가들이 거꾸로 걸리고, 세사레아[26]에서는 주의 형상이 거울로 대체되었다는 말이 들려왔다. 거울과 은화는 그 새로운 이교도들의 상징물이었다.

역사상 그들의 이름은 여러 가지로 알려져 있다(명상교, 심연(深淵)교, 카인교). 그러나 그런 이름들 중 가장 널리 받아들여졌던 것은 아우렐리아노가 그들에게 붙였고, 그들이 무턱대고 받아들인 〈어릿광대교〉라는 이름이었다. 프리지아[27]에서는 그들을 〈허깨비교〉라고 불렀고, 다르다니[28]에서도 역시 마찬가지로 그들을 그렇게 불렀다. 후안 다마스세노[29]는 그들을 〈형상교〉라 불렀다. 그런데 위의 구절이 어프조드[30]에 의해 거부되었다는 사실을 유념할 필요가 있다. 그들의 터무니없는 종교 예식에 대해 언급하며 망연자실해하지 않는 이교 연구가는 단 한 사람도 없다. 많은 〈어릿광대교도〉들은 금욕주의를 표방했다. 어떤 사람은 오리게네스처럼 자신을 불구로 만들어버린 사람도 있었다. 어떤 사람들은

---

23) Adolf Harnak(1851-1930) : 부세트와 동시대를 살았던 독일의 신학자로 그와 라이벌 관계에 있었다.
24) 마케도니아는 옛 그리스의 도시 이름, 카르타고는 아프리카의 도시 이름, 트레베리스는 독일의 도시 이름이다.
25) Britania : 영국에 대한 옛 로마 시대의 이름.
26) Cesarea : 로마 치하시 팔레스타인에 있던 항구의 이름.
27) Frigia : 소아시아 북쪽에 있던 옛 도시의 이름.
28) Dardani : 현재의 세르비아에 대한 로마 때의 이름.
29) Juan Damasceno(675-749) : 그리스 출신의 신학자이자 성직자.
30) 허구적 인물로 이 이름은 『픽션들』의 「틀뢴, 우크바르, 오르비스 떼르띠우스」 등에서도 나타난다.

신학자들 57

지하의 하수구에서 살았다. 어떤 사람들은 자신들의 눈을 뽑아버렸다. 다른 사람들(니트리아[31]의 느부갓네살 사람들[32])은 〈마치 소들처럼 풀을 뜯어먹고, 마치 독수리처럼 머리를 길렀다〉.[33] 많은 경우 고행과 규율의 엄격함은 범죄로 비화되곤 했다. 어떤 공동체들에서는 도둑질이 용인되었다. 다른 공동체들에서는 살인이, 또 다른 공동체들에서는 남색과 근친상간과 수간(獸姦)이 용인되었다. 그들은 모두가 신성 모독적이었다. 그들은 기독교 신뿐만 아니라 자신들의 신전에 모셔놓은 비밀의 신들에게까지도 저주를 퍼부었다. 그들은 경전들의 제작까지도 획책했는데 학자들은 그것들이 유실되어 버린 것에 애석함을 금치 못하고 있다. 1658년경 토마스 브라운 경[34]은 〈세월은 그들의 불경성을 질타하던 비난들이 아닌, '어릿광대교'들의 야심적인 복음서들을 앗아가 버렸다〉라고 썼다. 어프조드는 (그리스어로 된 사본이 남아 있는) 그러한 〈비난들〉이 바로 잃어버린 복음서들이라고 시사한 적이 있다. 만일 〈어릿광대교〉가 주창했던 우주론에 대해 무지하다면 어프조드의 이러한 시사는 이해가 불가능하다.

　밀교의 경전들에는 아래에 있는 것은 위에 있는 것과 같고, 위에 있는 것은 아래에 있는 것과 같다고 쓰여 있다.[35] 『소하르』[36]

---

31) Nitria : 현 리비아에 있었던 옛 골짜기의 이름.
32) 느부갓네살은 바빌론의 왕을 가리킨다.
33) 이 부분은 구약의 「다니엘서」 4장 33절을 부분적으로 발췌한 것이다. 〈느부갓네살은 당장에 그 말대로 되었다. 그는 세상에서 쫓겨나 소처럼 풀을 뜯어먹으며 몸은 하늘에서 내리는 이슬에 젖었고, 머리는 독수리 깃처럼 텁수룩하게 자랐으며 손톱 발톱은 새 발톱처럼 길어졌다.〉
34) Sir Thomas Browne(1605-1682) : 영국의 의사 작가. 물론 토마스 브라운 경이 이런 글을 쓴 적이 없다.
35) 아마 지상이 하늘의 반영이라는 유태의 신비주의를 가리키고 있는 것 같다.

에 보면 하부 세계는 상부 세계의 반영이다. 〈어릿광대교도〉들은 이러한 개념을 왜곡시켜 자신들의 교리를 만들었다. 그들은 지상이 하늘에 영향을 미친다는 것을 증명하기 위해 「마태복음」6장 12절(우리가 우리에게 잘못한 이를 용서하듯이 우리의 잘못을 용서하시고)과, 11장 12절(천국이 침략을 받고 있다)을 상기시켰다. 그리고 우리 눈에 비치는 모든 것이 허상이라는 것을 증명하기 위해 고린도전서 13장 12절(우리가 지금은 거울에 비추어보듯 희미하게 보지만)을 그렇게 했다. 아마 〈무변교도〉의 영향을 받아 그들은 모든 사람은 두 사람이며, 그 중 진실로 존재하는 것은 다른 것, 즉 천국에 있는 것이라고 추정했다. 또한 그들은 마치 우리가 깨어 있는 동안 또 다른 우리는 자고 있고, 우리가 간음을 하고 있을 때 또 다른 우리는 정결을 지키고 있고, 우리가 도둑질을 하는 동안 또 다른 우리는 자비를 베푸는 것과 같은 방식으로 우리들의 모든 행위는 동시에 그와 반대되는 행위를 투사하게 될 걸로 추정했다. 만일 우리가 죽게 되면 우리는 또 다른 우리인 그와 합치되어 그가 될 것이다. (이러한 교리들의 메아리는 블로이[37]에서도 발견된다.) 다른 〈어릿광대교〉도들은 그러한 이중적인 존재들의 수가 고갈되는 날이 세계가 끝나는 날이라는 결론을 내렸다. 역사의 반복이란 있을 수가 없는 것이기 때문에 의로운 자는 가장 파렴치한 행위들이 미래를 더럽히지 않고, 그리스도의 왕국이 앞당겨 도래하도록 만들기 위해 그러한 행위들을 제거해야(또는 범해야) 한다. 이러한 논지는 세계의 역사가 각각의 사람

---

36) 유태 신비주의인 〈카발라〉의 경전들 중의 하나.
37) Leon Bloy(1846-1917): 프랑스의 신비주의 작가로 유태의 신비주의 사상 카발라의 영향을 짙게 받았다.

속에서 완성되어야 한다고 주장하는 다른 종파들에 의해 부정되었다. 대부분의 사람들은 피타고라스처럼 해방에 도달하기 전에 다른 많은 사람들의 몸뚱이를 거쳐가야 할 것이다.[38] 어떤 사람들, 즉 프로테우스[39]적인 사람들은 〈단 한 차례의 삶 동안 사자이기도 하고, 용이기도 하고, 멧돼지이기도 하고, 물이기도 하고, 한 그루 나무이기도 하다〉. 데모스테네스[40]는 오르페우스[41]교가 자신들의 비밀 신앙에 새로운 신도들을 입문시키기 위해 했던 진흙탕을 이용한 정화 의식에 대해 언급한 적이 있다. 이와 유사하게 프로테우스적 사람들은 악을 통한 정화를 추구했다. 그들은 마치 카르포크라테스[42]처럼 아무도 마지막 한 푼까지 갚을 때까지는 감옥에서 나오지 못할(「누가복음」 12장 59절) 것으로 생각했다. 그리고 그들은 늘 다음과 같은 또 다른 구절을 가지고 고행자들을 기만하곤 했다. 〈나는 사람들이 생명을 얻고, 그것을 풍성하게 얻도록 하기 위해 왔다.〉(「요한복음」 10장 10절) 그들은 또한 악한 자가 되지 않는 것은 사탄적인 교만이라고도 말했다……. 어릿광대교는 수많은 다양한 신화들을 만들어냈다. 어떤 사람들은 금욕주의를 설파했고, 다른 어떤 사람들은 방종을 설파했다. 그러나

---

38) 피타고라스를 비유한 것은 그가 윤회를 믿었기 때문이다.
39) Proteus : 그리스 신화에서 여러 가지 모습으로 바뀔 수 있는 능력을 가졌다고 알려진 바다의 신.
40) Demosthenes(B.C. 384-322) : 그리스 시대의 연설가.
41) Orpheus : 뛰어난 현금 연주자로 알려진 그리스 신화 속의 신. 자신의 아내인 에우리디세가 뱀에 물려 죽자 지옥으로 그녀를 찾으러 갔으나 뒤를 돌아보지 않겠다는 약조를 어기고 뒤를 돌아보았다가 그녀를 되살리는 데 실패한다.
42) Carpocrates(2세기경) : 알렉산드리아 출신의 신플라톤주의자로 선과 악의 공존이라는 이원론적 세계를 주장, 이단으로 몰렸다.

동일했던 것은 그들 모두가 혼란을 설파했다는 사실이었다. 베레니체[43]의 어릿광대교도 테오폼포는 그 모든 신화들을 부정했다. 그는 각개의 인간은 세계를 감지하기 위해 뻗어 있는 신의 기관(器官)들이라고 주장했다.

아우렐리아노가 관장하고 있는 교구에 기거하고 있는 이교도들은 모든 행동이 하늘에 반영된다고 주장하는 이들이 아니라, 시간은 역사의 반복을 허락하지 않는다고 주장하는 이들이었다. 이러한 현상은 매우 희귀한 것이었다. 로마 당국에 보낸 한 보고서에서 아우렐리아노는 이 사실을 언급했다. 이 보고서를 받게 될 고위 성직자는 황제의 고백성사를 맡고 있는 신부였다. 이러한 막중한 직책 때문에 그가 깊은 사색을 요하는 신학의 내밀한 기쁨을 맛볼 수 없으리라는 것을 모르는 사람은 아무도 없었다. (한때는 후안 데 빠노니아의 조력자였으나 지금은 적대 관계에 있는) 그의 비서는 이단에 대한 아주 엄중한 심문관으로서 자자한 명성을 누리고 있는 사람이었다. 아우렐리아노는 제노아[44]와 아낄레아의 비밀 집회에서 있었던 것과 같은 어릿광대교적인 이단에 대한 폭로문을 첨가시켰다. 그는 몇 단락을 써내려갔다. 똑같은 두 개의 순간이 있을 수 없다는 그 힘든 주제에 관한 대목에 이르러 그의 펜이 멈칫거렸다. 그는 적절한 관용구를 떠올릴 수가 없었다. 그 새로운 교리에 대한 다음과 같은 훈계들은 글로 옮기기에는 지나치게 감정적이고 은유적이었다. (〈너는 인간으로 볼 수 없었던 것을 보고 싶으냐? 달을 보아라. 너는 인간의 청각으로 들을 수 없었던 것을 듣고 싶으냐? 새들의 지저귐 소리를 들어라.

---

43) 이집트의 도시 이름.
44) Genoa : 이탈리아에 있는 도시의 이름.

너는 인간의 손으로 만질 수 없었던 것을 만지고 싶느냐? 땅을 만져보아라. 진실로 내가 말하노니 하느님은 지금 막 세상을 창조하시려는 참이도다.〉) 불현듯, 스무 개의 단어로 된 한 문장이 그의 뇌리를 스쳐갔다. 그는 환희에 넘쳐 그것을 적어 내려갔다. 그러나 곧바로 그는 그게 다른 사람이 이미 썼던 말이 아닌가 하는 의심 때문에 초조감에 사로잡혔다. 다음날, 그는 그것을 몇 년 전 후안 데 빠노니아가 쓴『환상교의 불합리』에서 읽었다는 기억을 떠올렸다. 그는 그 구절을 확인해 보았다. 그것은 거기에 있었다. 그것에 대한 확인은 그를 고통으로 이끌고 갔다. 말을 바꾸거나 그것을 빼버린다면 표현이 약화될 것이었다. 그렇다고 그대로 놔두자니 자신이 증오하는 사람의 글을 표절하는 셈이 될 것이었다. 만일 출처를 밝힌다면 그것은 그를 고발하는 결과를 불러일으키게 될 것이었다. 땅거미가 지기 시작할 무렵, 그의 수호천사가 그에게 절충적인 해결책을 들려주었다. 아우렐리아노는 그 문장을 그대로 살렸다. 그러나 그 앞에 다음과 같은 지시문을 삽입시켰다.〈우리들의 신앙을 혼란에 빠뜨리기 위해 지금 이교도들이 컹컹 짖어대고 있는 것, 바로 그것을 금세기의 박학한 한 신사가 과실이라기보다는 경솔함으로 인해 이미 언급했던 바 있다.〉곧, 두려워했던 것, 예상했던 것, 필연적일 수밖에 없었던 것이 일어났다. 아우렐리아노는 그 신사가 누구인지를 밝혀야 했다. 결국 후안 데 빠노니아는 이단적인 견해들을 설파한 죄로 고발당하게 되었다.

넉 달 후, 아벤티노[45]의 한 대장장이가〈어릿광대교〉의 속임수에 현혹되어 그 또 다른 존재를 빠져나가게 한답시고 자신의 어

---

45) Aventino : 로마에 있는 한 지역의 이름.

린 아들 어깨 위에 쇠로 만든 거대한 구체를 올려놓은 일이 발생했다. 그 어린애는 죽었다. 이 범죄가 불러일으킨 공포는 후안의 재판관들로 하여금 가차없는 가혹함에 사로잡히도록 만들었다. 후안은 자신의 주장을 굽히지 않았다. 그는 자신의 명제를 철회하는 것은 〈무변교〉의 전염병적인 이단에 빠지는 격이 되는 것이라는 말을 되풀이할 뿐이었다. 그는 〈무변교도들〉에 대해 말하는 것은 이미 잊혀져 있던 것을 다시 말하는 것이라는 사실을 깨닫지 못했다(깨닫지 않으려고 했다). 그는 다소 늙은이 같은 고집을 피우면서 옛날에 자신이 벌였던 논쟁들 가운데서 가장 뛰어났던 미문(美文)들을 장황하게 늘어놓았다. 재판관들은 한때 자신들을 깊은 감동에 빠뜨렸던 그 말들에 대해 귀를 기울이려고조차 하지 않았다. 그는 거의 가려낼 수 없을 정도로 물들어 있는 〈어릿광대교〉의 흔적으로부터 자신을 정화시키려는 대신 자신이 고발되게끔 만든 그 명제가 엄정하도록 정통성을 가졌음을 증명하고자 안간힘을 썼다. 그는 자신의 운명을 결정하게 될 판결을 내릴 사람들과 논쟁을 벌였고, 그것을 기지와 아이러니를 드러내 보이며 하는 극단적인 어리석음을 범하였다. 10월 26일, 사흘 낮과 밤의 토론 끝에 재판관들은 그에게 화형의 선고를 내렸다.

아우렐리아노는 이 화형장에 직접 모습을 드러냈다. 만일 그렇게 하지 않는다면 자신에게 죄가 있다는 것을 고백하는 거나 다름없는 일이기 때문이었다. 화형식이 거행될 장소는 어느 언덕이었다. 녹색 언덕의 꼭대기에는 밑둥이 땅 속 깊이 박혀 있는 기둥이 하나 세워져 있었다. 그 주변에는 산더미만한 장작더미들이 쌓여 있었다. 형 집행관이 법정의 판결문을 낭독했다. 후안 데 빠노니아는 짐승의 포효 같은 울음 소리를 내며 정오의 태양 아래

먼지를 뒤집어쓴 채 누워 있었다. 그는 땅바닥을 북북 긁고 있었다. 그러나 사형 집행인들은 그를 일으켜세워 발가벗긴 뒤 마침내 말뚝에 붙들어맸다. 그들은 그의 머리에 유황을 바른 짚관을 씌웠다. 그의 옆에는 사악한 그의 저서 『환상교의 불합리』 한 부가 놓여 있었다. 전날 밤에 비가 왔었기 때문에 장작은 잘 타지 않았다. 후안 데 빠노니아는 그리스어로, 그 다음에는 알 수 없는 어떤 언어로 기도를 했다. 아우렐리아노가 마침내 심호흡을 하며 눈을 치켜들었을 때는 화염이 그를 막 집어삼키려고 하는 순간이었다. 활활 타오르던 불길이 우뚝 멈추어섰다. 아우렐리아노는 처음이자 마지막으로 자신이 증오했던 그 사람의 얼굴을 보았다. 그는 그 얼굴이 다른 누군가의 얼굴인 듯한 생각이 들었다. 그러나 누구인가는 확연히 분간해 낼 수가 없었다. 이어, 화염이 후안을 덮쳤다. 잠시 후 그가 비명을 질렀는데, 그것은 마치 불이 비명을 지른 것처럼 느끼도록 만들었다.

플루타르크는 줄리어스 시저가 폼페이[46]의 죽음에 눈물을 흘렸었다고 언급한 바 있다. 그러나 아우렐리아노는 후안의 죽음 앞에서 눈물을 흘리지 않았다. 그러나 그는 이미 자신의 삶의 한 부분이 되어 있는 고질적인 병으로부터 쾌유된 사람이 느끼게 됐을 그런 감회를 느꼈다. 아낄레아에서, 에페소[47]에서, 마케도니아에서 그는 세월들을 보냈다. 그는 고독을 통해 자신이 짊어지고 있는 운명의 참뜻을 깨우쳐보려고 제국의 험난한 국경지대와 축축

---

46) Pompey : 로마의 3인 과두정치 시절 시저, 크라수스와 함께 3인의 과두에 속했던 인물. 나중에 시저와 정적이 되어 전쟁에서 패한 후 이집트로 도망했다가 이집트의 왕에 의해 살해당한다.

47) Efeso : 소아시아 에게 해 연안에 있는 도시의 이름. 신약에 보면 「에페소인들에게 보낸 편지」가 있다.

한 늪지대와 광막한 사막들을 찾았다. 그는 사자들의 포효 소리로 둘러싸인 마우리타니아[48]의 한 수도원 골방에서 후안 데 빠노니아를 고발했던 복잡한 정황들을 다시 사려했고, 셀 수 없을 정도로 무한히 자신의 판단은 정당한 것이었다고 되뇌어보았다. 그러나 무엇보다 힘이 들었던 것은 자신의 음험했던 그 고발을 정당화시키는 것이었다. 그는 루사디르[49]에서 시대 착오적인 〈지옥에 떨어진 자의 육체에서 불타오르는 빛들 중의 빛〉이라는 설교를 했다. 어느 날 밤 새벽 무렵, 정글에 인접한 히베르니아[50]의 한 오두막에 있었던 그는 빗소리에 놀라 몸을 소스라쳤다. 그는 그 섬세한 빗소리가 역시 그를 소스라치게 만든 적이 있었던 로마에서의 어떤 밤을 떠올렸다. 정오에는 번갯불이 나무들을 태웠고, 아우렐리아노는 후안이 죽었던 것과 같은 방식으로 그렇게 죽음을 맞이할 수가 있었다.

　이 이야기의 끝부분은 단지 은유 아닌 다른 방법으로 기술이 불가능하다. 왜냐하면 그것은 시간이 존재하지 않는 천국에서 전개되기 때문이다. 혹 아우렐리아노는 하느님과 얘기를 나누었는데 하느님은 종교적 차이라는 것에 대해 너무 무관심한지라 그를 후안 데 빠노니아로 착각했을는지도 모른다고 말할 수 있지 않을까. 그럼에도 불구하고, 그것은 하느님의 신성한 정신이 혼란에 빠질 수 있다고 야유하는 것에 다름 아니다. 천국에 이르러 아우렐리아노는 도리어 깊이를 헤아릴 수 없는 하느님의 속성 안에서

---

48) Mauretania : 현재의 알제리와 모로코에 위치하고 있는 아프리카의 옛 왕국의 이름.
49) Rusaddir : 현 모로코에 위치한 항구 도시의 이름.
50) Hibernia : 로마 시대에 현재의 아일랜드를 지칭해 불렀던 이름.

는 자신과 빠노니아(정통교도와 이단자, 증오하는 자와 증오를 받는 자, 고발자와 희생자)가 같은 한 인간을 이루고 있다는 것을 깨달았다고 말하는 게 더 정확하리라.

전사(戰士)와 포로에 관한 이야기

　크로체[1]의 논문 「시(詩)」(바리, 1942)의 278페이지를 보면 역사가 빠블로 엘 디아꼬노[2]의 라틴어로 된 원본을 축약해 놓은 드록툴프트[3]의 숙명적인 삶에 관한 얘기와, 그의 묘비에 적혀 있는 글귀에 대한 언급이 나온다. 그것들은 나를 유례 없는 감동 속으로 몰아넣었고, 곧 나는 그 이유를 깨닫게 되었다. 드록툴프트는 롬바르디아[4]의 라베나[5] 침공 때 탈영을 해 앞서 자신이 공격했었

---

1) Benedetto Croce(1866-1952) : 이탈리아의 정치가이자 철학자. 『미학에 관한 단상』, 『인간정신의 철학』 등의 저서가 있으며, 「시」는 그의 또 다른 저서 『철학적 에세이들』에 나오는 논문이다.

2) Pablo Diacono(?720-?799) : 6세기부터 8세기까지 이탈리아 북부를 지배했던 게르만 족계 롬바르디아 왕국의 역사가로 『롬바르디아의 역사』와 같은 라틴어로 된 저서가 있다.

3) Droctulft : 롬바르디아 왕국의 전사.

4) Lombardia : 앞에서 밝힌 대로 6-8세기 동안 북부 이탈리아를 지배했던 게르만 족계 왕국의 이름.

던 라베나 시를 방어하다가 전사했던 롬바르디아의 전사였다. 라베나 시민들은 한 사원에 그의 묘지를 만들어주고 그곳에 묘비명을 새겼다. 그 묘비명에는 그에 대한 그들의 감사(《우리들을 사랑하는 동안 그는 사랑하는 자신의 조상들을 혐오했노라》)와, 그 야만족이 가진 흉악한 생김새와 그의 순진무구하고 선량한 마음씨 사이에서 엿보이는 특이한 차이점이 명기되어 있었다.

　　그의 외양은 무시무시했으나 그의 마음은 부드러웠네
　　그리고 그의 길게 기른 수염은 그의 건장한 어깨 위에까지 내려와 있고[6]

이것이 로마를 방어하다 죽은 야만인 드록툴프트의 숙명적인 삶에 관한 이야기, 또는 빠블로 엘 디아꼬노가 되살려놓은 그에 관한 이야기의 한 부분이다. 나는 어느 시대에 그 일화가 일어났는지조차 모른다. 롱고바르디 족[7]이 이탈리아의 평원들을 유린했던 6세기경 아니면, 라베나가 함락되기 전인 8세기였는지 알 수가 없다. 일단 첫번째 시기였으리라고 상상해 보자(이것은 역사 논문이 아니다).
　우리 드록툴프트를 〈불사의 종족으로〉 상상해 보자. 물론 (모

---

5) Ravena : 이탈리아 중부에 있는 도시의 이름.
6) 기본 또한 이 시행들을 옮겨 적고 있다 (『퇴락과 멸망』, 제45장). 〔원주〕
　　기본 Edward Gibbon(1737-1794)은 영국의 역사가로 보르헤스가 말하는 『퇴락과 멸망』은 그가 1776-1788년에 집필한 『로마 제국의 퇴락과 멸망』을 뜻한다. 〔역주〕
7) Londgobardi : 롬바르디아 왕국을 건설했던 야만적인 게르만인들을 일컫던 이름.

든 개인들이 그러한 것처럼) 그 또한 유일무이하고 깊이를 헤아릴 길 없는 존재였지만 개인으로서의 드록툴프트가 아닌, 망각과 기억의 산물인 전통 속에서 그나 그와 유사한 다른 많은 사람들이 만들어낸 종족의 전형으로서 말이다. 밀림과 늪지대들의 어두컴컴한 지형을 뚫고가던 전쟁은 그를 다뉴브 강[8] 연안과 엘바 섬[9]으로부터 이탈리아로 데려갔다. 그는 아마도 자신이 남쪽을 향해 가고 있다는 것을 알지 못했는지도 모른다. 그는 자신이 로마라는 이름을 가진 곳과 전쟁을 벌이고 있는지에 대해서조차 알지 못했는지도 모른다. 혹 그는 성자(聖子)의 영광은 성부(聖父) 영광의 반영이라고 신앙하는 아리안주의자[10]였는지도 모른다. 그러나 천으로 가리워진 그것의 신상을 소들이 막사들을 따라 끌고 다니는 〈대지(大地)〉의 신, 즉 〈헤르타〉[11]의 숭배자, 또는 빨간 천으로 감싸여 있고, 동전들과 팔찌들이 주렁주렁 매달려 있는 나무로 만든 추악한 형상의 전쟁 신들과 천둥의 신들에 대한 숭배자로 보는 게 보다 이치에 맞으리라. 그는 멧돼지와 들소가 득실거리는 형용할 길 없는 숲에서 왔다. 그는 피부가 하얗고, 활기에 넘쳐 있었고, 잔인했고, 우주가 아닌 자신의 대장과 자신의 종족에 충성적이었다. 전쟁이 그를 라베나로 데려온다. 거기에서 그는 이제까지 전혀 본 적이 없었던, 또는 많이 보지 못했던 어

---

8) 유럽에서 두번째 큰 강으로 독일, 오스트리아, 헝가리, 루마니아 등을 거쳐 흑해로 흘러 들어간다.
9) Elba : 지중해에 있는 이탈리아의 섬으로 나폴레옹이 유배되었던 곳이기도 하다.
10) 「신학자들」의 주 20번 참조.
11) Hertha : 네르투스 Nerthus라는 이름으로도 알려진 튜튼 족의 대지의 신으로 고대 게르만 족들의 숭배를 받았다.

떤 것을 본다. 그는 낮과 삼나무들과 대리석들을 본다. 그는 전혀 무질서하지 않게 한데 모여 전체성을 이루고 있는 어떤 것을 본다. 즉, 그는 석상들, 사원들, 정원들, 방들, 원형경기장들, 꽃병들, 기둥들, 탁 트인 정연한 공간들[12]로 구성된 하나의 조직체, 말하자면 한 도시를 본 것이다. 이러한 축조물들 중 그 어느 것도 그에게 아름답다는 인상을 주지 않는다(나는 그것을 안다). 그는 마치 우리가 현대에 와 그것의 효능이 무엇인지 알 수 없으나 설계된 모양이 우리로 하여금 어떤 불멸의 지성을 감지케 하는 아주 복잡한 구조를 가진 어떤 기계를 만져보듯 그것들을 만져본다. 아마 그에게는 로마의 영원한 문자들로 이해할 수 없는 글들이 새겨져 있는 단 하나의 아치를 보는 것만으로도 그런 느낌을 갖기에 충분하리라. 순식간에 그러한 발견, 즉 도시는 그의 눈을 멀게 했다가 그로 하여금 다시 새롭게 눈을 뜨게 만든다. 그는 자신이 그 도시 속에서 한 마리의 개나 어린애에 불과하고, 그 도시라는 것에 대해 도대체 이해조차 못하리라는 것을 안다. 그러나 또한 그는 그 도시가 자신의 신들과 자신이 서약한 신앙과 독일의 모든 늪지대들보다 더 값지다는 것은 느낀다. 드록툴프트는 자신이 속해 있는 군대를 버리고 라베나를 위해 싸운다. 그는 죽고, 그의 무덤에는 그가 이해하지 못했을 그런 말들이 새겨진다.

  우리들을 사랑하는 동안 그는 자신의 조상들을 혐오했노라
  그는 자신의 나라가 된 라베나를 생각했노라

  그는 반역자가 아니었다(반역자들이 경외로운 묘비명이 새겨지

---

12) 길을 가르키는 듯하다.

도록 만드는 경우는 거의 없다). 그는 깨우친 자였고, 개종을 한 자였다. 그 탈영자를 질타했던 롱고바르디 족들은 불과 몇 세대를 넘기지 않고 그가 했던 같은 전철을 밟았다. 그들은 이탈리아 사람들로, 롬바르디아 사람들로 변신했다. 아마 그들이 이어간 혈통들 중의 하나——알디저[13]——가 알리지에리[14]를 탄생시킨 그런 가계를 출현시켰을 것이다……. 드록툴프트가 왜 그렇게 했는가에 대한 수많은 추측들이 가능하다. 그 중 나의 것이 가장 검약한 것일 게다. 비록 그게 사실이라는 측면에서는 진실되지는 못할지라도 상징적 측면에서는 진실할 것이다.

크로체의 책에서 그 전사에 관한 얘기를 읽었을 때 나는 기이한 감흥을 받았다. 나는 마치 한때는 나의 것이었던 어떤 무엇을 다른 형태로 되찾은 듯한 느낌을 받았다. 나는 헛되이 중국을 하나의 광활한 목초지로 만들려고 했다가 자신들이 초토화시키기를 바랐던 그 도시들 속에서 만년의 삶을 보내고 말았던 말 탄 몽고 족들을 떠올렸다. 그러나 그것은 내가 찾으려고 했던 그 기억이 아니었다. 마침내 나는 그것을 포착하게 되었다. 그것은 바로 언젠가 내가 이미 고인이 된 나의 영국인 할머니로부터 들은 이야기였다.

1872년 나의 할아버지 보르헤스는 부에노스 아이레스의 북서지역과 산타 페[15]의 남쪽 지역 국경선을 관할하는 수비대 대장이었다.[16] 그의 지휘 본부는 후닌[17]에 있었다. 그 위로는 20-30킬로

---

13) Aldiger : 튜튼 족에서 파생되어 나온 이름으로 롱고바르디의 이탈리아 침공과 함께 이탈리아에 유입되어 알리지에로Alighiero로 바뀌어 쓰여졌다.
14) Alighieri는 이탈리아의 시인 단테 알리지에리 Dante Alighieri가 포함된 이탈리아의 한 가계를 가리킨다.
15) Santa Fe : 부에노스 아이레스에 인접해 있는 지방의 이름.

미터의 간격을 두고 전초 기지들이 줄줄이 늘어서 있었고, 그 너머로는 〈평원〉, 동시에 〈내륙〉이라고 불리는 것이 있었다. 한 차례——경외감을 느끼면서도 뭔지 빈정거리고 싶었던——나의 할머니가 지구의 이 끝에 유배당해 있는 한 영국 여인의 운명을 한탄한 적이 있었다. 그러자 사람들은 그녀에게 그런 사람이 단지 그녀만은 아니라고 말했다. 몇 달 후 그들은 그녀에게 느릿느릿 광장을 가로질러 가고 있는 한 원주민 여자를 가리켜 보였다. 그녀는 울긋불긋한 담요를 뒤집어쓴 채 맨발로 걷고 있었다. 그런데 그녀의 머리칼은 금발이었다. 군인 하나가 그 여자에게 가 또 다른 영국 여자 하나가 이야기를 나누고 싶어한다고 전했다. 그녀가 응낙했다. 그 여자는 겁을 먹은 것 같아 보이지는 않았지만 수상쩍어하는 태도를 감추지 않으며 지휘 본부 안으로 들어왔다. 그녀는 흉칙한 색깔의 물감이 칠해진 구릿빛 얼굴 속에 영국 사람들이 회색으로 지칭하는 흐릿한 푸른 눈을 가지고 있었다. 그녀의 몸돌림은 마치 암사슴처럼 날렵했다. 손에는 강단이 들어 보였고, 뼈마디들은 불거져 나와 있었다. 그녀는 사막, 그러니까 〈내륙〉에서 왔고, 그녀 눈에는 모든 게 조그마하게 비쳤다. 문들도, 담들도, 그리고 가구들조차도.

  아마 두 여인들은 사랑하는 자신들의 섬(영국)으로부터 멀리 떨어져 있는 환영 같은 어떤 나라에 와 있었기 때문에 한순간 서로 자매 같은 느낌을 가졌을는지도 모른다. 나의 할머니는 그녀에게 몇 가지 질문을 던졌다. 그녀는 마치 고어(古語)적인 느낌에

---

16) 실제로 보르헤스의 할아버지 프란시스꼬 보르헤스 Francisco Borges(1833-1874)는 그 당시 그 지역의 수비대장이었다.
17) Junín : 부에노스 아이레스 지방에 있는 한 지역의 이름.

놀라기나 한 듯 적합한 단어들을 찾고, 그것을 자꾸 되풀이해 되뇌어보면서 간신히 대답을 했다. 그녀는 약 15년 가량 자신의 모국어를 사용하지 않았기 때문에 그것을 다시 되살린다는 게 매우 어려운 듯 보였다. 그녀는 자신이 요크셔[18] 출신이고, 자신의 부모들을 따라 부에노스 아이레스로 이민을 왔고, 인디언들의 습격 때 부모들을 잃었고, 인디언들이 자신을 납치해 데려갔다고 말했다. 그리고 이제는 이미 두 아이를 낳은 한 인디언 추장의 부인이고, 그는 매우 용감한 사람이라고도 말했다. 이것이 바로 그녀가 아라우까노 족[19]과 대평원의 언어를 뒤섞어가며 거친 영어로 들려주었던 말이었다. 그녀의 이야기 저쪽 너머에는 야만의 삶이 번득이고 있었다. 말 가죽으로 만든 천막, 가축들의 똥으로 지핀 모닥불, 새까맣게 그을린 고기와 생 내장을 포식하는 연회들, 새벽을 틈탄 은밀한 이동. 그리고 목장들의 습격, 고함 소리와 약탈, 전쟁, 웃통을 벗어젖힌 말 탄 전사들이 몰고 가는 수많은 소떼들, 일부다처제, 악취, 그리고 마술. 바로 이 야만 속으로 한 영국 여인이 전락해 들어갔던 것이다. 동정심과 경악에 사로잡힌 나의 할머니는 그녀에게 돌아가지 말라고 권고했다. 나의 할머니는 그녀에게 피난처를 제공해 주겠다고 약속했고, 두 아이들도 구출해 주겠다고 약속했다. 다른 영국 여인은 자신은 행복하다고 대답했고, 그 날 밤 사막으로 되돌아갔다. 얼마 지나지 않아 나

---

18) Yorkshire: 예전의 영국의 군 이름.
19) Araucano: 남아메리카의 인디언으로 마뿌체 mapuche라고도 불리운다. 한때 현재의 아르헨티나의 일부 지역과 칠레의 중심부에 터전을 가지고 있었던 종족으로 매우 용감했다. 처음 스페인이 아메리카를 정복할 당시부터 격렬히 저항했던 이 종족은 이후에도 역시 같은 불굴의 저항정신을 보였다.

의 할아버지인 프란시스꼬 보르헤스는 〈74년 혁명〉[20] 때 돌아가시게 된다. 아마 그때 나의 할머니는 그 또 다른 여자에게서 그녀처럼 이 혹독한 대륙에 붙들려 변신하게 되는, 자신이 맞게 될 운명의 기괴스러운 거울을 감지했었을는지도 몰랐다…….

매년 그 금발머리 인디언 여자는 값싼 장신구들이나 마떼 차 잎사귀[21]들을 구하기 위해 후닌이나 라바예[22] 요새의 가게에 나타나곤 했었다. 그러나 나의 할머니와 얘기를 나눈 이후 그녀는 모습을 드러내지 않았다. 그럼에도 불구하고, 그녀들은 다시 한 번 서로 만났다. 나의 할머니는 어느 날 사냥을 나갔다. 습지 근처에 있는 한 농장에서 한 남자가 양의 목을 따고 있었다. 말을 탄 인디언 여자 하나가 마치 꿈에서처럼 할머니를 스쳐 지나갔다. 그녀가 말에서 내리더니 양의 뜨거운 피를 마셨다. 나는 그녀가 이미 그러한 삶의 방식에 젖어 있어 그렇게 한 것인지, 아니면 할머니에 대한 도전과 상징적 표식으로서 그렇게 했는지 알지 못한다.

그 여자 포로의 운명과 드록툴프트의 운명 사이에는 1,300년의 시간과 바다가 가로놓여 있다. 이제 그 두 사람은 똑같이 영원히 되돌아올 수 없는 존재가 되었다. 라베나의 안녕을 택했던 그 야만인의 모습과 사막을 선호했던 그 유럽 여자의 모습은 서로 상충되는 것으로 보일 수도 있다. 그러나, 그 두 사람은 어떤 비밀스러운 충격, 이성보다 더 심원한 어떤 충격의 포로가 되었고, 스스로조차 뭐라고 설명할 수가 없었을 그 충격에 순종했다. 내가

---

20) 여기서 74년 혁명이란, 1862년 대통령에 당선되어 집권한 적이 있었던 작가 겸 혁명가였던 바르똘로메 미트레가 1874년의 선거에서 니꼴라스 아베야네다에게 패해 일으킨 반란을 뜻한다.
21) 아르헨티나의 평원에서 즐겨 마시는 마떼 차를 만드는 잎사귀.
22) Lavalle : 부에노스 아이레스 지방에 있는 지역의 이름.

들려준 이 두 가지 이야기들은 똑같은 하나의 이야기일는지도 모른다. 왜냐하면 신에게 있어 동전의 양면이란 동일한 것이기 때문이다.

            율리케 폰 쿨만[23]에게

---

23) Ulrike von Kühlmann : 보르헤스의 친구로 이 작품집에 실려 있는 단편 「또 다른 죽음」에 등장인물로도 나온다.

따데오 이시도로 끄루스(1829-1874)의 전기[1]

나는 세계가 만들어지기 전에 내가 가졌던 얼굴을 찾고 있다.

예이츠, 「구불구불한 계단」

1829년 2월 6일 이미 라바예[2] 장군에게 쫓기고 있던 반란군들은

---

1) 따데오 이시도로 끄루스 Tadeo Isidoro Cruz는 아르헨티나의 대표적인 낭만주의 시인 호세 에르난데스 José Henández(1834-1886)의 서사시 『마르띤 피에로』에 나오는 작중인물이다. 마르띤 피에로는 아르헨티나 평원에 사는 목동인 〈가우초〉이다. 아르헨티나에는 1816년 스페인으로부터 독립한 이후 2개의 상반된 정치 이념이 공존했다. 하나는 대농장을 기반으로 한 지방 호족 체제 중심의 보수주의적 연방주의자들과, 다른 하나는 도시의 상업자본과 신흥 부르주아 중심의 자유주의적 중앙집권주의였다. 독립 초기 이 두 이념 중 연방주의자들이 정권을 잡았고, 이 정권의 핵심에는 가우초 출신들인 파꾼도, 로사스 등이 있었다. 이들은 일종의 지방 군사 세력을 규합한 뒤 무력으로 정권을 잡고 독재정치를 펼쳤다. 그러나 이 정권은 자유주의자들의 강력한 도전에 직면하게 되어 1852년 종막을 고하고, 자유주의자들의 정권이 들어서게 된다. 이때를 기점으로 하여 소위 가우초들은 이전에 가지고 있던 사회적 특권을 상실하게 되고, 하층, 빈민 계급으로 소외되게 된다. 에르난데스의 『마르띤 피에로』는 바로 이러한 시기의 한 가우초의 비극적인 삶을 다루고 있는 작품이다. 그는 이 작품에서 정권이 바뀌면서 비록 일부 가우초들이 저지른 죄악이 없었던 것은 아니지만 모든 가우초들이 사회에서 냉대받고, 끝내는 범법자들로 전락하게 되는 과정을 보여주고 있다.

로뻬스³⁾의 부대들과 합류하기 위해 남쪽으로부터 진군을 했고, 뻬르가미노⁴⁾에서 약 3, 4 레구아⁵⁾쯤 떨어진 이름을 알 수 없는 한 목장에서 행군을 멈추었다. 새벽녘에 군인들 중의 한 명이 고통스러운 악몽을 꿨다. 그의 혼란스러운 비명이 그와 함께 자고 있던 여자를 깨웠다. 아무도 그가 무슨 꿈을 꾸었는지 알 수 없었다. 왜냐하면 다음날 4시 반란군들은 수아레스⁶⁾의 기병대에 의해 궤멸되었기 때문이었다. 시체들은 음산한 짚단들까지를 포함해 수십 킬로미터에 걸쳐 즐비하게 널려 있었고, 그 남자는 페루와 브라질 전쟁에서 사용되었던 검에 의해 두개골이 쪼개진 채 도랑 속에서 숨져 있었다. 그와 잠을 잤던 여자의 이름은 이시도라 끄

 이 작품은 「떠남」과 「귀향」 등 2부로 나뉘어져 있다. 1873년에 발간된 제1부에서 마르띤 피에로는 새로 제정된 법에 따라 자기 의사와는 관계없이 군대에 끌려가 전선에서 인디언들과 싸우다가 탈영을 하게 되고, 그리고 자신의 가족들이 이미 뿔뿔이 흩어져 버린 것을 발견한다. 그 때문에 극도로 광폭해진 그는 살인을 저지르게 되고, 당국의 추적을 받게 된다. 그러던 중 경찰들과의 싸움에서 서장인 따데오 이시도로 끄루스를 만나게 된다. 따데오 이시도로 끄루스는 싸우는 도중 심정적 변화를 일으키게 되어 마르띤 피에로를 돕게 되고, 그와 함께 도망자가 된다. 1873년에 발간된 제2부에서는 인디언 부락으로 숨어들어 살게 된 그들의 삶, 끄루스의 죽음, 그리고 자식들과의 해후를 그리고 있다. 보르헤스의 이 작품은 바로 마르띤 피에로를 도와 그와 함께 도망자가 된 끄루스의 삶을 다루고 있다.

2) Juan Lavalle(1797-1841) : 부에노스 아이레스 태생의 장군으로 로사스 정권에 저항해 싸웠던 인물. 1828년 부에노스 아이레스를 함락시켰으나 후에 로사스 군대에 의해 패퇴했다.
3) Estanislao López(1786-1838) : 아르헨티나의 연방주의 대장들 중의 한 사람으로 산타 페의 주지사였다. 나중에 로사스에게 합세했다.
4) Pergamino : 아르헨티나의 부에노스 아이레스 주에 있는 한 지역 이름.
5) 레구아는 거리를 가리키는 단어로서 1레구아는 5.5727km임.
6) Manueal Isidoro Suárez(1759-1843) : 아르헨티나 독립전쟁 및 이어 벌어진 내전에서 자유주의(중앙집권주의)파 장군으로 외가 쪽으로 보르헤스의 증조부이다.

따데오 이시도로 끄루스(1829-1874)의 전기 77

루스였다. 그녀가 낳은 아들은 따데오 이시도로라는 이름을 갖게 되었다.

나의 목적은 그의 이야기를 되풀이하고자 하는 게 아니다. 그 이야기를 구성하고 있는 수많은 밤들과 낮들 중 내가 관심을 갖고 있는 것은 단 하룻밤뿐이다. 나머지 것들은 이 밤을 이해하는 데에 필수 불가결한 것을 제외하고는 언급하지 않을 것이다. 어떤 사건도 한 권의 책에 다 담겨지는 법이다. 한 권의 책 속에 들어 있는 질료는 모든 책들에게 있어 각기 다른 모양의 질료가 될 수 있다(「고린도전서」 9장 22절).[7] 왜냐하면 한 권의 책은 거의 끊임없는 반복들, 해제판들, 잘못 변질시킨 판들을 가능케 하기 때문이다.[8] 따데오 이시도로에 관한 이야기를 언급한 사람들은 아주 많고, 모두 그의 성격 형성에 있어 대평원이 끼친 영향을 강조한다. 그러나 그와 같은 진정한 가우초들은 빠라나[9] 강의 하안 지역과 동양식 단도 속에서 태어나고 죽었다.[10] 그처럼 그는 단조

---

7) 대한성서 공회가 발행한 『성경전서』에 나오는 「고린도전서」 9장 22절은 〈약한 자들에게는 내가 약한 자와 같이 된 것은 약한 자들을 얻고자 함이요 여러 사람들에게 내가 여러 모양이 된 것은 아무쪼록 몇몇 사람들을 구원하고자 함이니〉라고 되어 있다. 보르헤스는 한 권의 책에 들어 있는 질료가 모든 책의 질료가 될 수 있다는 점을 보충설명 해주기 위해 이 성경 구절을 표기한 것 같다. 따라서 보다 이해를 돕기 위해 아르헨티나 성서연합회가 발행한 스페인어 성서를 직역해 보면 다음과 같다. 〈나는 약한 사람들을 얻기 위해 약한 사람들에게는 약한 사람이 되었다. 어찌됐든 어떤 사람들을 구원하기 위해 나는 모든 사람들 앞에서 각각의 모양으로 변했다.〉

8) 푸코, 존 바스 등이 인정하듯 거의 모든 후기 구조주의 및 포스트 모더니즘 이론들은 보르헤스에서 그 기원이 찾아진다. 우리는 후기 구조주의 및 포스트 모더니즘의 〈간텍스트성〉, 〈해체성〉의 원리가 여기서 언급되고 있음을 볼 수 있다. 이러한 글의 속성에 대해 본격적이고 종합적으로 다루고 있는 작품은 『픽션들』의 「삐에르 메나르, 돈키호테의 저자」이다.

9) Paraná : 브라질, 아르헨티나, 파라과이 등지에 걸쳐 있는 강의 이름.

로운 야만의 세계 속에서 살았다. 1874년 천연두로 죽기까지 그는 결코 산이나 한 줌의 공업 가스나 제분공장을 보지 못했다. 도시 또한 마찬가지로 보지 못했다. 1849년 그는 프란시스꼬 사비에르 아세베도 장군의 토벌군과 함께 부에노스 아이레스로 갔다. 군대는 방어막을 부수기 위해 도시 안으로 들어갔다. 도시에 대한 의구심에 사로잡혀 있던 끄루스는 목장 근처에 있는 마을의 여인숙에서 나오질 않았다. 그는 묵묵히 땅에서 잠을 자고, 마떼 차[11]를 마시고, 새벽에 일어나고, 기도를 드리면서 여러 날을 거기서 보냈다. 그는 자신과 도시는 아무런 상관도 없다는 것을 알고 있었다(언어 너머에서, 그리고 이해의 저 너머에서조차). 마을의 한 일꾼이 술에 취해 그를 조롱했다. 끄루스는 아무런 반응도 내비치지 않았다. 그러나 그 뒤로도 그 일꾼은 밤이면 불 가에서 그 조롱을 계속했다. 그러자 (그 전에는 그 어떤 복수심이나 증오심을 보여주지 않던) 끄루스가 그에게 칼침을 먹였다. 도망자가 되어 그는 늪지로 숨어들어야 했다. 며칠 밤이 지난 후 차하에오라기[12]의 음산한 울음 소리를 들은 그는 경찰이 가까이에 있음을 깨달았다. 그는 덤불 속에 놔둔 단도가 제대로 있는지 찾아보았다. 그는 발 근처의 덤불에 걸리지 않도록 박차를 벗겨냈다. 그는 항복보다는 싸움을 택했다. 그는 팔과 어깨와 왼손에 상처를 입었다. 그는 추적대의 가장 용감한 대원들에게 심한 상처를 입혔다.

---

10) 비록 그들 집단 속에서 독재 군벌들이 출현하기는 했지만 가우초란 원래 아르헨티나에서 민화적인 요소를 가장 많이 가지고 있는 문화 집단이다. 단도는 가우초들의 상징과도 같은 물건이다. 그들은 단도를 가지고 목숨을 건 혈투를 벌이곤 했다.
11) 아르헨티나의 목동들이 즐겨 마시는 차의 종류.
12) 아르헨티나에 서식하는 다리가 긴 해오라기.

손가락 사이에서 피가 흐르기 시작했을 때 그는 그 어느 때보다 더 용감하게 싸웠다. 새벽녘이 되면서 출혈 때문에 기운이 쇠진해진 그는 추적대들에 의해 붙들렸다. 군 당국은 적당한 눈가림의 처벌 방식을 찾았다. 끄루스는 북쪽 국경에 있는 요새로 보내졌다. 그는 하급 군인의 신분으로 내전에 참가했다. 이따금 그는 자신이 태어난 지역을 위해 싸우기도 하고, 이따금 그 반대의 편에 서서 싸우기도 했다. 1856년 1월 23일 그는 라구나스 데 까르도소에서 에우세비오 라쁘리다 상사의 지휘 아래 2백 명의 인디언과 싸웠던 30명의 기독교인들 중의 하나였다.[13] 그는 이 전투에서 창에 다치는 상처를 입었다.

그의 어둡고 용맹스러운 삶의 역사 속에는 많은 단절들이 있다. 1868년 우리들은 다시 뻬르가미노에 있는 그를 발견한다. 결혼을 했었기 때문인지, 아니면 다른 비합법적인 방법으로 낳았던지 그는 한 사내아이의 아버지였고, 조그만 땅뙈기의 주인이었다. 1869년 그는 그 지방 경찰서 서장으로 임명되었다. 그는 과거에 살았던 삶의 방식을 고쳤다. 그 시기에 그는 가슴 깊은 곳에서는 그러지 않았지만 스스로 행복하다고 생각했었음에 틀림없었다. (미래 속에 감추어진 그 근본적이고 찬란한 밤이 그를 기다리고 있었다. 마침내 자신의 원래의 얼굴을 보고, 자신의 원래의 목소리를 들었던 그 밤. 이 밤을 잘 이해하는 것으로 그에 관한

---

13) 이 부분은 보르헤스가 교묘하게 역사적 사실을 변형시킨 가짜 사실주의의 한 예이다. 원래는 1856년 1월 25일 라구나스 데 까르도소에서 연방주의자와 중앙집권주의자 간에 벌어진 전투에서 에우세비오 라쁘리다 상사(1829-1898)가 80명의 부하들을 데리고 200명의 정규군을 패배시켰다. 그러나 보르헤스는 그가 그곳에서 인디언들을 죽였다고 했으나 그런 비슷한 공격은 1879년에 일어났다.

이야기는 끝이 난다. 보다 정확히 말해 이 밤의 한순간, 아니 이 밤에 그가 했던 행동 하나. 왜냐하면 행동들이란 바로 우리 인간들의 상징이기 때문이다.) 얼마나 길고 복잡한 과정을 거쳤건 간에 어떤 운명도 단 한순간의 현실 속에 다 담겨 있는 법이다. 인간이 영원히 자신이 누구인지 알게 되는 순간. 마케도니아의 왕 알렉산더는 아킬레스[14]의 전설적인 이야기 속에서 무인으로서의 자신의 미래를 보았다고 전해진다. 스웨덴의 찰스 7세[15]는 역으로 알렉산더에게서 그것을 보았다고 한다. 글을 읽을 줄 몰랐던 따데오 이시도로 끄루스에게 있어 이러한 깨달음은 책으로부터 오지 않았다. 그는 그러한 그 자신을 난투와 한 남자 속에서 보았다. 사건은 이렇게 일어났다.

1870년 6월 말 그는 두 사람을 죽인 죄로 법의 심판을 받아야 하는 한 악당을 체포하라는 명령을 받았다. 그 범죄자는 베니토 마차도 대령[16]이 지휘하는 남쪽 국경의 부대를 이탈한 탈영병이었다. 그는 술에 취해 한 창녀집에서 검둥이 하나를 살해했다. 또 다른 죄과는 로하스 군[17]의 한 주민을 살해한 것이었다. 전보는 그가 라구나 꼴로라도[18] 출신이라는 것을 덧붙이고 있었다. 이 지

---

14) 희랍 신화에 나오는 인물로 트로이 희랍 원정군 중 가장 용맹했던 장군으로 트로이의 맹장 헥토르를 죽이나 신탁에 따라 독이 묻은 화살에 맞아 죽는다.

15) Charles Ⅶ(1682-1718): 〈북방의 알렉산더〉로 지칭되던 스웨덴의 왕으로 18년 동안 주변국과 무력전쟁을 벌였다. 그는 퀸투스 쿠르티우스가 쓴 『알렉산더 전기』를 전쟁 때 항상 가지고 다녔으며 스스로를 알렉산더로 지칭하곤 했다.

16) Benito Machado(1823-1909): 아르헨티나의 장군으로 1863년 남쪽 대평원에서 벌어진 인디언 토벌을 주동했던 인물.

17) 부에노스 아이레스 주의 남단에 자리잡고 있는 작은 마을의 이름.

18) 부에노스 아이레스 주의 남단에 자리잡고 있는 호수 지역.

역은 40년 전 자신들의 살을 새와 개들에게 주기 위해 반란군들이 집결했던 곳이다. 바로 거기에서 그의 노한 목소리를 듣지 못하도록 하기 위해 군인들이 북들을 두드리는 동안 빅토리아 광장[19]에서 처형되었던 마누엘 메사[20]가 태어났다. 그곳에서 끄루스가 세상에 태어나도록 운명지어졌고, 그리고 그곳은 페루와 브라질 전쟁에서 사용되었던 군도에 의해 두개골이 쪼개진 채 고랑 속에서 죽은 그 이름을 알 수 없는 자가 태어난 곳이기도 했다. 끄루스는 그 지역의 이름을 잊어버렸었다. 그러나 그는 가느다랗고 설명할 수 없는 어떤 초조감과 함께 그것을 기억해 냈다……. 군인들에게 추적을 당하고 있는 그 범죄자는 같은 길을 왔다 되돌아갔다 하면서 추적자들을 혼란에 빠뜨리려고 획책하고 있었다. 그럼에도 불구하고 추적자들은 7월 12일 그를 포위할 수 있었다. 그는 한 짚더미 속에 숨어 있었다. 어둠이 시야를 가리고 있었다. 끄루스와 그의 부하들은 말에서 내려 살금살금 그 비밀의 사내가 희끄무레한 안쪽에서 사방을 살피고 있거나, 잠들어 있을 덤불을 향해 다가갔다. 차하해오라기 한 마리가 울었다. 끄루스는 전에 마치 이 순간을 살았던 것 같은 환상을 느꼈다. 그 범죄자가 그들과 싸우기 위해 은신처로부터 나왔다. 끄루스는 어렴풋이 처참한 모습을 하고 있는 그를 볼 수 있었다. 길게 자란 회색빛 머리와 수염이 그의 얼굴을 모두 삼켜버린 듯 덮고 있었다. 분명한 이유 하나가 나로 하여금 그 싸움에 대해 언급하는 것을 막고 있다.[21]

---

19) 부에노스 아이레스 시에 있는 광장 이름.
20) Manuel Mesa(1788-1829): 아르헨티나 독립 전쟁 및 인디언 토벌 전쟁에서 싸웠던 아르헨티나의 장군. 그는 후에 연방주의자 독재자인 로사스에게 가담했다가 보르헤스의 외증조부인 이시도로 수아레스에게 포로로 잡혀 부에노스 아이레스에서 처형되었다.

나는 그 탈영병이 끄루스의 여러 부하들을 죽였거나 깊은 상처를 입혔다는 것을 잘 알고 있다. 어둠 속에서 싸우고 있는 동안(그의 정신이 아닌 육체가 어둠 속에서 싸우고 있는 동안) 끄루스는 깨닫기 시작했다. 그는 한 운명이 다른 한 운명보다 나을 게 없지만 모든 인간은 자신의 가슴 안에 들어 있는 운명을 존경해야 한다는 것을 깨달았다. 그는 벌써 기마와 제복이 거추장스러워지는 것을 느꼈다. 그는 우글거리는 개떼들의 운명이 아닌 늑대의 운명이 자신에게 친밀하게 느껴지고 있음을 깨달았다. 그는 지금 자신이 싸우고 있는 그 상대가 자신이라는 것을 깨달았다. 척박한 평원에 새벽이 왔다. 끄루스는 경찰 모자를 땅에 던져버렸고, 용맹한 자를 죽이려는 죄악에 동의할 수 없다고 소리쳤고, 그리고 마르띤 피에로[22]와 함께 군인들을 상대로 싸우기 시작했다.

---

21) 여기서 〈나〉는 화자를 가리킨다. 화자는 어떤 분명한 이유 때문에 그 싸움 자체에 대해서 언급하지 않겠다고 해놓고서도 그 이유가 무엇인지는 밝히지 않고 있다. 보르헤스의 작품에는 이러한 언어의 유희가 많이 등장한다. 앞의 맥락과 연계하여 추정해 보면 아마 싸움 자체는 이 작품의 중심적 관심사에서 유리되어 있다는 뜻일 게다. 그러나 보르헤스가 진정으로 얻고자 하는 텍스트적 효과는 바로 아이러니컬한 애매모호성을 통해 독자의 상상력에 대해 하나의 야릇한 미적 자극을 가하고자 함에 있다.
22) 호세 에르난데스의 서사시에 나오는 그 범죄자의 이름.

엠마 순스

·

   1922년 1월 14일, 〈타르부흐 & 로웬탈〉 방직공장에서 돌아온 엠마 순스는 현관 안쪽에 떨어져 있는 편지 한 장을 발견했다. 그 편지에는 브라질 소인이 찍혀 있었고, 편지를 읽어가는 도중 그녀는 아버지가 사망했다는 것을 알았다. 처음에, 외국 봉투와 우표는 그녀를 어리둥절하게 만들었고, 이어 낯선 필적은 그녀로 하여금 이상스러운 불안 속으로 빠져들도록 만들었다. 9, 10줄의 글들은 멋대로 끄적거려 놓아 거의 편지지 전체를 메우려 들고 있었다. 엠마는 마이에르 씨가 실수로 다량의 베로날(수면제)을 잘못 먹었고, 바헤[1]의 병원에서 그 달 3일에 죽었다는 내용의 글을 읽었다. 편지에는 리우 그란데의 페인인가 파인인가 하는, 그녀의 아버지가 묵었던 하숙집 동료의 사인이 들어 있었는데, 그는 자신이 서명한 편지가 망자의 딸에게 보내질 거라는 사실을

---

1) 리우 그란데 두 술에 있는 도시의 이름으로 우루과이에 인접해 있다.

전혀 모르고 있는 것 같았다.

　엠마는 종이를 떨어뜨렸다. 그녀가 처음 받은 느낌은 속이 뒤틀리고, 무릎의 힘이 풀리는 것이었다. 그런 다음 그녀는 눈앞을 캄캄하게 만들어버리는 죄책감, 비현실감, 한기, 두려움을 느꼈다. 그녀는 어서 그 날이 지나 다음날이 되어 있었으면 하고 바랐다. 그러나 그녀는 곧 아버지의 죽음이 세상에서 일어난 유일무이한 사건이고, 그것은 자신에게 끊임없이 되풀이되어 일어날 것이기 때문에 그러한 바람은 아무런 의미가 없다는 것을 깨달았다. 그녀는 종이를 집어들었고, 자신의 방으로 갔다. 그녀는 마치 최종적인 사건의 결말들을 이미 알고나 있다는 듯 조심스럽게 그 편지를 서랍 속에 숨겼다. 아마, 그녀는 이미 앞으로 일어나게 될 그 사건들을 어렴풋이나마 지각하고 있었는지도 몰랐다. 그녀는 아마 이미 그것들을 헤아려보기 시작하고 있었는지도 몰랐다. 말하자면 그녀는 이미 앞으로 자신이 되게 될 그런 사람이 되어가기 시작하고 있었던 것이다.

　깊어가는 밤의 어둠 속에서 엠마는 그 날의 마지막 시간까지, 행복했던 그 옛날에는 엠마누엘 순스라는 이름을 가지고 있었던 마누엘 마이에르의 자살을 애도하며 흐느꼈다. 그녀는 괄레과이[2] 근처에 있는 작은 농장에서 보냈던 여름 휴가를 기억했고, 어머니를 기억했고(기억하려고 했고), 나중에 경매에 넘겨졌던 라누스[3]에 있는 작은 집을 기억했고, 마름모꼴의 노란 창유리를 기억했고, 영장과 치욕을 기억했고, 〈경리 직원의 공금 횡령〉에 관한 신문 기사와 함께 기사화된 익명의 중상모략 편지들을 기억했

---

2) Gualeguay : 아르헨티나 엔뜨레 리오스 지방에 있는 시골 마을의 이름.
3) Lanús : 부에노스 아이레스에 있는 동네의 이름.

고, 마지막 날 밤 아버지가 도둑은 로웬탈이라고 맹세를 했던 그 순간을 기억했다(그녀는 결코 그 순간을 잊지 않았다). 로웬탈, 전에는 공장의 매니저였고, 지금은 공장 소유주들 중의 하나인 아론 로웬탈. 1916년 이래 그녀는 이 비밀을 가슴 깊이 간직하고 있었다. 그녀는 그것을 그 누구에게도, 가장 친한 친구인 엘사 우르스테인에게조차 털어놓지 않았다. 그녀는 아마 그 저열한, 믿기 힘든 사실을 회피하고 싶었는지도 몰랐다. 아마 그녀는 그 비밀이 자신과 부재한 아버지 사이를 연결해 주는 하나의 끈이라고 생각했었는지도 몰랐다. 로웬탈은 엠마가 그 사실을 알고 있다는 것에 대해 모르고 있었다. 엠마 순스는 이 사소한 비밀 하나를 알고 있다는 사실만으로도 용트림을 하며 솟구쳐 오르는 힘의 분출 같은 것을 느끼곤 했다.

그 날 밤 그녀는 잠을 자지 않았다. 첫번째 빛이 창문의 사각형을 뚜렷이 드러냈을 때 그녀의 계획은 이미 완성되어 있었다. 그녀는 영원히 끝날 것 같지 않아 보이는 그 날이 다른 여느 날과 마찬가지처럼 되도록 안간힘을 썼다. 공장에서는 파업의 소문이 나돌고 있었다. 엠마는 언제나처럼 그 어떤 폭력에도 반대한다는 다짐을 하고 있었다. 저녁 6시, 일이 끝나자 그녀는 엘사와 함께 체육관과 수영장이 있는 여성클럽으로 갔다. 그녀들은 등록을 했다. 그녀는 되풀이해서 자신의 이름과 성을 한 자 한 자 또박또박 말해야 했고, 신체검사를 하는 사람들이 건네는 저속한 농담에도 대꾸를 해주어야 했다. 그녀는 엘사, 그리고 크론푸스 자매들 중의 막내와 일요일 오후에 무슨 영화를 볼 것인지에 대해 얘기를 나누었다. 그런 다음, 엘사와 크론푸스 가의 막내는 자신들의 남자 친구들에 대해 떠들어댔다. 그러나 아무도 엠마에게서 그런 것에 관련한 어떤 말이 나오리라고는 기대하지 않았다. 4월이 되면 그녀는 19살이 될 것이었다. 그러나 남자들은 여전히 그녀에게 거의 정신병적인 공포를 불러일으키는 존재들일 뿐이었다······. 집에 돌아온 후 그녀는 타피오카[4] 스프와 야채를 준비했고, 일찍 식사를 마쳤다. 그리고 침대에 누워 억지로 잠을 청했다. 그렇게 해서 힘들고, 그러나 특별한 일이 일어나지 않았던 그 날의 이브, 15일 금요일 밤이 지나갔다.

토요일, 조바심이 그녀를 깨웠다. 초조함이 아닌 조바심, 그리고 마침내 그 날이 왔다는 야릇한 안도감. 이제 더 이상 그녀는 계획을 세우거나, 상상 같은 것을 해야 할 필요가 없었다. 몇 시간만 지나면 사건들은 간명한 자신들의 결과에 도달할 것이었다. 그녀는 《라 쁘렌사》[5]에서 그 날 말뫼[6]에서 온 노르드스트하르난 호가 제3부두를 떠날 것이라는 기사를 읽었다.[7] 그녀는 로웬탈에게 전화를 걸었다. 그녀는 그에게 다른 여공들 모르게 파업에 관한 정보를 제공하고 싶다는 은근한 암시를 주었다. 그리고 날이 어두워지면 그의 사무실을 방문하겠다고 말했다. 그녀의 목소리는 떨렸다. 그러한 떨림은 밀고자의 음성으로서 아주 적합한 것이었다. 그 날 아침에는 주목할 만한 다른 사건은 일어나지 않았다. 엠마는 12시까지 일을 했고, 그런 다음 엘사, 그리고 뻬뜨라 크론푸스와 일요일 외출의 스케줄을 확정지었다. 그녀는 점심을 먹은 후 드러누워 눈을 감은 채 이미 구상해 놓은 계획을 점검해

---

4) 열대산 식물 카사바 뿌리에서 채취하는 식용 녹말.
5) La Prensa : 아르헨티나의 주요 일간지 중의 하나.
6) 스웨덴의 도시 이름.
7) 물론 이것은 거짓으로 보르헤스의 가짜 사실주의의 한 기법에 속한다.

보았다. 마지막 단계는 처음 단계보다 덜 두려울 것이고, 그리고 그것은 틀림없이 자신에게 승리와 정의를 탐미할 수 있도록 해주리라 그녀는 생각했다. 갑자기 화들짝 놀라며 그녀가 벌떡 일어나 옷장을 향해 달려갔다. 그녀가 옷장의 서랍을 열었다. 밀톤 실스[8]의 초상화 밑에는 그녀가 어젯밤 숨겨 두었던 파인의 편지가 있었다. 그 누구도 그것을 본 사람은 없었을 것이었다. 그녀는 그것을 읽기 시작했고, 그런 다음 그것을 조각조각 찢어버렸다.

  그 날 밤에 일어났던 일들을 현실과 결부시켜 보는 것은 힘들 뿐더러, 아마 부당한 일일는지도 모른다. 지옥 같은 성상(性相), 공포를 완화시켜 주지만 또한 아마 공포를 더욱 가중시켜 줄지도 모르는 그런 어떤 성상은 비현실적이었다. 그것을 실행했던 사람에게조차 거의 믿기지 않는 그런 행동이 어떻게 다른 사람들에게 믿어지게 될 수 있단 말인가? 이제 엠마 순스의 기억이 재생시키기를 거부하고, 그리고 재생시켜 보려고 하면 뒤죽박죽으로 뒤엉켜버리는 그 짤막한 혼돈을 어떻게 다시 회복시킬 수 있단 말인가? 엠마는 알마르고[9]에 있는 리니에르스 거리[10]에 살고 있었다. 그녀가 그 날 오후 항구에 갔다는 것은 확실하다. 아마 그녀는 그 악명 높은 빠세오 데 훌리오 거리[11]에서 거울들 속에 비추어져 수없이 증식되고, 불빛들 때문에 훤히 드러나고, 욕망에 굶주린 눈들에 의해 발가벗겨지는 자신의 모습을 보았으리라. 그러나 처음에 그녀는 남의 눈에 띄지 않은 채 무심한 건물들의 현관을 따라

---

8) Milton Sills(1882~?) : 영화배우.
9) Almargo : 부에노스 아이레스의 한 구역 이름.
10) Liniers : 알마르고 구에 있는 거리의 이름.
11) Paseo de Julio : 아르헨티나의 옛 거리 이름으로 지금은 엘. 엔. 알렘으로 불리운다.

방황했었으리라 생각하는 게 보다 합당하리라……. 그녀는 두세 군데의 술집에 들어갔고, 그곳의 다른 여자들이 매일 하는 일과와 그녀들의 기술을 눈여겨보았을 것이다. 마침내 그녀는 노르드 스트하르난 호의 선원들과 마주치게 되었다. 그들 중의 하나는 매우 젊었는데, 그녀는 그가 혹 자신에게 어떤 감정 같은 것을 느끼도록 만들지도 모른다는 두려움 때문에 다른 사람을 택했다. 아마 그녀 자신보다 키가 작은 것 같고, 난폭해 보이는 그 사람을 택한 것은 공포의 순수성이 사라지지 않도록 하기 위해서였을 것이었다. 그 남자는 그녀를 어떤 문 쪽으로, 그런 다음 어둠침침한 현관으로, 그 다음에는 다시 비좁은 층계로, 그리고 다시 한 작은 방으로(거기에는 그녀가 살았던 라누스의 집에 있었던 것들과 똑같은 마름모꼴 장식창들이 있었다), 그런 다음 다시 복도로, 그리고 마지막으로 자신의 뒤에서 쿵 하고 닫힌 한 방문으로 데려갔다. 그 고난스러운 사건들은 시간의 밖에서 벌어지고 있었다. 왜냐하면 조금 전의 과거는 미래와 전혀 연결되어 있지 않은 것 같고, 이 사건들을 구성하고 있는 시간의 부분들은 지속적이지 않아 보였기 때문이었다.

그 시간 밖의 시간 속에서, 서로 무관하고 참혹한 감각들의 당혹스러운 혼돈 속에서, 엠마는 단 한 차례라도 이러한 희생을 감수하도록 만든 그 죽은 아버지에 대해 생각해 보았을까? 그녀는 한번쯤은 생각했을 것이고, 그렇게 해서 한번쯤은 자신의 절망적인 음모가 위험에 처하도록 만들었을 것이라는 게 나의 믿음이다. 그녀는 이 남자가 자신에게 하고 있는 이 무시무시한 일을 아버지가 어머니에게 했을 것이라는 생각을 했다(그녀는 그렇게 생각할 수밖에 없었다). 그녀는 가녀린 놀라움 속에서 그것을 생각했고, 즉시 현기증 속으로 도피해 들어갔다. 스웨덴 사람인지, 핀란드 사람인지 알 수 없는 그 남자는 스페인어를 하지 못했다. 그는 마치 그에게 있어 엠마가 그러하듯 엠마에게 있어 하나의 도구였다. 그러나 그가 정의가 구현되도록 그녀에게 봉사하고 있는 반면, 그녀는 쾌락이 성사되도록 그에게 봉사하고 있었다.

  홀로 남게 되었을 때 그녀는 즉시 눈을 뜨지 않았다. 작은 침실용 테이블에는 그 남자가 남기고 간 돈이 놓여 있었다. 엠마는 일어나 앉았고, 편지를 찢어버렸을 때처럼 그것을 갈기갈기 찢어버렸다. 돈을 찢어버리는 것은 빵을 버리는 것처럼 불경한 일이다, 엠마는 그렇게 해놓고서는 곧 후회를 했다. 자존심에 따른 행동, 그리고 그 날에 있어서만은…… 그녀가 느끼고 있었던 공포는 육체의 비애, 그리고 혐오감 속으로 자취를 감춰버렸다. 슬픔과 구토감이 그녀를 사슬처럼 얽어맸다. 그러나 엠마는 천천히 일어났고, 옷을 입기 시작했다. 방 안에는 이미 햇빛이 남아 있지 않았다. 석양의 마지막 남은 빛조차 희미하게 잦아들고 있었다. 엠마는 그 누구도 자신에게 주목하지 못하도록 하면서 그곳을 빠져나올 수 있었다. 거리의 모퉁이에서 그녀는 서쪽으로 가는 라끄로세 전차[12]에 올라탔다. 그녀는 자신의 계획에 따라 사람들에게 자신의 얼굴을 드러내지 않기 위해 맨 앞좌석을 택했다. 아마 그녀는 거리를 따라가는 전차의 맥빠진 움직임 속에서 조금 전에 일어났던 일이 세상의 사물들을 오염시키지 않았다는 것을 확인하게 되자 마음의 위안을 느꼈을는지도 몰랐다. 그녀는 눈에 들어왔다가 금세 사라지는 집들의 수가 적은 어두컴컴한 교외를 지나갔다. 그녀는 와르네스[13]의 한 보도에서 내렸다. 그녀가 느끼

---

12) 부에노스 아이레스 거리에서 운행되던 전차 회사의 이름.

는 피로는 역설적으로 그녀에게 도리어 힘이 되어주고 있었다. 왜냐하면 그것은 자신이 벌이고 있는 모험의 조목조목에 대해서는 정신을 집중하는 대신, 그것의 내막과 목적에 대해서는 무심하도록 만들어주고 있었기 때문이었다.

아론 로웬탈은 모든 사람에게 진중해 보이는 사람이었지만 그의 몇 안 되는 가까운 친지들에게는 구두쇠였다. 그는 공장 건물의 꼭대기에서 홀로 살고 있었다. 그는 그곳이 시의 벌거숭이 벌판에 자리잡고 있었기 때문에 도둑을 두려워했다. 공장의 마당에는 거대한 몸집의 개 한 마리가 있었고, 모든 사람은 그의 책상 서랍에 권총 한 자루가 들어 있다는 것을 알고 있었다. 그는 작년에 일어난 갑작스러운 아내의 죽음 때문에 아주 슬프게 울었지만——가우스라는 성을 가진 그의 부인은 그에게 상당한 금액의 지참금을 가져왔었다——그의 진정한 열정은 돈이었다. 그는 스스로조차 몰래 얼굴을 붉힐 정도로 자신이 돈을 버는 일보다는 돈을 저축하는 일에 더 광적이라는 것을 알고 있었다. 그는 매우 종교적인 사람이었다. 그는 하느님과 어떤 비밀 계약, 즉 기도를 하고 경건한 태도를 지킴으로써 선행을 하지 않아도 되는 면책 특권을 받았다고 믿고 있었다. 대머리에 뚱뚱한 체구, 상중임을 알리는 검은 리본을 착용하고, 금빛 구레나룻 수염에 잿빛 안경을 쓴 그는 창가에 서서 여공 순스의 밀고 내용을 기다리고 있었다.

그는 그녀가 철문을 밀고 들어와(그는 그녀를 위해 그것을 약간 열어놓았었다), 음울한 마당을 가로질러 오고 있는 것을 보았다. 그는 쇠줄에 묶여 있는 개가 짖어대자 그녀가 약간 곡선을 그리며 길을 트는 것을 보았다. 마치 낮은 목소리로 기도를 하고 있

---

13) Warnes : 부에노스 아이레스에 있는 거리 이름.

는 사람처럼 엠마의 입술은 재빠르게 움직이고 있었다. 그것은 로웬탈이 죽기 직전에 들은 그 말들의 끊임없는 반복이었다.

일은 엠마가 예견했던 것처럼 그렇게 전개되지 않았다. 그 전날 새벽부터 그녀는 수없이 꿈꾸었다. 단단히 총을 겨누고, 그 비열한 놈에게 그 비열한 범죄를 고백하도록 만들고, 신의 정의가 인간의 정의를 이길 수 있도록 해줄 그 대담한 책략이 실현되는 꿈(두려움 때문이 아니라 자신이 정의 실현의 도구라고 믿었기 때문에 그녀는 인간의 법에 의해 처벌받기를 원치 않았다). 그런 다음 그의 가슴 중앙 부분을 때리는 한 발의 총알이면 로웬탈의 운명을 봉인해 버릴 수 있을 것이었다. 그러나 일은 그렇게 전개되지 않았다.

아론 로웬탈 앞에 서자 그녀는 아버지에 대한 복수심보다는 그 동안 자신이 겪었던 분노에 대한 형벌을 내리고 싶은 충동에 사로잡혀 버리고 말았다. 그녀는 그 동안 겪은 그 세세한 치욕감 때문에 그를 죽이지 않을 수가 없었다. 또한 그녀는 뜸을 들일 시간적 여유가 없었다. 겁에 질린 듯한 자세로 앉아 그녀는 로웬탈에게 이렇게 밤늦게 찾아온 결례에 대한 용서를 구했고, 비밀을 지켜달라고(밀고자의 특권으로) 간청했고, 몇 사람의 이름을 댔고, 또 다른 사람들의 이름을 들먹였고, 그리고 마치 공포에 짓눌린 듯 문득 말문을 닫았다. 그녀는 목이 타니까 물 한 컵을 가져다 달라는 빌미로 로웬탈로 하여금 자리를 뜨도록 만들 수 있었다. 그녀의 호들갑이 가진 깊은 내막에 대해서는 무지한 채, 로웬탈은 자상한 마음씨로 부엌으로 가 물을 가지고 왔다. 그때는 이미 엠마가 책상 서랍에서 그 무거운 권총을 꺼내든 뒤였다. 그녀는 두 번 방아쇠를 당겼다. 그의 거대한 몸뚱아리가, 마치 총성과 연기가 부숴뜨려 놓아버린 것처럼 무너져 내렸다. 물컵이 깨졌고, 경악과 분노에 섞인 그의 얼굴이 그녀를 노려보았고, 그의 입은 스페인어와 이디쉬어[14]로 그녀에게 저주의 욕설을 퍼부었다. 흉칙한 욕설들이 그치지 않았기 때문에 엠마는 다시 한번 총을 발사해야 했다. 마당에 묶여 있는 개가 짖어대기 시작했고, 피가 그의 추잡한 입술로부터 폭포처럼 쏟아져 나와 그의 구레나룻과 옷을 적셨다. 엠마는 준비해 두었던 고발문을 외기 시작했다 (나는 나의 아버지의 복수를 했고, 그 누구도 나를 처벌할 수 없을 거야……). 그러나 로웬탈은 이미 죽어버렸기 때문에 그녀는 그 말을 끝맺을 수가 없었다. 그녀는 그가 자신이 했던 말의 뜻을 이해했는지조차 알 수 없었다.

급박하게 의식의 귓전에 달겨드는 개 짖는 소리가 그녀로 하여금 머뭇거릴 시간이 없다는 것을 깨닫도록 만들었다. 그녀는 소파를 흐트러 놓고, 시체 웃옷의 단추를 풀어제꼈고, 튕겨나간 코안경을 서류 캐비닛 위에 올려놓았다. 그런 다음 그녀는 전화기를 들고 이미 수없이 되풀이해 되뇌어 보았던 그것을 이러 저러한 말들로 다시 반복하기 시작했다. 「믿을 수 없는 일이 일어나고 말았어요……. 로웬탈 씨가 파업 때문에 상의할 일이 있다고 저를 오라고 해서…… 그가 나를 겁탈했고, 그래서 내가 그를 죽였어요……」

사실 이 이야기는 믿기 힘든 것이었지만 본질적으로 그것은 진실이었기에 모든 사람들의 심금을 울렸다. 엠마 순스의 그 떨리는 어조는 진실이었고, 그녀의 수치감은 진실이었고, 그녀의 증오는 진실이었다. 그녀가 겪었던 분노 또한 진실이었다. 단지 주

---

14) 히브리어와 독일어의 혼성어.

변 정황과 시간, 그리고 한두어 사람의 이름들만이 거짓이었을 뿐이었다.

아스테리온[1]의 집

그리고 여왕은 아들을 낳았고, 그를 아스테리온
이라 불렀다.

아폴로도루스, 『도서관』, 제3권 1장[2]

나는 사람들이 내가 오만하고, 혹은 자폐적이고, 혹은 실성했
다고 수군거리고 있다는 것을 안다. (때가 되면 내가 응징을 가하
게 될) 그러한 비난들은 얼토당토 않은 것이다. 내가 집 밖으로
나가지 않는 것은 사실이지만, 내 집의 문들(숫자가 무한한)[3]이

---

1) Asterion : 그리스 신화에 나오는 인물로 아스테리우스라고도 불리운다. 그리스 신화에서 그는 코메테스의 아들로 나오기도 하지만, 아폴로도루스에 따르면 미노스 2세와 파시파에 사이에서 태어난 크레타의 왕이다. 그는 머리가 황소고 몸은 사람이었던(또는 몸이 황소고 머리가 사람인), 미로 속에서 살았던 미노타우로와 동일시되기도 한다.

2) Apollodorus(B.C. 140-115) : 아테네의 신화학자요, 문법학자요, 역사가. 『도서관』은 3권으로 된 그의 저서로 그리스 신들의 역사와 다른 신화적 이야기들을 다룬 작품이다. 〔역주〕

3) 원본에는 14개라고 적혀 있다. 그러나 아스테리온의 입장에서는 이 수량 형용사가 〈무한성〉에 해당한다고 유추할 수 있는 아주 많은 근거들이 있다. 〔원주〕

보르헤스가 여기서 14라는 숫자를 언급한 것은 그때 아테네가 크레타의 왕

사람들뿐만 아니라 동물들에게도 밤낮으로 열려 있다는 것 또한 사실이다. 원한다면 누구든 들어올 수가 있다. 들어온 사람은 여기서 화려한 장식이나, 일반적인 궁전들에서 볼 수 있는 휘황찬란한 건축 구조를 발견하지 못하게 될 것이다. 그는 대신 정적과 고독을 발견하게 될 것이다. 그는 또한 지상에서는 다른 예를 찾아볼 수 없는 어떤 집 하나를 발견하게 될 것이다. (이집트에 유사한 집이 하나 있다고 주장하는 사람들이 있지만 그것은 거짓말이다.) 나를 비방하는 사람들조차도 나의 집에 단 하나의 가구도 없다는 것을 인정한다. 또 다른 종류의 우스꽝스러운 게 있다면 그것은 나 아스테리온이 수인(囚人)이라는 사실이다. 잠겨 있는 문이 없다는 것을 되풀이해 말해야 할까? 자물쇠 또한 없다는 것을 덧붙여 말해야 할까? 게다가 나는 어느 날 오후, 거리에 발을 내딛은 적도 있다. 만일 내가 해가 지기 전에 돌아왔었다면 그것은 핏기가 없고, 마치 손바닥처럼 편편한 천민들의 얼굴들이 내게 가했던 공포 때문이었을 것이리라. 이미 해가 져 있었다. 그러나 한 아이의 눈에서 하염없이 흘러내리는 눈물과 나에 대한 신도들의 광기 어린 찬양은 그들이 나를 알아보았음을 말해 주었다. 사람들은 기도를 올리거나, 도망치거나, 무릎을 꿇었다. 어떤 사람들은 〈도끼 신〉[4]의 신전 축대 위에까지 기어 올라가고, 다른 사람들은 돌을 쌓아올리기도 했다. 내 생각에 어떤 사람은 바다 밑으로 숨었다. 허망하게도 나의 어머니는 여왕이 아니었다.[5]

아스테리온(미노타우로)에게 매년 7명의 청년과 7명의 처녀를 바친 데서 비롯된 것 같다. 〔역주〕
4) 크레타에서는 부분적으로 도끼 모양의 신상을 숭배한 자취가 있다.
5) 그리스 신화에 보면 아스테리온, 즉 미노타우로가 파시파에 왕비와 황소 사이에서 태어났다는 설이 있는데 그것을 부정하고 있는 것이다.

설령 내 미천한 출신 성분에 대한 자격지심이 그것을 바란다 할지라도 그런 속설에 현혹될 내가 아닌 것이다.

확실한 것은 내가 유일무이한 존재라는 것이다. 나는 어떤 사람이 다른 사람들에게 전달할 수 있는 그 어떤 무엇에 대해 관심이 없다. 마치 철학자들처럼 나는 글이라는 장치를 통해 전달될 수 있는 것이라고는 아무것도 없다고 생각한다. 나의 정신 속에는 울화통 같은 것이나 세세하게 하찮은 것들이 일일이 들어설 자리가 없다. 그 속에는 오직 거대한 것들만이 들어갈 수 있을 뿐이다. 그래서 나는 결코 어떤 글자와 다른 글자 사이의 차이점에 대해 주목해 본 적이 없다. 어떤 고결한 조바심 같은 것이 나로 하여금 글을 배우는 것을 허락지 않았다. 가끔 나는 그것을 후회할 때가 있다. 왜냐하면 밤과 낮이 지나치게 길기 때문이다.

물론 내게도 소일거리가 없는 것은 아니다. 나는 마치 양이 머리를 내밀고 돌진하는 것처럼 어지러워 바닥에 풀썩 나동그라질 때까지 돌로 만든 낭하를 내닫기도 한다. 웅덩이 속의 그늘이나 낭하의 모퉁이에 쭈그리고 숨거나, 술래잡기 놀이를 하기도 한다. 나는 내 몸이 피로 물들 때까지 지붕에서 뛰어내리는 놀이를 하기도 한다. 나는 시간에 관계 없이 눈을 감고 숨을 거칠게 내쉬며 잠을 자는 척하는 놀이도 할 수 있다. (이따금 나는 정말로 잠을 자기도 하는데, 어떤 때는 일어나 보면 날(日)의 색깔이 뒤바뀌어 있을 때도 있다.) 그러나 그 많은 놀이들 중 내가 가장 선호하는 것은 내가 또 다른 아스테리온이 되는 것이다. 나는 그가 나를 방문하러 오고 나는 그에게 나의 집을 보여주는 상상을 한다. 나는 아주 정중하게 그에게 말한다. 「이제 우리 저 앞의 갈라지는 지점으로 가보지요」, 또는 「이제 우리 다른 마당으로 빠져나가 볼까요」, 또는 「당신께서 이 개울을 마음에 들어하실 거라고 제가 이미 말씀드리지 않았던가요」, 또는 「이제 모래로 가득 차 있는 물탱크를 보실 수 있게 됩니다」, 또는 「곧 어떻게 지하실이 끝없이 두 갈래로 갈라지게 되는지를 보시게 될 겁니다」라는 등등. 이따금 나는 실수를 범하기도 하는데 그때면 우리 둘은 서로 마주보고 껄껄대며 웃곤 한다.

내가 상상으로 만들어냈던 놀이들은 이것들뿐만이 아니다. 또한 나는 집 안에 들어앉아 명상에 잠기기도 했다. 집의 모든 부분들은 끝없이 같은 모양으로 반복되기 때문에 하나의 장소는 곧바로 다른 장소이다. 집 안에는 단 하나의 물 웅덩이도, 마당도, 가축들이 물 마시는 통도, 구유도 없다. 그러나 집 안에는 14개(그러니까 무한한)[6]의 구유와, 가축들이 물을 마시는 통과, 마당과, 물 웅덩이가 있다. 집은 우주와 같은 크기를 가지고 있다. 그럼에도 불구하고, 나는 물 웅덩이가 있는 마당들과 먼지 덮인 회색빛 석조 낭하들을 방황하는 데에 지쳐 거리로 나왔고, 〈도끼신〉들의 신전과 바다를 보았다. 나는 밤의 환영이 바다와 사원 또한 그 숫자가 14개(무한)라는 것을 알려주기 전까지는 왜 그것이 그러한지 이해할 수가 없었다. 모든 것은 무한히, 즉 14번씩 반복된다. 그러나 이 세계 안에는 단 한 차례만 있었던 것으로 보이는 두 가지의 것이 있다. 하늘 위의 복잡 미묘한 태양과, 아래의 아스테리온. 아마도 내가 별들과 태양과 이 거대한 집을 만들었는

---

6) 앞의 역주에서 밝힌 대로 14개의 숫자가 무한하다고 한 것은 아스테리온(미노타우로)에게 바친 제물의 숫자가 청년 7명, 처녀 7명, 도합 14명이기 때문에 보르헤스가 그렇게 유추한 것이다.

지도 모른다. 그러나 나는 이미 그 기억이 나질 않는다.

　9년마다 한번씩 자신들의 죄를 사함받고자 아홉 명의 사람들이 내 집에 들어온다. 석조 낭하 저 끝으로부터 그들의 발자국 소리나 목소리가 들려오면 나는 그들을 찾아나선다. 그들은 내가 손에 피를 묻힐 필요도 없이 차례로 하나씩 하나씩 쓰러진다. 그들은 자신들이 쓰러진 그 자리에 그대로 머무르게 된다. 그 시체들은 한 낭하와 다른 낭하를 구분하는 데 도움이 된다. 나는 그들이 누가 누구인지를 모른다. 그러나 나는 그들 중의 하나가 임종을 하면서 언젠가 나를 구원해 줄 자가 도착하게 될 것이라고 예언했던 것을 기억한다. 그때부터 나는 고독이 고통스럽지 않다. 왜냐하면 어딘가에 나의 구원자가 살고 있고, 그가 언젠가는 먼지 위에서 일어날 것임을 알고 있기 때문이다. 만일 나의 청각이 세상의 모든 소리들을 들을 수만 있다면 나는 그의 발걸음 소리를 포착할 수 있을 텐데. 제발 그가 나를 더 적은 낭하들과 더 적은 문들이 있는 그런 곳으로 데려다 주기를. 나의 구원자는 어떻게 생겼을까? 하고 나는 자문해 본다. 그는 황소일까, 아니면 인간일까? 혹 인간의 얼굴을 가진 황소일까? 아니면 나처럼 황소의 얼굴을 가진 인간일까?[7]

　아침 태양이 청동 칼에 반사되어 반짝거렸다. 칼에는 이미 피의 흔적조차 남아 있지 않았다.
　「정말 믿을 수가 있겠어, 아리아드네?」 테세우스가 말했다. 「미

---

[7] 그리스 신화에 보면 아스테리온(미노타우로)은 황소의 얼굴에 인간의 몸을 가진 것으로, 또는 그 반대로 인간의 얼굴에 황소의 몸을 가진 것으로 나오는데 보르헤스는 여기서 황소의 얼굴을 가진 인간 쪽을 택하고 있다.

노타우로는 전혀 자신을 방어할 생각조차 하지 않았어」[8]

마르따 모스께라 이스트맨에게

---

8) 아리아드네는 크레타의 공주이고, 테세우스는 아테네의 왕자이다. 테세우스는 자신의 조국이 크레타의 왕 미노타우로에게 매년 7명의 청년과 7명의 처녀로 구성된 조공을 바치게 되자 미노타우로를 퇴치하고자 그 제물들 속에 섞여 크레타로 간다. 테세우스를 본 아리아드네는 곧바로 사랑에 빠져 그에게 미노타우로를 퇴치할 수 있는 보검 하나와, 미로의 출구를 찾기 위해 필요한 실타래를 하나 준다. 그렇게 해서 테세우스는 미노타우로를 죽이고 미로를 빠져나온다. 이 작품의 끝부분은 바로 이 부분을 배경으로 한 것이다.
　그 뒤 테세우스는 아리아드네를 데리고 크레타를 떠나지만 항해 도중 아테네의 신탁에 따라 잠들어 있는 그녀를 넥소스 섬에 놔두고 가버린다. 그 섬의 신이었던 박쿠스는 그녀를 가련히 여겨 그녀와 결혼한다. 한편, 테세우스는 아테네로 입항하면서 만일 살아 돌아오면 달겠다고 했던 하얀 기를 다는 것을 잊어버린다. 테세우스가 미노타우로에게 살해당한 걸로 생각한 그의 아버지는 자결해 버린다. 이것은 그가 아리아드네를 버린 것에 대한 형벌이다. 그 후 그는 아테네의 왕이 된다.

또 다른 죽음

약 2년 전쯤, 괄레과이추[1]에서 가논이 내게 편지 한 통(나는 그 편지를 잃어버렸는데)을 보내왔다. 그는 편지에 아마 스페인어로는 처음일 랄프 왈도 에머슨의 「과거」라는 시의 번역본을 보내겠다고 알리고 있었다.[2] 그는 추신에 나도 조금 기억이 나는 뻬드로 다미안 씨가 폐울혈로 작고했다고 덧붙이고 있었다. 그는 고열에 유린을 당하고 있던 뻬드로 다미안이 혼수 상태 속에서 마소예르에서의 하루[3]를 다시 떠올렸다고 적고 있었다. 그것은

---

1) Gualeguaychú : 아르헨티나의 엔뜨레 리오스 Entre Riós 지방에 있는 도시의 이름. 같은 이름의 강을 끼고 있는 도시이다.
2) Ralph Waldo Emerson(1803-1882) : 미국의 시인이자 산문가. 「과거」라는 시는 그의 시집 『5월의 날과 다른 시들』에 실려 있는 시이다.
3) Masoller : 1904년 9월 1일 우루과이의 국경에 있는 이 지역에서 아빠리시오 사라비아가 이끄는 반란군과 정부군 사이에 일대 접전이 있었다. 이 접전에서 반란군은 패한다.

또 다른 죽음 101

내게 의당 예견될 수 있었던 일이었을 뿐더러 심지어 지나치게 상투적인 것처럼 보이기까지 했다. 왜냐하면 뻬드로 씨는 19세, 또는 20세의 나이에 아빠리시오 사라비아⁴⁾의 깃발 뒤를 좇았었기 때문이다. 1904년의 혁명이 리오 네그로,⁵⁾ 또는 빠이산두⁶⁾에 있는 한 목장에서 그를 징발해 갔다. 그때 그는 그곳에서 막일꾼으로 일하고 있었다. 뻬드로 다미안은 엔뜨레 리오스⁷⁾의 괄레과이⁸⁾ 출신 사람이었다. 자신의 친구들처럼 아주 원기가 왕성하면서도, 한편으로는 무지몽매했던 그 또한 그들이 가는 곳을 함께 따라갔다. 그는 어떤 난투극에 휘말리기도 하고, 마지막 전투에 참가해 싸우기도 했다. 1905년 송환된 그는 비천한 끈질김 속에서 다시 시골의 막일을 시작했다. 내가 아는 한 그는 자신의 고향을 버리지 않았다. 그는 냥카이⁹⁾ 계곡으로부터 5-10킬로미터 떨어진 단

---

4) Aparicio Sarabia(1856-1904) : 우루과이의 지방 호족이었던 사람으로 1897년 독재자였던 후안 이디아르떼 보르다 Juan Idiarte Borda(1844-1897)를 격파하기 위한 혁명에 자신의 휘하에 있던 군대를 이끌고 지휘자의 한 사람으로 참가한다. 같은 해 이디아르떼 보르다가 암살당하자 혁명은 끝난다. 그러나 1904년 아빠리시오 사라비아는 혁명에 참여한 데에 대한 정당한 대가를 받지 못하게 되자 군사 행동을 일으킨다. 그는 앞에서 언급한 마소예르 전투에서 심각한 부상을 입고 패배해 사망한다. 그의 휘하에는 많은 우루과이의 가우초(목동)들이 집결해 있었고, 그에게 절대적인 충성을 보였었다.
5) Río Negro : 우루과이에 있는 현(縣), 또는 강의 이름. 이 현의 수도는 예를 들어 『픽션들』의 「기억의 천재, 푸네스」에서처럼 보르헤스의 소설에서 자주 등장하는 프라이 벤또스이다.
6) Paysandú : 리오 네그로와 인접해 있는 또 다른 현의 이름.
7) Entre Ríos : 우루과이와의 국경지대에 있는 아르헨티나의 지역 이름. 이 지역은 네그로 강(리오 네그로)을 사이에 두고 우루과이 쪽의 리오 네그로 현과 마주보고 있다.
8) Gualeguay : 엔뜨레 리오스 지방에 있는 마을의 이름.
9) Ñancay : 엔뜨레 리오스에 있는 계곡의 이름.

한 곳에서 일생의 마지막 30년을 보냈다. 1942년 어느 날 오후 나는 바로 그 황량한 지역에서 그와 얘기를 나누게 되었다(어느 날 오후 나는 그와 얘기를 나누고자 했었다). 그는 무지하기 그지없는 매우 과묵한 사람이었다. 그가 했던 얘기의 대부분은 마소예르에서의 아우성과 분노에 관한 것이었다. 그래서 그가 임종 때 다시 그 순간을 떠올렸다는 것은 내게 전혀 놀라운 일이 될 수가 없었다……. 나는 더 이상 다미안을 볼 수 없게 되었다는 것을 깨달았기 때문에 그를 기억해 보고자 했다. 그러나 나의 기억은 너무 빈한해서 단지 가논이 찍어놓은 그의 사진 한 장만이 떠오를 뿐이었다. 그것은 전혀 이상한 게 아니다. 만일 1942년에 단 한 차례밖에 본 적이 없고, 그 이후로는 수없이 그의 사진만을 보았다는 것을 고려한다면 말이다. 가논은 그 사진을 내게 보냈었다. 그러나 나는 그것을 잃어버렸고, 더 이상 그것을 찾으려는 엄두를 내고 있지 않다. 그것을 발견하는 것은 내게 두려움을 안겨다 주는 것이 될지도 모른다.

두번째 에피소드는 몇 달 후 몬떼비데오[10]에서 일어났다. 그 엔뜨레 리오스 사람이 겪은 열과 고통은 나로 하여금 마소예르에서의 패배에 관한 하나의 환상적인 작품을 구상하도록 만들어주었다. 나로부터 그 구상에 관한 얘기를 들은 에미르 로드리게스 모네갈[11]이 그 전투에 참가했었던 디오니시오 따바레스 대령에게 몇 줄의 소개장을 써주었다. 저녁 식사를 마친 후 대령이 나를 맞았

---

10) Montevideo : 우루과이의 수도.
11) Emir Rodríguez Monegal : 우루과이 출신 문학비평가로 바레네체아, 알라스라키, 도날드 쇼 등과 함께 보르헤스의 연구에 관한 대표적인 저술가이다. 보르헤스의 절친한 친구였던 그는 『보르헤스 : 문학적 전기』 등과 같은 보르헤스 관련 서적을 냈다.

다. 그는 마당에 있는 흔들의자에 앉아 애틋한 그리움의 눈을 한 채 두서없이 지나간 그 시간들을 기억했다. 그는 도착하지 않았던 군수품과 지쳐 나동그라진 말떼들, 미로 같은 행군에 기진맥진한 졸리운 눈과 공포에 질려 있던 사람들에 대해 얘기했다. 그리고 〈가우초(목동)들은 도회지를 두려워하기 때문에〉 몬떼비데오에 들어왔다가 도망쳐 버린 반란군 대장 사라비아, 목덜미 근처까지 머리가 잘려나간 사람들, 내게는 두 군대 간의 접전이라기보다는 한 산적의 꿈처럼 느껴졌던 내란에 대한 얘기들을 들려주었다. 그는 이예스까스,[12] 뚜빰바에,[13] 그리고 마소예르에서의 전투에 대해 얘기했다. 그는 정확한 연대와 시간, 그리고 그것들을 아주 생생한 어조로 들려주었다. 따라서 나는 그가 같은 얘기를 여러 차례 했으리라는 것을 짐작했고, 그에게는 그 언어들을 제외한 그 어떤 기억도 남아 있지 않은 게 아닌가 하는 두려움이 솟구쳤다. 그가 잠시 한숨을 쉬는 틈을 타 그의 얘기 속에 나는 다미안의 이름을 디밀어 넣을 수가 있었다.

「다미안? 뻬드로 다미안 말입니까?」 대령이 말했다. 「내 부대에서 복무했던 친구였지요. 동료들이 다이만[14]이라고 불렀던 그 원주민 같았던 얼굴의 친구」 대령이 껄껄 너털웃음을 시작했다. 그러다가 억지인지 진짜인지는 알 수 없는 불쾌감을 드러내 보이며 갑자기 웃음을 멈췄다.

---

12) Illescas : 1904년 반란 사라비아 군과 정부군 사이에 전투가 벌어졌던 우루과이 중부 지역의 이름.
13) Tupambaé : 역시 사라비아 군과 정부군 사이에 전투가 벌어졌던 우루과이 북부 지방의 이름.
14) 다미안이 아닌 다이만이라고 불렀다는 것은 마소예르 근처에 다이만 Dáyman이라고 하는 강이 있었기 때문이다.

그가 목소리를 바꿔 마치 여자처럼 전쟁은 남자들을 시험해 볼 수 있는 계기를 마련해 주고, 전투에 들어가기 전에는 그 사람이 어떤 사람인지 그 진면목을 알 수 없는 거라고 말했다. 겁쟁이로 보였던 사람이 아주 용맹한 사람이었을 수도 있고, 마치 그 가련한 다미안이 그러했던 것처럼 역으로 그 반대의 경우도 가능하다. 술집들을 쏘다닐 때 그는 훤히 남의 눈에 띌 정도의 활약을 보였으나 마소예르에서는 완전히 겁먹은 생쥐 꼴이 되어버렸다. 그는 몇몇 정부군 군바리들과 총질을 교환하는 그런 난투극에서는 남자다움을 보여주었다. 그러나 군대와 군대가 맞부딪치고, 포격이 시작되고, 누구나 자신을 죽이려고 5천 명의 적이 한꺼번에 달겨드는 것 같은 느낌에 사로잡히게 되는 그런 때에는 사정이 달랐다. 그 가련한 인디언은 양털 염색을 하는 일을 하며 지내다가 갑자기 그 소용돌이 속으로 휘말려 들어갔던 것이다…….

어처구니없게도, 그에 대한 따바레스의 이야기는 나로 하여금 수치심에 얼굴을 붉히도록 만들었다. 아마 나는 사건들이 그런 식으로 일어나지 않았었기를 바랐던 것이리라. 아주 오래전 그 늙은 다미안을 보았을 때 나는 나도 모르게 신화적인 운명의 주인공으로서 그를 연상했었다. 그런데 따바레스의 이야기가 그것을 산산조각 나도록 만들어버린 것이었다. 나는 다미안이 왜 그렇게 과묵하고, 고집스레 고독을 지키며 살아갔었는지의 이유를 퍼뜩 깨닫게 되었다. 그가 그렇게 했던 것은 겸손함 때문이 아니라 부끄러움 때문이었다. 나는 무조건 활기에 넘쳐 있는 사람보다는 자신의 비겁한 행동에 대한 강박관념에 사로잡혀 있는 사람이 보다 미묘한 무엇을 가지고 있는 것이라고 되풀이해 중얼거려 보았지만 소용이 없었다. 가우초였던 마르띤 피에로[15]는 로드 짐이나 라수모프[16]보다 훨씬 덜 기억에 남게 되는 사람이다. 물론 그렇지만 다미안은 가우초로서 마르띤 피에로처럼 되어야 할 의무가 있었고, 특히 우루과이의 가우초들 앞에서는 더욱 그러했어야 했다. 나는 따바레스가 말했거나 말을 하지 않은 것 속에서 아르띠가스적[17]이라고 불리는 거칠음의 느낌을 가지고 있는 어떤 무엇을 인지할 수 있었다. 그것은 우루과이가 나의 조국인 아르헨티나보다 더욱 자연적이고, 따라서 더욱 거칠다는 (아마 반론의 여지가 없을) 자의식이었다……. 그 날 밤 우리는 과장적인 뜨거운 포옹을 나누며 헤어졌다.

그 해 겨울, 나는 (여전히 질질 미룬 채 윤곽을 잡지 못하고 있던) 그 환상적인 작품을 쓰기 위해 한두 가지 정황에 대한 지식이 필요해 다시 따바레스 대령의 집을 찾았다. 나는 거기서 그와 연배가 비슷한 다른 한 사람을 만나게 되었다. 그는 빠이산두 출신의 후안 프란시스꼬 아마로 박사로 그 역시 사라비아의 혁명에 참여했던 사람이었다. 의당 예견할 수 있는 것처럼 마소예르에

---

15) Martín Fierro : 아르헨티나의 낭만주의 작가 호세 헤르난데스의 「마르띤 피에로」라는 시에 나오는 목동으로 단순하고 맹목적인 용기의 대명사. 자세한 논의는 『픽션들』에 나오는 「끝」의 주 1번을 참조할 것.
16) 각기 조셉 콘라드의 소설 『로드 짐』과 『서구의 눈으로 볼 때』에 나오는 작중인물들이다. 이들 두 작중인물들이 가진 공통점은 똑같이 비겁한 행동을 저지르고 난 뒤 그것으로 인해 정신적 고통에 시달리게 되는 것에 있다. 로드 짐은 한 선박의 항해사였다가 배가 가라앉으려고 하자 배를 버리고 도망한다. 그러나 배는 침몰하지 않고, 그는 그러한 자신의 비겁한 행동에 따른 깊은 정신적 고뇌를 앓게 된다.
대학생 라수모프는 혁명가였던 자신의 친구를 밀고하고 비밀경찰이 되어 스위스로 가 망명 정치가들의 동태를 살핀다. 그는 혁명가들 중의 한 사람이었던 할딘의 여동생 나탈리아에게 사랑을 느끼고 자신의 죄를 고백한다. 그는 그들에게 구타당해 청각을 잃고, 그 후 전차에 치여 불구가 된다.
17) 아르띠가스 Artigas는 우루과이의 빠이산두에 있는 고원의 이름이다.

대한 이야기가 나왔다. 아마로가 몇 가지 일화들을 들려준 뒤 마치 머릿속에서 큰소리로 생각하기나 하는 것처럼 천천히 덧붙여 말했다.

「내 기억에 우리는 산따 이레네[18]에서 밤을 보냈는데 거기서 한 떼의 사람들과 마주치게 되었지요. 그들 중에는 전투가 있기 전날 밤 죽은 한 프랑스인 수의사가 있었고, 엔뜨레 리오스 출신의 뻬드로 다미안이라고 하는 한 양털깎기 청년도 있었지요」

내가 난폭하게 그의 말을 막았다.

「그건 이미 알고 있는 사실이에요. 그 아르헨티나인은 총탄 앞에서 혼비백산했었지요」

나는 말을 멈추었다. 왜냐하면 두 사람이 어리둥절한 눈으로 서로를 쳐다보았기 때문이었다.

「그것은 당신이 잘못 알고 있는 겁니다」 마침내, 아마로가 말했다. 「뻬드로 다미안은 모든 남자가 죽기를 원하는 그런 방식으로 죽음을 맞았지요. 아마 오후 4시쯤이었을 겁니다. 산마루는 정부군들에 의해 철통같이 방비되고 있었지요. 우리는 우르르 그들을 향해 돌격했지요. 다미안은 고함을 지르며 맨 앞장을 섰고, 총알 하나가 그의 가슴 한가운데를 관통했지요. 그가 말의 발디딤판 위에 멈춰섰고, 고함소리를 멈추더군요. 그리고 땅으로 굴러 떨어져 말발굽들 사이에 나동그라졌지요. 그는 이미 죽어 있었고, 마소예르에서의 마지막 공격이 그의 시체를 짓밟고 지나갔지요. 그는 아주 용감했는데 그때 그의 나이는 채 스물도 안 된 때였지요」

그는 틀림없이 또 다른 다미안에 대해 말하고 있었다. 그러나 나

---

[18] Santa Irene : 우루과이의 국경지대에 있는 지역의 이름.

는 왠지 모르게 그 원주민이 뭐라고 고함을 질렀는지 물어보게 되었다.

「욕지거리」 대령이 말했다. 「그것이 바로 공격을 가할 때 지르는 말들이지요」

「그랬을지도 모르죠」 아마로가 말했다. 「하지만 또한 우르끼사[19] 만세!라고도 소리를 질렀지요」

우리들은 한동안 입을 다물었다. 마침내, 대령이 중얼거렸다.

「마소예르에서 싸웠던 것 같은 게 아니라, 지난 세기 까간차, 또는 인디아 무에르따에서 싸웠던 것 같은 느낌이 드는군」[20]

그가 아주 심각한 얼굴로 어리둥절해하며 덧붙였다.

「내가 그 부대를 지휘했지만 맹세컨대 다미안이라고 하는 자에 대해 말하는 것을 들은 적은 이번이 처음이오」

우리들은 대령이 기억을 떠올리도록 만드는 데에 실패했다.

부에노스 아이레스에 돌아온 뒤에도 나는 대령의 망각증에 따른 놀라움에 계속 사로잡혀 있었다. 미첼이라는 영어책 서점[21]의 지하실에서 11권짜리로 된 에머슨의 황홀한 전집 앞에 서 있었던

---

19) Justo José Urquiza(1801-1870): 우르끼사는 로사스의 독재 시절 아르헨티나의 장군이자 정치가였다. 그는 가우초들로 구성된 연방주의에 가담, 엔뜨레 리오스의 주지사였고, 중앙집권주의자들인 우루과이 출신 푸룩뚜오소 리베라 휘하의 군대와 인디아 무에르따, 까간차 등지에서 싸워 승리한다. 그 후 로사스와 결별, 1852년 로사스를 격퇴시킨다. 대통령이 된 그는 다시 1861년 중앙집권주의자인 작가이자 군인 미뜨레와의 빠본 전투에서 패한다. 정치 일선에서 물러나 은둔 생활을 하던 그는 암살을 당함으로써 일생을 마감한다.

20) 앞에서 언급했던 대로 우르끼사는 19세기 중반에 살았던 사람이고, 그가 까간차와 인디아 무에르따 등에서 승리를 거두었기 때문에 그렇게 빗대서 말하는 것이다.

21) Mitchell: 부에노스 아이레스에 있는 유명한 영어책 서점.

나는 빠뜨리시오 가논과 마주쳤다. 나는 그에게 「과거」의 번역 건에 대해 물어보았다. 그는 에머슨을 번역할 생각을 가지고 있지 않으며, 스페인 문학은 너무 진부해서 에머슨을 필요로 하지 않는다고 말했다. 나는 다미안의 죽음에 대해 쓴 편지에서 그 번역본을 보내주기로 했지 않느냐고 그를 상기시켰다. 그가 다미안이 누구냐고 물었다. 나는 그에 대한 얘기를 해보았지만 소용없었다. 나는 솟구쳐 오르는 공포감 속에서 그가 어리둥절해하며 내 말을 듣고 있다는 것을 깨달았다. 나는 불행했던 에드가 앨런 포보다 더욱 심묘하고, 더욱 숙련되고, 명백하게 더욱 독창적인 시인인 에머슨의 독설 쪽으로 화제를 돌려 난처한 지경을 벗어나고자 했다.

나는 다른 몇 가지 사실들에 대해 언급해야 할 의무가 있다. 4월에 나는 디오니시오 따바레스 대령으로부터 한 통의 편지를 받았다. 그는 이미 혼탁한 기억으로부터 벗어나 있었다. 그는 마소예르에서의 돌격 때 선봉에 섰고, 자신의 부하들이 그 날 밤 산록에 묻었던 그 엔뜨레 리오스인을 아주 잘 기억하고 있었다. 6월에 나는 괄레과이추를 지나게 되었다. 나는 다미안의 목장을 찾을 수가 없었다. 그를 기억하는 사람은 아무도 없었다. 나는 그의 임종을 지켜보았던 목장지기 디에고 아바르꼬를 수소문해 보려고 했다. 그런데 그는 겨울이 되기 전 이미 죽어 있는 사람이었다. 나는 다미안의 생김새에 대한 기억을 떠올려 보려고 했다. 그러나 몇 달 후 앨범들을 뒤적거리던 나는 내가 간신히 떠올렸던 그 희미한 얼굴이 오델로 역을 맡은 그 유명한 테너 가수 땀베릭[22]이

---

22) Enrico Tamberlik(1820-1889): 이탈리아의 오페라 가수로 로시니의 오페라 「오델로」 역으로 유명했다.

또 다른 죽음 109

라는 것을 깨달았다.
 이제 추측으로 넘어가 보기로 한다. 가장 용이하되 역으로 가장 만족스럽지 않은 추측은 두 사람의 다미안을 상정하는 것이다. 겁쟁이 다미안은 1946년경 엔뜨레 리오스에서 죽었고, 용감했던 다미안은 1904년 마소예르에서 죽었다. 이 추측이 내재하고 있는 결함은 정말로 수수께끼 같은 부분을 설명해 주지 못하고 있다는 점이다. 그것은 따발레스 대령의 야릇하게 왔다갔다 하는 기억, 그러니까 다시 되살리기는 했지만, 그의 얼굴뿐만 아니라 이름까지도 잊어버렸던 짧은 기간 동안의 그의 망각증이었다. (나는 첫번째 다미안이 나의 상상에 의한 산물일 수도 있다는 보다 단순한 가능성을 받아들이지 않는다, 또는 받아들이고 싶지 않다.) 보다 흥미로운 것은 울리케 폰 쿨만[23]이 내세운 초자연적 추측이었다. 울리케가 말한 바에 따르면 뻬드로 다미안은 전투에서 죽었다. 그는 임종의 순간에 신에게 엔뜨레 리오스에 돌아갈 수 있도록 해 달라고 간청했다. 신은 그러한 은혜를 내려주기 전에 잠시동안 망설였다. 그 간청을 한 사람은 이미 죽었고, 몇몇 사람들은 그가 쓰러지는 것을 보았다. 신은 과거를 바꿀 수는 없지만 과거에 대한 영상들은 바꿀 수가 있다. 신은 그의 죽어 있는 모습을 기절해 있는 모습으로 바꾸어 놓았고, 그 엔뜨레 리오스인의 그림자는 자신의 고향으로 돌아간다. 그는 돌아갔다. 그러나 우리는 그림자인 그의 존재 조건을 잊지 말아야 한다. 그는 아내도, 친구들도 없이 고독 속에서 살았다. 그는 모든 것을 사랑했고, 모든 것을 가졌다. 그러나 마치 거울의 건너편에서 그러하듯 아주 먼곳에서 그렇게 했다. 그는 〈죽었고〉, 그의 어슴푸레한

---

23) Ulike von Kühlmann: 보르헤스의 친구였던 여자.

모습은 마치 물 속의 물처럼 사라졌다. 이 추측은 잘못된 것이지만 바로 그것이 나로 하여금 진짜의 것(오늘날 내가 진짜라고 믿고 있는)을 상상할 수 있도록 만들어주었으리라. 그것은 간단하면서도 동시에 전대미문한 것이다. 나는 뻬에르 다미아니[24]의 「전지전능에 관하여」라는 논문에서 거의 마술과도 같은 방식으로 그것을 발견했다. 그것을 읽고 있던 나는 단테의 『신곡』 천국편의 21편에 나오는 두 시행을 떠올리게 되었던 것이다.[25] 이 부분은 명백히 자기 정체성에 관한 문제를 제기하고 있다. 뻬에르 다미아니는 그 논문의 제5장에서 아리스토텔레스와 프레데가리오 드 뚜르[26]를 반박하며 한 번 일어났던 일을 없었던 걸로 만들 수 있다는 주장을 하고 있다. 나는 이 케케묵은 신학적 논쟁들을 읽기 시작했고, 그리고 뻬드로 다미안 씨가 누렸던 비극적 역사의 내막을 간파하기 시작하게 되었다.

나는 그것을 다음과 같이 풀어보겠다. 다미안은 마소예르의 전투에서 겁쟁이처럼 행동했다. 그리고 그는 그 수치스러웠던 나약함을 만회하고자 전 삶을 바쳤다. 그는 엔뜨레 리오스로 돌아왔다. 그는 그 어떤 사람에게도 주먹을 내밀지 않았고, 아무에게도 칼자국을 남기지 않았다. 그는 용기있는 자로서의 명성조차 구하지 않았다. 대신 그는 냥카이의 들판에서 산, 그리고 척박한 땅과 싸우면서 열심히 일을 했다. 그는, 명백하게 스스로조차 의식

---

24) Pier Damiani(1007-1072) : 이탈리아의 신학자.
25) 124-5행을 가리킨다.
26) Fredegario de Tours : 프랑스의 모태인 프랑크 족의 역사를 쓴 저자로 알려져 있는 인물.

하지 못한 채 기적을 준비했다. 그는 아주 마음속 깊은 곳에서 생각했다. 만일 운명이 나를 다른 전쟁으로 데려가면 그에 값하는 행동을 보여줄 것이다. 그는 40년 동안 희미한 기다림과 함께 그 다짐을 간직했다. 마침내 운명이 임종의 순간에 그를 전쟁터로 데려갔다. 그를 일종의 혼수 상태의 형태로 그곳에 데려갔다. 그렇지만 그리스 사람들은 벌써부터 우리가 꿈의 그림자들이라는 것을 알고 있지 않았던가. 그는 병상의 고통 속에서 그때의 전투를 되살렸다. 그는 남자처럼 싸웠고, 마지막 공격 때 선봉에 섰고, 그리고 총탄 하나가 그의 가슴 한가운데에 박혔다. 그렇게 해서 1946년, 오랫동안 가슴 안에 품고 있던 열망에 따라 1904년 겨울과 봄 사이에 벌어졌던 마소예르의 패전에서 전사했다.

『신학 총람』[27)]에서는 신이 과거를 없애버릴 수 있다는 것을 부정한다. 그러나 복잡 미묘하기 그지없는 원인과 결과들의 그물에 대해서도 그 어떤 언급도 없다. 그 그물은 너무 방대하고 내밀해서 아무리 하찮은 것이라 할지라도 옛날에 일어난 〈단 하나의〉 사건을 빼버리면 그것은 현재를 무효화시켜 버리게 되는 결과를 낳게 된다. 과거를 변경시키는 것은 단지 사실 하나를 바꾸는 게 아니다. 그것은 무한으로 펼쳐져 있는 그것의 결과들을 폐기시켜 버리는 것이다. 다른 말로 바꿔 말해 본다면 이러하리라. 그것은 바로 두 개의 세계 역사를 만들어내는 것과 같다. 첫번째 역사에서(그렇게 부르기로 하자), 뻬드로 다미안은 1946년 엔뜨레 리오스에서 죽었다. 두번째에서 그는 1904년 마소예르에서 죽었다. 두번째 것이 바로 우리가 살고 있는 역사다. 그러나 첫번째 역사의 말살은 즉각적으로 이루어지지 않았고, 그래서 내가 앞에서 언급

---

27) 토마스 아퀴나스가 편찬한 신학 총서.

했던 그러한 혼란들을 불러일으키게 된 것이었다. 디오니시오 따발레스 대령의 경우 그것은 다양한 과정들로 채워졌다. 처음에 그는 다미안이 겁쟁이처럼 행동했다고 기억했다. 이어 그는 그를 완벽하게 잊어버렸다. 이어 그는 격렬했던 다미안의 죽음을 기억했다. 목장지기 아바로아의 경우도 그에 못지 않는 확증을 가져다 준다. 그는 죽었다. 왜냐하면 내가 이해하는 바로는 그가 뻬드로 다미안 씨에 대해 지나치게 많은 기억들을 가지고 있었기 때문이었다.

내 경우는 그와 비슷한 위험이 뒤따르지 않은 걸로 생각된다. 나는 인간들로서는 파헤치지 못할 한 수수께끼의 과정을 풀었고, 그리고 그것을 기록했다. 이성의 탐구 정신에 따른 하나의 행운. 그러나 어떤 정황들은 내가 그런 무시무시한 특별 대우를 받았으리라는 점에 의구심을 갖도록 만든다. 그래서 나는 내가 과연 줄기차게 진실을 기록했는가에 대한 확신이 서질 않는다. 나는 나의 이야기 속에 허위 기억들이 게재해 있는 것은 아닌가 하는 의심이 든다. 나는 (만일 그가 실제로 존재했다면) 뻬드로 다미안은 뻬드로 다미안으로 불리지 않았는지도 모른다는 의심이 든다. 그리고 내가 그 이름으로 그를 기억하고 있는 것은 나중에 가서 뻬에르 다미아니의 논거가 그의 얘기를 구상케 해주었다고 믿기 위해서 그러한 것은 아닌가 하는 의심이 든다. 내가 첫번째 단락에서 언급했던, 과거의 철회가 불가능함을 노래하고 있는 그 시에서도 이와 비슷한 게 나타난다.[28] 1951년경쯤 되면 나는 내가 환상적인 단편소설 하나를 썼다고 생각하게 될 것이고, 그리고

---

28) 앞에서 보르헤스가 언급한 에머슨의 「과거」라는 시에는 〈신들은 과거를 뒤흔들 수 없다〉(11행)라는 대목이 나온다.

실제로 일어난 어떤 사건에 대해 쓴 게 될 것이다. 마찬가지로 순진무구한 버질은 약 2,000여 년 전 한 인간의 탄생을 예고했는데 그것은 신의 탄생을 예언한 게 되었다.[29]

가련한 다미안! 죽음이 그를 20년 전 한 슬픈 미지의 전쟁과 내전으로 데려갔다. 그러나 그는 가슴 속으로 열망했던 것을 성취했고, 그것을 성취하는 데는 오랜 세월이 걸렸고, 그리고 아마 커다란 행복감은 느끼지 못했으리라.

---

29) 에블린 피쉬본에 따르면 이 부분은 버질의 4번째 목가시에 나온다. 〈위의 하늘로부터 새로 태어난 아이가 내려온다.〉 피쉬본은 초기 기독교 사회에서는 이것이 예수의 탄생을 암시하는 것으로 믿었다고 적고 있다. 『보르헤스 사전』, 256쪽.

독일 진혼곡

> 비록 그가 나의 목숨을 앗아갈지라도 나는 그를 믿으리라.
>
> 「욥기」 13장 15절[1]

나의 이름은 오토 디트리히 주르 린데이다. 내 조상들 중의 한 사람인 크리스토프 주르 린데는 소른도르프[2] 전투를 승리로 이끌어준 기병대 공격에서 전사했다. 내 외증조부인 울리히 포르켈은 1870년 말경 프랑스 저격병들에 의해 마르셰느와르 삼림[3]에서 사

---

1) 이 부분에 대한 대한성서공회의 번역 성경은 오역이 있다. 이 부분은 영어로 〈Though he slays me, yet will I hope in him〉이라고 되어 있으며 보르헤스가 옮겨적고 있는 스페인어 원문은 〈Aunque él me quitare la vida, en él confiaré〉라고 되어 있다. 그러나 대한성서공회의 한글 개역판 성경은 〈그가 나를 죽이시리니 내가 소망이 없노라〉라고 되어 있다. 그러나 이 글은 부정형이 아니기 때문에 〈여전히 그에게서 희망을 갖노라〉라고 번역되어야 한다. 대한성서공회 공동번역(가톨릭용 참조)도 비슷한 맥락에서 〈어차피 그의 손에 죽을 몸 아무 바랄 것도 없지만〉으로 되어 있다. 따라서 영어, 스페인어 번역의 뜻을 살리기 위해 역자가 임의로 번역한 것이다.
2) Zorndorf : 옛날에는 독일의 영토였다가 지금은 폴란드에 편입되어 있는 지역의 이름. 여기서의 승리란 1758년 8월 25일 프러시아군이 러시아군을 물리쳤던 것을 가리킨다.

살당했다. 나의 부친인 디트리히 주르 린데 대위는 1914년 나무르[4]의 포위 공격에서, 그리고 2년 뒤에는 다뉴브 강 도강 작전[5]에서 혁혁한 전과를 세웠다.[6] 나에 관해 말하자면, 나는 고문자임과 동시에 암살자라는 죄목으로 총살형에 처해질 예정에 있다. 재판은 공정하게 진행되었다. 나는 처음부터 내 죄를 인정했다. 내일 감옥의 시계가 아홉시를 치게 되면 나는 죽음 안에 들어가 있게 될 것이다. 내가 지금 나의 선조들에 대해 생각하고 있는 것은 아주 당연한 일이다. 왜냐하면 나는 그들의 그림자와 아주 가까이 있고, 어떤 의미로 나는 바로 그들 자신이기 때문이다.

(운 좋게도 금세 끝났던) 재판이 진행되는 동안 나는 계속 침묵을 지켰다. 왜냐하면 그 과정에서 내 자신을 변호한다는 것은 심리를 방해하는 것일뿐더러, 그리고 비겁한 행동으로 비쳐질 것

---

3) Marchenoir : 프랑스의 지역 이름으로 1870년 프랑스-프러시아 전쟁 때 많은 전투가 벌어졌던 곳이다.
4) Namur : 벨기에에 있는 도시 이름으로 제1차 세계대전중인 1914년 8월 25일 독일군에 의해 점령되었다.
5) 실제로 1916년 독일군은 러시아군에 맞서 다뉴브 강 도강 작전을 펼쳤다.
6) 화자의 조상들 중 가장 고명했던 조상의 이름이 빠져 있는 것은 의미심장하다. 그는 다름아닌 신학자요, 헤브리 학자인 요하네스 포르켈(1799-1846)이다. 그는 헤겔의 변증법을 기독교학에 적용시켰다. 또한 그는 몇몇 외경(外經)을 문자 그대로 번역해 헹스텐베르크로부터는 공박을, 틸로와 제세니우스로부터는 동의를 얻어냈다. (편집자주) 〔원주〕

외경(경외서)란 특히 구약에서 성경 안에 포함되지 않은 유태의 경전들을 말한다. 요하네스 포르켈은 허구적 인물이나 헹스텐베르크 Ernest Wilhelm Hengstenberg(1802-1869), 틸로 Johann Karl Thilo, 제세니우스 Heinrich Friedrich Wilhelm Gesenius(1768-1842) 등은 독일의 신학자들이다. 따라서 허구적 인물을 실재 인물을 통해 조명하고 있는 이런 기법 또한 가짜 사실주의에 속한다.

그리고 마지막 괄호 안에 들어 있는 〈편집자주〉라는 것도 보르헤스가 즐겨 사용하는 유희의 한 방편이다. 〔역주〕

이기 때문이었으리라. 그러나 지금은 상황이 달라졌다. 형이 집행되기 바로 전날인 오늘 밤 나는 두려움 없이 말할 수가 있다. 나는 용서를 구하고자 하지는 않는다. 왜냐하면 나는 죄가 없기 때문이다. 다만 나는 이해받기를 원할 따름인 것이다. 내 말의 뜻을 들을 줄 아는 사람은 독일의 역사와 세계의 미래 역사에 대해 이해하게 될 것이다. 나는 내 경우처럼 현재로서는 예외적이고 놀라운 것들이 머지않아 사소한 무엇이 되리라는 것을 알고 있다. 내일이면 나는 죽을 것이다. 그러나 나는 미래에 다가올 세대들의 상징과도 같은 존재이다.

나는 1908년 마리엔부르크[7]에서 태어났다. 지금은 잊혀져 버렸지만 두 가지의 열정이 나로 하여금 용기를 가지고, 심지어 행복감까지 느끼며 불행했던 시절들과 맞서 싸우도록 만들어주었다. 그것들은 바로 음악과 형이상학이었다. 나는 내가 은혜를 입은 모든 은인들의 이름을 일일이 열거할 수는 없다. 그러나 빼놓을 수 없는 두 이름이 있다면 그것은 브람스와 쇼펜하우어이다. 나는 시를 또한 자주 읽곤 했다. 나는 이 두 이름 뒤에 또 다른 거대한 독일계 이름인 윌리엄 셰익스피어를 덧붙이고 싶다.[8] 이전에 나는 신학에 대해 흥미를 가지고 있었다. 그러나 쇼펜하우어는 단도직입적인 논지를 가지고, 셰익스피어와 브람스는 자신들

---

7) Marienburg : 현재는 폴란드에 속해 있으나 전에는 프로이센에 속해 있던 마을의 이름.

8) 에블린 피쉬본에 따르면 여기서 보르헤스가 윌리엄 셰익스피어를 거대한 독일계 이름으로 거명한 것은 18세기 말과 19세기 초에 셰익스피어가 독일 문학에서 매우 중요한 위상을 차지했던 데서 비롯한다고 적고 있다. 『보르헤스 사전』, 221쪽.

이 가지고 있는 무한하도록 다양한 세계들을 가지고 나를 그 환상적인 학문으로부터 (그리고 기독교 신앙으로부터) 영원히 멀어지도록 만들어버렸다. 그 축복받은 사람들의 작품 곳곳에서 애틋함과 감사하는 마음으로 떨며, 경탄을 금치 못하고 읽기를 멈추곤 했던 사람들이여, 나, 가증스러운 나 또한 그렇게 읽기를 멈추곤 했다는 것을 기억해 주시오.

1927년에 이르러 나의 삶 속에 니체와 슈펭글러[9]가 들어왔다. 18세기의 어떤 작가는 자신의 동시대 사람들에게 빚을 지고 싶어 하는 사람은 아무도 없다라는 견해를 피력한 적이 있다. 나 또한 나를 억누르고 있는 것처럼 느껴지는 어떤 영향으로부터 벗어나기 위해 「슈펭글러의 극복」이라는 제목의 논문 한 편을 썼다. 나는 그 논문에서 슈펭글러가 〈파우스트적〉이라고 지칭한 모습들 중 가장 명백하게 기념비적인 것은 괴테의 한 하찮은 희곡이 아닌[10] 20세기 전에 씌어진 「사물들의 본성에 관하여」[11]라는 시임을 지적했다. 하지만 나는 그 역사철학자의 진지성과, 급진적일 만큼 독일적kerndeutsch이고 호전적인 정신관에 대해서는 정당한 공경심을 표명했다. 1929년 나는 나치당에 입당했다.

초급당원 시절에 관해서는 거의 언급을 않겠다. 내게는 그 시

---

9) Oswald Spengler(1880-1936): 독일의 역사가이자 철학자. 대표적인 저서로 『서양의 몰락』이 있다.
10) 다른 나라들은 무지하게도 마치 광물이나 유성들처럼 자신들 속에서, 그리고 자신들만을 위해 산다. 독일은 모든 것을 받아들이는 보편적 거울, 즉 세계의 의식 das Wektbewusstein이다. 괴테는 이러한 전세계적 인식의 전형이다. 그를 평가절하하는 것은 아니지만 나는 그에게서 슈펭글러의 논거에 나오는 파우스트적인 인간을 보지 못한다. 〔원주〕
11) 로마의 시인이자 철학자였던 티투스 카루스 루크레티우스Titus Carus Lucretius(B.C. 96-55)가 쓴 시.

절이 다른 많은 사람들에 비해 몹시 힘이 들었다. 왜냐하면 용기가 부족했던 것은 아니었지만 내게는 전폭적인 폭력적 성향이 결여되어 있었기 때문이었다. 그럼에도 불구하고 나는 우리 세대가 새로운 시대에 접해 있고, 이슬람교나 기독교의 초창기에 비견될 수 있는 이 시대가 새로운 사람들을 요구하고 있다는 것을 깨닫고 있었다. 개인적으로 나의 동료들은 내게 혐오스러운 존재들이었다. 나는 우리들로 하여금 동료가 되도록 만들어주는 지고한 목표의 관점에 입각해 볼 때 우리들은 개인적이 되어서는 안 된다고 다짐해 보았지만 소용없는 일이었다.

　신학자들은 〈하느님〉의 주의가 단 일 초라도 글을 쓰고 있는 내 오른손으로부터 벗어나면 그 손은 마치 빛 없이 불이 타오르는 것처럼 무의미 속에 빠져들게 될 거라고 주장한다. 내가 말하건대 〈정당화〉라는 것 없이는 그 누구도 존재할 수 없고, 그 누구도 물 한 컵을 맛볼 수도, 빵 한 조각을 뗄 수도 없다. 개개인에 따라 이러한 〈정당화〉는 다른 형태를 취한다. 나의 경우는 우리의 신념을 시험해 보게 될 무자비한 전쟁을 기다리고 있었다. 나는 내가 그러한 전투에 참여하는 군인이 될 거라는 한 가지 사실을 아는 것만으로도 족했다. 나는 영국이나 러시아가 비겁하게 굴어 우리의 기대를 무산시키지나 않을까 하는 우려가 들기도 했다. 그런데 우연, 또는 운명이 나의 미래를 다른 식으로 직조해 버리고 말았다. 1939년 4월 1일 해질 무렵 틸시트[12]에서 신문에 기사화되지 않은 한 소요 사태가 발생했다. 그 와중에 유태교당 뒷길에서 두 발의 탄환이 나의 다리를 관통했고, 나는 다리를 절단해야만 했다.[13] 며칠 후 우리들의 군대가 보헤미아에 입성했다. 사

---

12) Tilsit : 옛 프러시아에 있던 지역 이름.

이런 소리들이 그것을 알렸을 때 나는 한가한 병원에서 쇼펜하우어의 책들에 몰두함으로써 나 자신에 대해 망각하고자 애를 쓰고 있었다. 허무한 내 운명의 상징과도 같은 몸집이 크고 흐물흐물거리는 고양이 한 마리가 창가에 엎드려 잠을 자고 있었다.

나는 『부수와 잉여』[14] 제1권에서 태어나서부터 죽는 순간까지 한 인간에게 일어날 수 있는 모든 일들이 그 자신에 의해 미리 예정되어 있다고 씌어 있는 부분을 다시 읽었다. 그처럼 모든 부주의는 고의적인 것이고, 모든 우연한 만남은 미리 약속된 것이고, 모든 굴욕은 참회이고, 모든 실패는 신비스러운 승리이고, 모든 죽음은 자살이다. 우리가 스스로 우리의 불행을 자초했다는 생각만큼 뛰어난 위안은 없다. 이러한 개별적 목적론은 우리에게 신비스러운 질서를 드러내 보이며, 불가사의하게도 우리를 신과 혼동하도록 만들어준다. 도대체 무슨 바보 같은 목적으로 나는 이 오후와 이 총탄들과 이 다리 절단을 의도했더란 말인가(나는 골똘히 생각했다). 나는 전쟁에 대한 두려움 때문에 내가 그렇게 하지 않았다는 것을 알고 있었다. 거기에는 보다 심원한 어떤 연유가 있을 것이었다. 마침내 나는 그것을 깨달았다는 생각이 들었다. 한 종교를 위해 죽는 것은 충만하게 그 종교적 삶을 사는 것보다 단순한 일이다. (수많은 미명의 순교자들이 그러했던 것처럼) 에페소에서 맹수들에 대항해 싸우는 것이 예수 그리스도의 종, 사도 바울이 되는 것보다 더욱 쉬운 일이다.[15] 단 한 차례의

---

13) 사람들은 이 상처의 후유증이 심각했다고 수근댄다. (편집자 주) 〔원주〕
14) 쇼펜하우어의 저서 이름.
15) 에페소는 로마 치하 때 아시아 지역의 도시 이름으로 수많은 순교자들이 나왔던 곳이다. 사도 바울이 이 에페소를 방문해 여러 차례 설교를 했던 사실과 그 순교 사실을 상징적으로 비유하고 있다.

행동이 한 인간의 전 생애보다 어찌 값지다고 할 수 있겠는가. 전투와 영예는 〈용이한 무엇들〉이다. 즉 라스콜리니코프[16]가 영위한 삶의 궤적은 나폴레옹의 그것보다 더욱 힘든 무엇이었다. 1941년 2월 7일 나는 타르노비츠 수용소[17]의 부소장으로 임명되었다.

이 직무의 수행은 내게 유쾌한 일이 못되었다. 그렇지만 나는 결코 그 직무를 소홀히하지는 않았다. 비겁한 자는 칼 속에서 증명된다. 반면 자비롭고 경건한 자는 감옥과 타인의 고통 속에서 자신의 참모습을 구한다. 나치즘은 본질적으로 타락한 옛사람에게 새옷을 입히기 위해 그의 옷을 벗기는 도덕적인 행위이다. 전투가 벌어졌을 때 지휘관들의 외침과 아우성 속에서 그러한 변화는 흔한 것이다. 그러나 음험한 자비심이 케케묵은 상냥함으로 우리를 유혹하는 비참한 감방에서는 그렇지가 않다. 내가 공연히 이 말을 쓰고 있는 게 아니다. 초월자에게 자비심은 짜라투스트라가 극복해야 했던 최고의 죄이다.[18] (고백하지만) 저명한 시인 다비드 예루살렘[19]이 브레슬라우[20]에서 우리에게 이감되어 왔을 때 나 또한 거의 그것을 범할 뻔했다.

그는 50대의 남자였다. 이 세상의 재물과는 인연이 없고, 박해

---

16) Raskolnikov : 도스토옙스키의 소설 『죄와 벌』에 나오는 주인공 이름.
17) Tarnowitz : 지금은 폴란드에 속해 있으나 2차대전 당시 독일에 속해 있던 지역 이름.
18) 이 부분은 니체의 『짜라투스트라는 이렇게 말했다』에 나오는 대목을 인유한 것이다. 원시에서 짜라투스트라는 예언자에 의해 소위 자비심을 느끼도록 유혹을 받는다. 그러나 짜라투스트라는 자비심을 가장 깊은 심연으로 간주하고 그것을 극복하고자 한다.
19) David Jerusalem : 허구적 인물이다.
20) Breslau : 현재 폴란드에 속해 있으나 2차대전 당시까지는 독일에 속해 있던 도시 이름. 이곳에는 많은 유태인들이 살고 있다.

받고, 거부당하고, 천대받았던 그는 행복을 노래하는 것에 자신의 재능을 바쳤다. 내 생각에 알베르트 쇠르겔이 자신의 저술 『시간에 대한 문학』[21]에서 그를 휘트먼에 비견했다는 기억이 난다. 그러한 비교는 적절한 게 아니다. 휘트먼은 예지적이고 보편적이고, 거의 무심한 방식으로 우주를 찬양한다. 그러나 예루살렘은 정교한 사랑을 가지고 개개의 사물에 대해 기쁨을 표명한다. 그는 결코 열거법이나 목록화를 범하는 법이 없다. 나는 「호랑이들의 화가, 체양」이라는 제목을 가진 저 심원한 시의 많은 6음절 행들을 암송할 수도 있다. 그 시는 마치 호랑이들의 줄무늬로 되어 있는 것 같고, 입을 다문 채 횡단하는 호랑이들로 가득 차 있고, 교차되어 있는 것 같다. 나는 『로젠크란츠가 천사와 대화를 나누다』라는 독백록 또한 잊지 못할 것이다. 그 독백록에서 16세기 런던의 한 고리대금업자가 임종을 하면서 자신의 죄를 변호하려고 한다. 그러나 그는 자신의 삶에 대한 변명이 오히려 고객들 중의 한 사람에게(그는 단 한 차례 그를 보았을 뿐이며 그를 기억조차 하지 못한다) 자신에 대해 샤일록[22]의 인상을 갖도록 만들었다는 것조차 눈치채지 못한다. 예루살렘은 비록 타락하고 저주스러운 아슈케나짐[23]계 유태인에 속했지만 잊을 수 없는 눈과, 누리끼리한 피부, 거무스레한 구레나룻 수염은 그를 전형적인 세파르디[24]계 유태인으로 보이도록 만들었다. 나는 그에게 엄격하게 굴

---

21) Albert Soergel(1880-?): 독일의 문학비평가. 보르헤스가 언급한 『시간에 관한 문학』의 원제목은 『시간에 관한 문학과 작가』이다. 물론 다비드 예루살렘이 허구 인물이기 때문에 이 구절은 거짓이다.
22) Shylock : 셰익스피어의 희곡 「베니스의 상인」에 나오는 유태인 고리대금업자의 이름.
23) Ashkenazim : 독일, 프랑스, 러시아, 폴란드계 유태인.

었다. 나는 동정심이나 그의 명성이 내 마음을 누그러뜨리도록 내버려두지 않았다. 나는 여러 해 전부터 이 세상에 지옥의 씨앗이 될 가능성을 가지고 있지 않은 것은 단 한 가지도 없다는 것을 깨닫고 있었다. 하나의 얼굴, 한 마디의 말, 나침반 한 개, 담배 광고 하나가 어떤 사람을 미치게 만들 수가 있는 것이다.[25] 만일 그 사람이 그것을 망각하는 데 실패한다면 말이다. 만일 어떤 사람이 쉬지 않고 헝가리의 지도에 대해 생각한다면 그는 미친 사람이 아니고 무엇이겠는가? 나는 이러한 원리를 우리 수용소의 처벌 방식에 적용하기로 마음을 굳혔고, 그리고……[26] 1942년 말, 예루살렘은 분별력을 상실했다. 1943년 3월 1일, 그는 죽음을 맞이할 수 있었다.[27]

나는 예루살렘이, 내가 그를 망가뜨렸던 게 나의 동정심을 망가뜨리기 위함이었다는 것을 깨닫고 있었는지 알지 못한다. 나의 눈앞에서 그는 한 사람의 인간도 아니었을 뿐만 아니라 한 사람의 유태인조차도 아니었다. 그는 내 영혼이 저주하는 한 지점의

---

24) Sefardí : 스페인, 포르투갈계 유태인.
25) 여기서 나침반은 『픽션들』의 「틀륀, 우크바르, 오르비우스 떼르띠우스」에 나오는 나침반을, 그리고 담배 광고는 이 책의 마지막 단편 「알렙」의 첫 부분에 나오는 담배 광고를 연상시킨다.
26) 여기서 몇 줄을 생략하는 것은 불가피한 일이었다. (편집자 주) 〔원주〕
27) 문서보관소뿐만 아니라 쇠르겔의 작품에도 예루살렘이라는 이름은 나오지 않는다. 마찬가지로 독일 문학사에도 그의 이름은 기록되어 있지 않다. 그렇지만 나는 그가 허구적 인물이라고는 생각지 않는다. 오토 디트리히 주르 린데의 명령에 따라 타르노비츠에서 수많은 유태인 지식인들이 고문을 당했다. 그 가운데는 여성 피아니스트인 엠마 로센쯔바이크도 포함되어 있었다. 〈다비드 예루살렘〉은 아마 다양한 개인들의 상징일는지도 모른다. 그는 1943년 3월 1일에 죽었다고 알려져 있다. 이 글의 화자는 1939년 4월 1일 틸시트에서 부상을 입었다. (편집자 주) 〔원주〕

상징으로 변해 있었다. 나는 그와 함께 고뇌했고, 그와 함께 죽었고, 달리 보자면 그와 함께 사라져버렸다. 그래서, 그처럼 잔혹할 수 있었던 것이다.

그러는 동안 우리들 위로는 성공적인 전쟁의 위대한 낮과 밤들이 선회하고 있었다. 우리가 숨쉬던 공기 속에는 사랑과 유사한 어떤 감정이 떠돌고 있었다. 마치 돌연히 바다가 가까워지거나 한 것처럼 피 속에서는 놀라움과 흥분이 뛰놀고 있었다. 그 시절, 모든 것은 판이했다. 심지어 꿈의 여운조차 그러했다. (나는 아마 결코 완전히 행복하지는 못했으리라. 그러나 불행은 잃어버린 천국을 전제로 해야만 하는 게 아니던가.) 충만함, 다시 말해 한 인간이 겪을 수 있는 모든 경험을 만끽하고자 희구하지 않는 사람은 하나도 없다. 또한 바로 이 무한한 재산의 일부를 탈취당하지나 않을까 두려워하지 않는 사람은 아무도 없다. 그러나 나의 세대는 그 모든 것을 가졌다. 왜냐하면 우리에게 처음에는 승리가, 그리고 나중에는 패배가 주어졌기 때문이었다.

1942년 10월인가, 11월인가 나의 형제인 프레드리히가 이집트의 사막지대에서 있었던 제2차 〈엘 알라메인〉 전투[28]에서 사망했다. 몇 달 후 공습으로 우리의 고향집이 날아가 버렸다. 1943년 말, 또 다른 공습으로 나의 실험실이 그렇게 돼버렸다. 제3제국(히틀러 제국)은 광활한 대륙들의 쫓김을 받으면서 죽어가고 있었다. 제국은 모든 국가들을 상대로 싸우고 있었고, 모든 국가들이 그를 상대로 싸우고 있었다. 그런데, 지금에 와서야 비로소 이해할 것 같은 생각이 드는 기이한 일이 벌어졌다. 나는 분노의 잔을 밑바

---

28) El Alamein : 2차대전 당시 북아프리카에서 독일과 영국군 사이에 일어났던 전투들을 가리킨다.

닥까지 비워버릴 수가 있었다. 그러나 예상치 못했던 어떤 맛, 신비롭고 거의 공포스럽기조차 한 행복감이 나를 저 아래의 앙금들 속으로 가라앉도록 만들었다. 나는 별의별 이유들을 다 떠올려 보았다. 그렇지만 그 어떤 것도 만족스러운 대답이 되질 못했다. 나는 생각했다. 「마음 속으로 나는 내가 죄가 있다는 것을 알고 있고, 오직 벌을 받음으로써 구원을 받을 수 있기 때문에 나는 독일의 패배를 기꺼워하고 있는 것이다」라고 나는 생각했다. 「모든 게 끝났고, 나는 너무 지쳐 있기 때문에 독일의 패배를 기꺼워하고 있는 것이다」라고 나는 생각했다. 「독일의 패배는 이미 일어났기 때문에, 비로소 현재에 일어나고 있고, 과거에 일어났고, 미래에 일어날 모든 일들이 무수히 서로 연결되고 있기 때문에, 실제로 일어난 단 한 가지 사건을 두고 비난을 가한다거나 한탄한다는 것은 우주를 모독하는 것이므로 나는 독일의 패배를 기꺼워하고 있는 것이리라」이런 식의 설명을 구가해 보던 끝에 나는 마침내 진정한 해답에 이를 수 있게 되었다.

　모든 사람들은 아리스토텔레스적으로, 또는 플라톤적으로 태어난다고들 말한다. 이것은 모든 추상적 논쟁이 아리스토텔레스와 플라톤 사이에 존재하는 상호논박의 되풀이라는 말과 다름없다. 세월이 지나고, 장소를 달리하면서 이름과 언어와 얼굴은 바뀔지 몰라도 그 영원한 적대관계는 변하지 않을 것이다. 또한 제 국가들의 역사 역시 하나의 비밀스런 계속성을 노정한다. 아르미니오[29]가 늪지에서 바로[30]의 군단들을 협살시켰을 때 그는 자신이 독일

---

29) Arminio : 서기 9년 로마 제국의 군대를 패퇴시켰던 게르만 족의 대장.
30) Varo(B.C. 58-A.D. 9) : 로마 아우구스티누스 황제 휘하에 있던 장군으로 게르만 족의 대장 아르미니오에게 패해 전사했다.

제국의 창시자가 되리라는 사실을 알지 못했다. 성서를 독일어로 번역했던 루터[31]는 그것이 영원히 성서를 파괴하게 될 한 국가를 단련시키는 결과를 초래할지도 모른다는 생각 같은 것은 전혀 하지 않았다. 1785년 모스코바의 총탄에 맞아 전사했던 크리스토프 주르 린데는 어떻게 보면 1914년의 승리를 예비했다. 히틀러는 한 국가를 위해 싸운다고 믿었지만 그는 모든 국가들, 심지어 자신이 침략했거니와 증오했던 그 나라들을 위해 싸웠다. 그의 자아가 그것을 인지하지 못했다는 것은 중요한 문제가 아니다. 그의 피와 그의 의지는 그것을 알고 있었던 것이다. 세계는 예수에 대한 신앙인 유태주의, 유태주의라는 그 병에 의해 죽어가고 있었다. 우리는 유태주의에 폭력과 칼의 신앙을 가르쳐주었다. 바로 그 칼에 우리가 죽어가고 있다. 따라서 우리는 스스로 만든 미로 속에서 죽는 날까지 방황하게 되는 자신을 보게 되는 마법사에 비견될 수 있다. 또는 낯선 사람을 재판하고, 사형 판결을 내렸는데 후에「그가 바로 당신이니라」하는 계시를 듣는 다윗과 비견될 수 있다.[32] 새로운 질서가 세워지기 위해서는 수많은 것들이

---

31) 보르헤스가 종교 개혁가였던 루터를 성경 번역가로 칭했던 것은 그 당시 교황청이 성서를 라틴어 이외의 언어로 옮기는 것을 금했기 때문이다. 루터는 어려운 라틴어를 모르는 일반인들도 성서를 읽을 수 있도록 하기 위해 독일어로 성서를 번역했다.

32) 이 부분은 성서「사무엘 하권」11-12장에 나오는 이야기이다. 다윗이 왕궁의 지붕을 거닐다가 목욕을 하고 있는 한 아름다운 여자를 보게 된다. 그는 부하를 시켜 우리아의 아내인 밧세바라는 그 여인을 데려오도록 해 동침한다. 그리고 그녀의 남편은 계략을 써 전투의 선봉에 나가게 해 죽게 만든다. 이에 진노한 야훼가 예언자 나단을 다윗에게 보낸다. 나단이 다윗에게 한 부자가 소유하고 있는 양과 소가 많음에도 불구하고 한 가난한 사람의 새끼양을 빼앗아 자신의 손님을 대접했다고 고한다. 진노한 다윗이 그 부자는 죽어 마땅할 자로서 그 새끼양의 네 배에 해당하는 재물로 갚도록 명

파괴되어야 한다. 이제 우리는 독일이 바로 파괴되어야 할 그러한 것들 중의 하나인 것을 안다. 우리들은 우리들의 생명보다 귀중한 어떤 것을 바쳤고, 사랑하는 우리 조국의 운명을 바쳤다. 비난을 퍼부을 사람은 퍼붓고, 통탄할 사람은 통탄하라고 하라. 나는 우리에게 주어진 선물이 원형의 형태를 이루고 있고, 완전하다는 것이 기쁘기 한량없다.

이제 세계 위로 무자비한 시대가 만개하기 시작하고 있다. 우리가, 이미 그것의 희생자가 된 우리가 그것을 조런시켰다. 영국이 망치가 되고, 우리가 대장간의 모루가 된들 무슨 상관이란 말인가? 중요한 것은 비굴한 기독교적인 소심함이 아닌 폭력이 지배하기만 하면 되는 것 아닌가. 만일 승리와 불의와 행복이 독일의 것이 아니라면 다른 국가들의 것이 되도록 하자. 비록 지옥이 우리가 거해야 하는 곳이라 할지라도 제발 천국이 있다면 얼마나 좋을까.

나는 내가 누구인지를 알기 위해, 죽음을 앞두고 있는 내가 앞으로의 몇 시간 동안 어떻게 행동할 것인지 헤아려 보기 위해 거울에 내 얼굴을 비춰본다. 나의 육체는 두려움을 가질 수 있다. 그러나 나는 그렇지 않다.

한다. 그러자 나단이 「그 부자가 바로 당신이다」라고 말한다.

아베로에스의 추적

비극이란 빌려온 예술에 다름 아니라는 것임을
생각해 보라······.

에르네스트 르낭, 『아베로에스』 48. (1861)[1]

아불괄리드 무하마드 이븐-압마드 이븐 무하마드 이븐 루쉬드
(이 이름이 벤라이스트, 아벤리스, 그리고 아벤 로사다와 필리우
스 로사디스까지를 거쳐 아베로에스라는 이름으로 정착하기까지
는 1세기가 걸렸으리라[2])는 자신의 저서 『타하푸트-울-타하푸트

---

1) Ernest Renan(1823-1892): 프랑스의 사학자이자 종교사학자. 주요 저서
로 『과학의 미래』, 『기독교 정신의 기원에 관한 역사』, 『예수의 생애』 등이
있다. 여기서 보르헤스가 인용하고 있는 저서는 그의 박사학위 논문으로 원
제목은 『아베로에스와 아베로에스주의』이다.
    아베로에스Averroes(1126-1198)는 아랍의 스페인 지배시 스페인의 꼬르
도바 출생의 아랍 의사이자 철학자로서 아리스토텔레스, 플라톤 등과 같은
그리스 철학에 대한 지식과 주석으로 명성을 떨쳤다. 범신론과 유물론에 기
울어져 비판을 받기도 했던 그는 아리스토텔레스와 플라톤의 저서에 관한
주석 및 『파괴의 파괴』 같은 명저들을 남겼다.
2) 르낭은 아베로에스라는 이름이 그의 원 아랍 이름인 이븐 루쉬드Ibn Ro-
schd에서 16가지의 다른 표기법을 거쳐 마지막으로 정착되었음을 지적하고
있다. 보르헤스는 그 중의 몇 개를 예로 들며 이처럼 그의 이름이 겪었던

(파괴의 파괴)』제11장을 쓰기 시작했다. 그는 그 부분에서 『타하 푸트-울-팔라시파(철학의 파괴)』라는 저서의 저자인 페르시아의 금욕주의자 가살리[3]에 반해 신은 단지 우주의 일반적인 질서, 즉 종족 일반에 대해서만 알고 있을 뿐 개별적인 것에 대해서는 모르고 있다는 주장을 견지하고 있다. 그는 완연한 확신감과 함께 오른쪽에서 왼쪽으로 글을 쓰는 방식으로 그 부분을 써나갔다.[4] 3단논법들을 구축해 나가고, 방대한 길이의 단락들로 하여금 조리가 맞도록 해야 하는 작업이었음에도 불구하고 그것은 마치 행복감에 빠져 있는 순간의 사람처럼 그로 하여금 자신을 둘러싸고 있는 서늘하고 깊숙이 들어앉아 있는 집의 존재에 대해 느끼도록 만드는 것을 막지 못했다. 낮잠의 저쪽편에서는 사랑에 빠진 비둘기들이 구구구 소리를 내며 울고 있었다. 보이지 않는 어떤 마당에서는 분수가 치솟아오르는 소음이 들려오곤 했다. 조상들이 아랍의 사막으로부터 왔기 때문에 그의 육체 속에는 끊임없이 계속되는 물 소리를 기꺼워하는 어떤 무엇이 깃들어 있었다. 아래쪽에는 정원들과 과수원이 있었다. 아래쪽에는 갈 길 바쁜 과달끼비르 강[5]과 이어 그가 사랑하는 꼬르도바 시[6]가 있었다. 꼬르도바 시는 마치 복잡하고 섬세한 악기처럼 바그다드, 또는 카이

던 표기법상의 변천사를 요약적으로 드러내 보이고 있다. 『보르헤스 사전』 202-3쪽 참조.

3) Ghazali(1058-1111) : 페르시아의 철학자로 『철학의 파괴』 같은 저서를 남겼다.

4) 아랍어는 흔히 많은 문자가 그러하는 것처럼 왼쪽에서 오른쪽이 아닌, 오른쪽에서 왼쪽으로 써나간다.

5) Guadalquivir : 까소를라 산맥에서 시작되어 바에사, 꼬르도바, 세비야 시를 거쳐가는 스페인의 강 이름.

6) Córdoba : 스페인의 도시 이름. 과달끼비르 강이 이 도시를 가로질러 간다.

아베로에스의 추적 129

로만큼이나 고명한 도시였다. 그것의 외곽은(이것 또한 아베로에스는 느끼고 있었다) 스페인 영토의 모든 끝을 향해 뻗어 있었다. 스페인 영토 안에는 비록 거의 아무것도 주목할 만한 것들이 없었지만 그것들 하나 하나는 주체적이고 영원한 방식으로 존재하고 있는 것처럼 보였다.

 펜은 종이 위에서 바삐 달려가고 있었다. 논지들은 반박의 여지가 없도록 상호 조리있게 짜여 나가고 있었다. 그러나 사소한 걱정 하나가 아베로에스의 행복감을 괴롭히고 있었다. 그것은 자신의 저서인 『파괴의 파괴』 자체에서 비롯된 것이 아니었다. 그것은 사람들 앞에서 자신의 정당성을 증명해 줄 그 기념비적인 작품과 관련된 문헌학적 성격의 문제, 즉 아리스토텔레스에 대한 주석의 문제였다. 모든 철학의 원천인 이 그리스인은 사람들로 하여금 터득할 수 있는 모든 것을 사람들에게 가르칠 수 있도록 하는 계기를 만들어주었다. 마치 회교 율법학자들이 코란을 해석하듯 그의 책들을 해석하는 것은 아베로에스가 끈질기게 추구해 온 목표였다. 인류 역사상 한 아랍인 의사가 자신으로부터 14세기라는 시간의 간격이 떨어져 있는 한 사람의 사상에 바친 헌신에 필적하는 그런 아름답고 감동적인 예는 거의 찾아볼 수가 없으리라. 아리스토텔레스의 사상이 가진 본질적인 어려움을 감안해 볼 때 우리는 시리아어와 희랍어에 무지했던 아베로에스가 번역에 대한 번역을 했다는 사실을 덧붙이지 않을 수가 없다. 전날 밤, 『문학』[7]의 첫 장에서부터 모호한 두 단어가 그를 붙들었다. 그 단어

---

7) 아리스토텔레스의 저서 이름. ⟨Poetica⟩라는 이 저서를 『시학』으로 번역하는 것은 오류일 수가 있다. 왜냐하면 이 단어가 유래한 Poesia란 우리가 흔히 알고 있는 ⟨시(詩)⟩라는 뜻이 아닌 ⟨창조, 창작⟩을 뜻하기 때문이다. 따

들은 〈비극〉과 〈희극〉이었다. 그는 그 단어들과 몇 해 전 『수사학』[8] 제3권에서 처음으로 맞부딪혔었다. 그런데 이슬람권에서 그 단어들이 무엇을 의미하는지 아는 사람은 아무도 없었다. 그는 알렉산더 데 아프로디시아스[9]의 책장들을 들춰보았지만 소용이 없었다. 그는 네스토리우스교파[10]의 학자 후나인 이븐-이샥[11]과 아부-바샤르 마타[12]의 판본들을 참조해 보았지만 소용이 없었다. 이 두 개의 불가해한 단어들은 『문학』의 책자 사방에서 우글거리고 있었다. 따라서 그것을 기피하고 넘어간다는 것은 불가능한 일이었다.

아베로에스는 펜을 놓았다. 그는 우리가 찾는 게 늘 가까이 있다고 (지나친 자신감 없이) 중얼거렸고, 『파괴의 파괴』 원고를 옆으로 밀쳐놓았다. 그는 페르시아 필경사들이 복사해 놓은, 많은 권수로 된 장님 아벤시다[13]의 모켐(아랍어 사전) 사본들이 진열되어 있는 서고로 갔다. 그가 전에 그 사전들을 참조해 보지 않았었

라서 보다 정확한 번역은 〈문학〉이 되어야 할 것이다. poesia라는 단어가 〈시〉로 굳어진 어원학적 유래는 아리스토텔레스 당시 모든 언어예술은 서사, 서정, 드라마 모두 운문의 형태로 씌어졌기 때문인 듯하다.
8) 아리스토텔레스의 또 다른 저서 이름.
9) Alexander of Aphrodisias(160-220) : 그리스 출신의 아리스토텔레스 저술에 관한 주석가.
10) 시리아의 신학자 네스토리우스 Nestorius(380?-451?)에 의해 주창된 이단 교파로서 예수 속에 두 개의 인성이 들어 있다고 믿었다. 네스토리우스는 431년 에페소 공의회 때 파문되었고, 리비아의 사막에서 사망한 걸로 알려져 있다.
11) Hunain ibn-Ishaq(808-873) : 고대 그리스의 저작들을 아랍어로 번역했던 번역가. 그는 아랍어와 시리아어에 능통했으며, 히포크라테스와 아리스토텔레스 등을 번역했다.
12) Abu-Bashar Mata(870-940) : 시리아 출신의 번역가로 아리스토텔레스를 시리아어로 번역했다.
13) Abensida(11세기경) : 아랍의 문헌학자이자 사전 편찬자로 장님이었다.

으리라고 상상하기는 어려운 일이었다. 그러나 그는 그 사전들을 다시 들춰보는 느긋한 즐거움의 유혹을 이겨내기가 힘들었다. 한 가닥의 노랫가락이 그의 그 학구적인 탐닉의 순간을 깨뜨리며 다가왔다. 그는 격자 발코니를 통해 밖을 내다보았다. 아래 맨땅의 마당에서 반쯤 발가벗은 아이들이 놀이를 하고 있었다. 다른 아이의 어깨를 밟고 서 있는 한 아이는 영락없이 사원의 탑 위에 올라가 기도 시간을 알리는 회교 승려의 흉내를 내고 있었다. 그애는 두 눈을 꼭 감은 채「하느님 외에 다른 신은 없다」라는 찬가를 부르고 있었다. 꼿꼿하게 서서 그애를 받치고 있는 다른 아이는 탑의 역할을 하고 있었다. 먼지를 뒤집어쓴 채 비굴하게 무릎을 꿇고 있는 또 다른 아이는 경배를 하는 대중의 흉내를 내고 있었다. 놀이는 오래 계속되지 않았다. 왜냐하면 모두가 탑 위에서 기도 시간을 알리는 승려의 역할을 하기를 원하고, 아무도 경배 대중이나 탑의 역할을 하기를 원치 않기 때문이었다. 아베로에스는 그애들이 저속한 사투리, 말하자면 스페인 반도의 아랍인 거주지역에서 쓰는 초보적인 스페인어로 언쟁을 벌이는 소리를 들었다.[14] 그는 하릴의 『끼따 울 아인(최초의 아랍어 사전)』을 펼쳐들었고, 자랑스러움과 함께 꼬르도바 시 전체를 통틀어(아마도 알-안달루스[15] 전체를 통틀어) 야쿱 알만수르 왕[16]이 탄지에르[17]로부터 보낸 이 판본만큼 완벽한 작품은 없을 것이라는 점을 생각했

---

14) 앞에서 밝힌 대로 아랍인들은 711년부터 1492년까지 스페인 반도의 전체, 또는 부분을 지배해 왔었다.
15) Al-Andalus : 아랍인의 점령하에 있던 스페인의 영토를 가리킨다.
16) Yacub Almansur(1160-1199) : 아랍의 알모하드 왕조의 세번째 족장.
17) Tangier : 모로코에 있는 마을의 이름으로 알모하드 왕조 당시 매우 중요했던 지역이었다.

다. 그 항구의 이름은 그로 하여금 모로코[18]에서 돌아왔었던 여행가 아불카심 알-아샤리[19]를 기억하도록 만들었다. 아베로에스는 오늘 밤 그와 함께 파라취[20]라는 『코란』 학자의 집에서 함께 저녁식사를 할 예정으로 있었다. 아불카심은 (중국 땅의) 진나라까지 도달했었다. 그를 비방하는 자들은 증오가 부추기는 그 특별한 논법을 가지고 그가 결코 중국 땅을 밟아본 적이 없고, 그 나라의 사원들은 알라에 대한 신성 모독죄를 자행했었다고 떠들어대곤 했다. 어쩔 수 없이 그와의 만남은 몇 시간을 요하게 될 것이었다. 마음의 조급함을 느낀 아베로에스는 『파괴의 파괴』 원고를 다시 집어들었다. 그는 황혼녘까지 작업을 계속했다.

파라취의 집에서 있었던 대화는 처음 타의 추종을 불허하는 총독의 미덕에 관한 얘기로부터 왕인 그의 형이 가진 미덕으로 옮겨갔다. 그런 다음 그들은 정원으로 자리를 옮겨 장미에 관해 담소를 나누었다. 아불카심은 안달루시아 지역[21]의 별장들을 장식하고 있는 장미들을 본 적이 없었기 때문에 그 장미들에 버금갈 만한 장미들은 없을 거라고 단언했다. 파라취는 그 아첨에 넘어가지 않았다. 파라취는 학식이 출중한 이븐 쿠타이바[22]가 묘사했던 여러 종류의 영원히 지지 않는 굉장한 장미들에 관한 얘기를 꺼

---

18) Marruecos : 북아프리카 왕조의 이름.
19) Abulcasim Al-Ashari : 에블린 피쉬번에 따르면 르낭이 아베로에스로 하여금 잘못된 길로 들어서게 했다고 언급한 아불-후세인 이븐 조하인을 빗댄 이름이라고 지적하고 있다. 『보르헤스 사전』 4쪽 참조.
20) 허구적 인물.
21) Andalucia : 아프리카에 접한 스페인의 지역 이름으로 아랍의 스페인 점령시 주요 거점이 되었던 곳이다.
22) Ibn Qutaiba(9세기경) : 바그다드 출신의 무슬림 작가로 코란이 가진 수사학적, 시적 연구로 유명하다.

냈다. 그에 따르면 그 장미들은 힌두스탄[23]의 정원들에서 자라고 있고, 핏빛 빨강색을 가진 그것의 꽃잎들은 다음과 같은 글자들의 모양을 보여주고 있다는 것이었다. 〈하느님 이외에는 그 어떤 신도 없다. 모하메드는 하느님의 사도이다.〉 그는 틀림없이 아불카심이 이 장미들에 대해 알고 있으리라고 덧붙여 말했다. 아불카심은 긴장하여 그를 쳐다보았다. 만일 그가 〈그렇다〉라고 대답한다면 좌중의 모든 사람들은 당연히 그를 세상에서 가장 얼렁뚱땅하고, 임기응변적인 말재간에 능한 사기꾼으로 판단할 것이었다. 만일 그가 〈아니오〉라고 대답한다면 좌중의 모든 사람들은 그를 신앙이 없는 자로 간주할 것이었다. 그는 하느님 안에서 감춰져 있는 것들이라는 게 있을 수가 없고, 그것이 푸릇푸릇한 것이건, 시들어가는 것이건 〈하느님의 책〉 안에 기록되어 있지 않는 것은 있을 수가 없는 법이라는 말로 얼버무리려고 했다. 이 말들은 『코란』의 첫번째 장들 중의 한 곳에 나오는 구절이었다. 따라서 파라취는 경건한 태도로 웅얼웅얼 그 말들을 받아들일 수밖에 없었다. 이 변증법적인 승리에 도취한 아불카심은 하느님이 하시는 일은 완전무결할 뿐만 아니라 불가해한 것이라고 말하려고 했다. 그 순간 아베로에스가 여전히 문제적인 흄의 〈원격논증〉을 몇 세기에 앞서 미리 예견하면서 단언했다.[24]

---

23) Hindustan : 인도에 대한 페르시아식 이름으로 주로 인도의 힌두교도들이 거주하는 지역을 가리킨다.
24) 흄 David Hume(1711-1776)은 스코틀랜드 출신으로 경험주의 철학의 대표적인 철학자이다. 주저서로 『인간 본성에 관한 논고』 등이 있다. 그의 〈원격논증〉이란 어떤 현상이 기적으로 간주되려면 그 현상의 허위성이 확립시키고자 하는 그것의 사실성보다 더욱 기적적일 때에야만 가능하다는 주장을 가리킨다.

「내게는 학식이 높은 이븐 쿠타이바, 또는 그의 책을 복사해 남긴 필경사들이 저지른 실수를 받아들이는 게 신앙의 고백을 하고 있는 장미를 가진 땅이 있다는 것을 믿기보다 힘이 덜 드는군요」

「그렇다마다요. 그것들은 위대하고 진실한 말들이죠」 아불카심이 말했다.

「어떤 여행자는」 시인인 압달말릭[25]이 기억을 되살렸다. 「녹색 새들을 열매로 맺는 어떤 나무에 대해 이야기하고 있지요. 나는 글자를 가진 장미보다 그것이 훨씬 더 그럴 듯하게 느껴지네요」

「그것은 그 새들이 가진 색깔 때문에」 아베로에스가 말했다. 「그처럼 훨씬 그럴 듯하게 느껴지는 것이라는 생각이 듭니다. 게다가 열매와 새들은 자연의 세계에 속한 것입니다. 그렇지만 글자는 하나의 인위적 기술입니다. 잎사귀에서 새로 옮겨가는 것은 장미에서 글자로 옮겨가는 것보다 훨씬 쉬운 일이지요」

또 다른 초대객 한 사람이 분노와 함께 글자가 하나의 인위적인 예술이라는 것을 부정했다. 왜냐하면 (모든 책의 어머니인) 『코란』의 원본은 천지창조보다 먼저 있었고 하늘에 보존되어 있기 때문이라는 것이었다. 또 다른 어떤 초대객은 『코란』은 사람의 형상, 또는 동물의 형상을 띨 수도 있다고 말한 차히스 데 바스라[26]에 대해 얘기했다. 그의 견해는 『코란』을, 두 얼굴을 가지고

아베로에스가 흄의 〈원격논증〉을 미리 예견했다는 말은 아베로에스는 12세기 때의 인물이요, 흄은 18세기 때의 인물이기 때문이다. 여기서 〈몇 세기에 앞서〉라는 구절은 역자가 독자들의 이해를 도모하기 위해 집어넣은, 원문에는 없는 표현이다.

25) Abdalmalik : 스페인을 지배했던 당시 아랍의 한 저명한 가문의 이름.

있는 어떤 실체로 비교해 보는 사람들의 견해와 공통점을 가지고 있는 것처럼 보인다. 파라취가 길게 정통 교리를 상술하기 시작했다. 『코란』은 (그는 말했다) 마치 〈경건성〉처럼 하느님이 가진 한 속성이다. 그것이 하나의 책으로 씌어져 있는 것이고, 언어를 통해 말씀되어진 것이고, 그리고 가슴 속에 새겨지게 된 것이다. 언어와 기호와 문자는 인간의 작품이다. 그러나『코란』은 번복이 불가능하고, 영원하다. 아베로에스는 앞에서『국가론』[27]을 언급했었기 때문에 모든 책의 어머니는 마치 플라톤적인 모델인 그것과 유사한 어떤 것이라고 말할 수 있었다. 그러나 그는 아불카심에게 신학은 도저히 근접할 수 없는 어떤 주제임을 깨달았다.

나와 마찬가지로 역시 그것을 깨달은 다른 사람들이 아불카심에게 몇 가지 경이적인 얘기를 해달라고 청했다. 그 당시 세계는 지금과 마찬가지로 흉포했다. 단지 대담한 사람들, 그렇지만 또한 모든 것을 묵묵히 받아들이는 그런 가련한 사람들만이 세계를 떠돌아다닐 수 있었다. 아불카심의 기억은 은밀하게 감춰놓은 비겁함을 비춰주는 거울이었다. 그가 어떤 얘기를 들려줄 수 있단 말인가? 게다가, 사람들은 그에게 불가사의한 것들에 대해 들려달라고 요구하고 있었고, 불가사의한 것들은 전혀 의미 전달이 불가능하다. 뱅골[28]의 달은 예멘[29]의 달과 같지 않다. 그럼에도

---

26) Chahiz de Basra : 8세기경에 활동했던 아랍의 문법학자요 문학 연구가인 카릴 바스라 Khalil Basra를 빗댄 환상적 사실주의의 한 기법인지 허구적 인물인지 분명치 않다.
27) 플라톤의 가장 중요한 대화록.
28) 인도 북동부의 주 이름.
29) 아프리카의 나라 이름. 1990년 분할되어 있던 남예멘과 북예멘이 통일을 이루었으나 그로 인한 정정 불안을 겪고 있다.

불구하고 그것은 같은 음성들로 묘사되도록 방치되어 있다. 아불카심이 머뭇거렸다. 그런 다음 입을 열었다.

「갖가지 기후들과 도시들을 헤매본 사람은」그가 열정적인 어조로 외쳤다. 「정말로 가치있는 수많은 것들을 보게 됩니다. 사실 이것은 단 한 차례 터키의 왕에게만 들려주었던 그런 얘기입니다. 그것은 〈엘 아과 데 라 비다(생명의 강)〉가 바다와 만나게 되는 신 칼란(칸톤)[30]에서 일어난 일이지요」

파라취가 혹 그 도시가 이스칸다르 술 카르나인(마케도니아의 알렉산더 대제)[31]이 고그와 마고그[32]를 막기 위해 쌓았던 성벽에서 아주 많이 떨어져 있는지 물었다.

「사막이 그 두 곳 사이를 가로막고 있지요」아불카심이 억지 거드름을 피우며 말했다. 「그 성벽에서 대상들(카라반)의 걸음으로 그곳의 탑들을 가물가물 보게 될 수 있기까지는 40일이 걸리고, 그리고 그곳에 도달하기까지는 또 다른 40일이 걸린다고 합니다. 나는 신 칼란에서 그곳을 본 사람도, 그곳을 보았다는 사람을 본 사람도 만나본 적이 없습니다」

순간 지독하리만치 무한한 것, 순전한 공간, 순전한 물질에 대한 공포가 아베로에스를 엄습했다. 그가 대칭형의 정원을 바라보았다. 그는 자신이 늙고, 쓸모없고, 비현실적으로 느껴졌다. 아불카심이 말을 계속했다.

---

30) Sin Kalan : 〈위대한 중국〉이라는 뜻으로 중국 〈칸톤〉시의 아랍식 이름.
31) Iskandar Zul Qarnain : 알렉산더 대제의 아랍식 이름.
32) Gog, Magog : 기독교 성서 및 코란에 등장하는 사탄의 두 권세를 가리킨다. 여기서 언급하고 있는 부분은 『코란』에서 술 카르나인(알렉산더)이 사탄의 두 권세인 고그와 마고그를 막고자 사람들을 위해 성벽을 지어주는 대목을 가리킨다. 『코란』의 「수라」경, 18장 92-8절.

「어느 날 오후, 신 칼란의 회교도 상인들이 페인트가 칠해진 나무로 만든 어떤 집으로 나를 데려갔지요. 그 집에는 많은 사람들이 살고 있더군요. 그 집의 모양이 어떠한지는 설명할 길이 없어요. 그건 차라리 층층이 선반들, 또는 발코니들이 즐비하게 자리잡고 있는 하나의 방이라고 해야 옳을까. 그 구멍들 속에 음식을 먹고, 음료를 들이키고 있는 사람들이 있었어요. 그리고 바닥에도 마찬가지였고, 테라스에도 그러했지요. 그 테라스에 있는 사람들은 기도를 하거나, 노래를 부르거나, 담소를 나누고 있는 (연짓빛 가면을 쓴) 약 15명에서 20여 명을 제외하고 나머지는 북과 비파를 연주하고 있더군요. 테라스의 그 사람들은 감금 생활에 고통스러워하고 있었지만 그 누구의 눈에도 감옥은 보이지 않았지요. 그들은 말을 타고 여행을 하고 있었지만 누구도 말을 보지 못했지요. 그들은 전투를 벌이고 있었지만 그들의 칼은 갈대로 만든 것들이었죠. 그들은 죽었는데 다시 땅을 딛고 일어서는 거였어요」

「미친 자들의 행동은」 파라취가 말했다. 「정상적인 인간의 상상을 초월하는 법이지」

「그들은 미친 자들이 아니었어요」 아불카심이 설명을 해야 했다. 「한 상인이 말하기를 그들은 하나의 이야기를 시각적으로 보여주고 있다는 거였지요」

아무도 이해를 하지 못했고, 아무도 이해하려고 드는 것처럼 보이지 않았다. 당혹한 아불카심이 귀를 기울이게 만들었던 이야기로부터 맥빠진 설명으로 옮겨갔다. 그가 손동작까지 동원한 채 말했다.

「어떤 사람이 어떤 이야기를 말로 들려주는 대신 구체적으로 보여준다고 우리 상상해 봅시다. 이 이야기가 에페소의 〈잠자는 사람들〉의 이야기라고 가정해 봅시다.[33] 우리는 그들이 동굴로 숨어 들어가는 것을 보고, 그들이 기도를 하고 잠을 자는 것을 보게 됩니다. 우리는 그들이 눈을 뜬 채 잠을 자고 있는 것을 보고, 그들이 잠을 자면서도 성장하게 되는 것을 봅니다. 우리는 그들이 309년 후에 깨어나게 되는 것을 보게 됩니다. 우리는 그들이 한 상인에게 옛 동전을 주게 되는 것을 봅니다. 우리는 그들이 천국에서 깨어나는 것을 보고, 우리는 그들이 개와 함께 깨어나는 것을 보게 됩니다. 이와 비슷한 것을 그 날 오후 테라스에 있던 사람들이 우리에게 보여주었던 거지요」

「그 사람들이 말을 했나요?」 파라취가 물었다.

「당연히 말을 했지요」 이제 거의 기억을 하지 못하고, 그를 아주 넌더리 나게 만들었던 한 공연의 예찬자로 변한 아불카심이 말했다. 「그들은 말도 했고, 노래도 했고, 열변을 토하기도 했지요!」

「그런 경우라면」 파라취가 말했다. 「20명의 사람이 필요가 없겠군. 언변이 뛰어난 단 한 사람만 있어도 그게 얼마나 복잡한 것이 됐든 간에 무엇이든 이야기로 들려줄 수 있으니까 말이요」

모두가 이 주장에 동의했다. 아랍어가 가진 미덕이 찬양되었

---

33) 이것은 초기 초대 그리스도교 시대에 얽힌 설화로서 일곱 명의 젊은 신도들이 로마 데시우스 황제의 박해를 피해 동굴 속에 들어가 숨어 지낸다. 그들은 187년 동안 잠이 들었다가 그리스도교가 국교로 인정된 테오도시우스 2세 시대에 깨어난다. 그리고 그들 중 하나가 옛 동전을 가지고 빵을 사러 갔다가 고발당해 붙들려 간다. 그러나 그는 관리들을 데리고 동굴로 가 그제서야 깨어나기 시작하는 나머지 여섯 명을 보여줌으로써 자신들의 부활의 사실을 증명해 보인다.

다. 아랍어는 하느님이 천사들을 통솔하기 위해 사용하는 언어이다. 이어 아랍 시가 가진 미덕이 칭송되었다. 아랍 시가 받아야 할 당연한 찬사를 한 뒤 압달말릭이 목가적 이미지들과 베드윈족[34] 어휘의 사용을 고집하는 다마스커스[35]와 꼬르도바의 시인들을 구식으로 규정했다. 그는 어떤 사람이 자신의 눈앞에 과달끼비르 강이 펼쳐져 있는데 우물의 물을 찬양하는 것은 어처구니없는 일이라고 말했다. 그는 낡은 은유들을 갱신시켜야 하는 필요성을 통변했다. 그는 수하이르[36]가 사막을 눈먼 낙타에 비교했을 때 그러한 수사는 그 당시 사람들을 놀라게 만들었지만, 5세기에 걸친 그것에 대한 찬탄은 그러한 효과가 고갈되어 버리도록 만들었다고 말했다. 모두가 이미 수많은 사람들로부터 수없이 들어왔던 이 견해에 동의했다. 아베로에스는 입을 다물고 있었다. 마침내 그가 다른 사람들에게 말하기보다는 자신에게 말하는 것처럼 말했다.

「더 뛰어난 논법은 아니었지만 비슷한 논지로 한때 나는 압달말릭이 견지하고 있는 그 주장을 옹호했던 적이 있었지요. 알렉산드리아에서는 죄를 짓지 않을 수 있는 사람은 단지 전에 죄를 지었다가 그것을 회개한 사람뿐이라고들 말하지요. 덧붙여 말하자면, 실수로부터 자유롭기 위해서는 그것을 범했던 경험이 있는 게 낫다는 거지요. 수하이르는 자신의 『알-무할라카트』[37]에서 80년

---

34) 아랍권 사막 지역의 유목 민족.
35) 고대 터키의 도시 이름.
36) Zuhair(?) : 이슬람 제국이 건설되기 이전의 아랍에서 저명했던 시인.
37) al-Mu'allaqat : 이슬람 제국 이전 아랍 지역에서 일곱 명의 저자들에 의해 지어져 구전으로 내려오던 일곱 개 시의 모음집. 이 일곱 명의 시인 안에 수하이르 또한 포함된다.

에 걸친 영욕의 인생 역정에서 마치 눈먼 낙타가 그러하듯 수차례 인간들이 갑작스레 운명의 덫에 걸려 넘어지는 것을 보곤 했다고 말하고 있지요. 압달말릭 당신은 이 수사가 더 이상 경이감을 주지 않는다고 이해하고 있는 거군요. 이 관점에 대해서는 많은 이견들이 제시될 수 있습니다. 첫째는, 만일 시의 목적이 읽는 자로 하여금 경이감을 주기 위한 것이라면 그것의 시간은 세기가 아닌 날이나 시간, 아니 아마 초로 측정되어야 할 거라는 점입니다. 두번째는, 저명한 시인은 발명가라기보다는 발견자라는 것입니다. 이븐-샤라프 데 베르하[38]를 칭송할 때 사람들은 오직 그만이 나무에서 잎사귀들이 떨어지듯 새벽의 별들이 천천히 진다는 상상을 할 수 있었다고 되풀이해 말합니다. 만일 그렇다면 그 이미지는 하찮은 것에 불과하다는 증명에 다름 아닐 겁니다. 단 한 사람만이 만들어낼 수 있는 이미지라는 것은 그 누구의 마음도 움직일 수 없는 이미지임을 뜻할 것이기 때문입니다. 지구상에는 무한히 많은 것들이 존재합니다. 그 어떤 것도 그 어떤 것과 비교해 볼 수가 있습니다. 별을 잎사귀에 비교해 보는 것은 그것을 물고기나 새에 비교해 보는 것만큼이나 우연적인 것입니다. 반대로, 이따금 운명이 강대하면서도 조악하고, 천진난만하면서도 또한 비정하다는 것을 느끼지 않은 사람은 없을 겁니다. 비록 순간적일 수도 있고, 지속적인 것이 될 수도 있지만 아무도 결코 피해 갈 수 없는 이러한 인식을 하도록 하기 위해 수하이르의 시가 씌어졌던 겁니다. 그곳에 씌어진 것 이상으로 더 나은 어떤 말을 할 수가 있을까요. 게다가(이것이 바로 제 논지의 가장 중요한 부분이지만) 성벽이 허물어지도록 만드는 시간이라는 것이 도리

---

[38] 아랍의 시인으로 추정된다.

어 시는 풍요롭게 만든다는 사실입니다. 수하이르가 아라비아에서 지었던 그 시는 늙은 낙타와 운명이라는 두 개의 이미지가 서로 맞부딪치도록 하는 기능을 했습니다. 그런데 그것을 우리가 지금 반복함으로써 그것은 수하이르에 대한 기억을 되살리도록 만들고, 우리들의 괴로움을 그 죽은 아랍인의 괴로움과 뒤섞도록 만듭니다. 그 수사는 이전에 두 개의 자태를 가지고 있었으나 이제 네 개를 가지고 있습니다. 시간은 시의 경계를 확장시켜 주고, 저는 마치 음악처럼 모든 사람에게 절대적인 것이 되어 있는 그런 시들을 알고 있습니다. 그처럼, 저는 몇 년 전 마라케쉬[39]에서 꼬르도바에 대한 기억 때문에 향수병으로 괴로워하면서 압두라만[40]이 루사파[41]의 정원에서 한 아프리카 종려나무를 향해 던졌던 경탄사를 즐겨 되풀이해 읊곤 했었지요.

　　너도 마찬가지지, 오 종려여!
　　이 땅에서 이방인이 되어…….

시만이 유일하게 가진 효용이랄까요. 동양을 그리워하는 한 왕이 읊조렸던 말들이 아프리카에 망명해 있던 내게 스페인에 대한 향수를 표현하도록 하는 데 이용되었다는 그 말이지요」
그런 다음 아베로에스는 이미 사막의 수없이 많은 언어들을 가지고 세상의 모든 것들에 대해서 말했었던, 이슬람이 건설되

---

39) 모로코에 있는 지역의 이름.
40) Abdurraman(?-788) : 아랍의 스페인 점령시 꼬르도바에 수도를 정하고 독자적인 아랍 국가를 창건했던 왕의 이름.
41) Ruzafa : 요르단에 있는 지역의 이름.

기 이전, 〈무지의 시대〉⁴²⁾에 살았던 초기 시인들에 관해 얘기했다. 그는 충분한 근거와 함께 이븐-샤라프가 가진 평이함에 주목하면서 옛 시인들과 『코란』에 모든 시가 다 담겨 있다고 말했고, 혁신의 야망은 무지와 쓸모없는 노고라고 비하시켰다. 나머지 사람들은 그가 옛것을 옹호했기 때문에 흐뭇해하며 그의 말을 경청했다.

아베로에스는 회교 승려들이 새벽 기도 시간을 외치는 시간에 자신의 서재로 돌아왔다. (규방에서 흑발의 하녀들이 빨간 머리를 가진 한 하녀에게 폭행을 가했었지만 그는 오후가 돼서야 그 사건에 대해 알게 되었다.) 어떤 무엇이 그에게 애매모호하기만 했던 그 두 단어의 뜻을 드러내 보여주고 있었다. 그는 힘있고, 신중한 필체로 원고에 다음과 같은 몇 줄을 덧붙였다. 〈아리스투(아리스토텔레스)는 찬양에 비극이라는 이름을, 풍자와 저주에 희극이라는 이름을 부여했다. 뛰어난 비극과 희극들은 『코란』의 책장과 성전의 『알-무할라카트』⁴³⁾ 곳곳에 가득 들어 있다.〉

그는 졸음을 느꼈고, 미세한 한기를 느꼈다. 그는 터번을 푼 뒤 청동 거울을 들여다 보았다. 나는 그가 무엇을 보았는지 모른다. 왜냐하면 자신의 얼굴이 가진 모양을 묘사했던 역사가는 단 한 사람도 없기 때문이다. 나는 마치 형체 없는 불이 삼켜버리기나 했던 듯 그가 사라져버렸고, 그와 함께 집과, 눈에 보이지 않는 분수와, 많은 흑발의 하녀들과, 너울거리는 붉은 머리채의 하녀와, 파라춰와, 아불카심과, 장미들과, 그리고 아마 과달끼비르 강마저 사라져 버렸다는 것을 안다.

---

42) 이슬람 제국이 건설되기 이전의 아랍을 가리킨다.
43) 주 37번 참조.

앞의 이야기에서 나는 실패의 과정을 기술해 보고자 했다. 먼저, 나는 하느님이 실재한다는 것을 증명하고자 시도했던 캔터베리[44]의 그 대주교에 대해 생각했다. 그런 다음, 철학적인 광석을 찾고자 했던 연금술사들에 대해 생각했다. 그런 다음, 각(角)의 불가능한 삼변과, 원의 사각면들을 생각했다. 그러고 나서 나는 다른 사람들에게는 금지되어 있지 않지만 자신에게는 금지되어 있는 어떤 목표를 추구하는 사람의 경우가 보다 시적(詩的)이라는 생각이 들었다. 나는 이슬람권 내에 갇혀 결코 〈비극〉과 〈희극〉이라는 용어의 뜻을 이해할 수가 없었던 아베로에스를 떠올렸다. 나는 그의 경우가 나와도 관련지어지는 것을 깨달았다. 이 글을 써나가면서 황소를 만들려고 시도했다가 들소(버팔로)를 만들고 말았던, 버튼[45]이 언급했던 적이 있는 그 신이 느낄 수밖에 없었을 것을 나는 느꼈다. 나는 나의 이 작품이 나를 비웃고 있는 것을 느꼈다. 나는 단지 르낭, 래인,[46] 그리고 아신 빨라시오스[47]의 단편적인 글들 외에 다른 참고문 없이 아베로에스를 상상해 보려고 했던 내가 연극이라는 것에 대해 전혀 생각해 본 적이 없이 극 장르라는 게 어떤 것인지 상상해 보려고 했던 아베로에스만큼이나 어처구니없다는 것을 느꼈다. 나는 이 글의 마지막 페이지에 이르러 이 이야기를 쓰고 있는 동안 이 이야기가 바로 나 자신인 그런 어떤 사람에 대한 상징이고, 이 이야기를 쓰기 위해 나는

---

44) Canterbury : 영국의 켄트 주에 있는 도시의 이름.
45) Sir Richard Burton(1821-1890) : 영국의 시인이자, 아랍 문학의 번역가로『천일야화』를 번역했다.
46) Edward William Lane(1801-1876) : 영국의 동양학자로 편저『아랍 언어의 보고』등이 있고,『천일야화』를 번역했다.
47) Miguel Asín Palacios(1871-1944) : 스페인의 사제이자 학자로 아랍 연구가.

그 사람이 되어야 했고, 그 사람이 되기 위해 나는 이 이야기를 써야 했고, 그런 식으로 그렇게 무한히 계속되리라는 것을 느꼈다. (내가 그에 대해 생각하기를 멈추자 그는 사라져버렸다.)

자이르[1]

부에노스 아이레스에서 자이르는 20센따보(센트)에 해당하는 평범한 동전 하나이다. 글자 N T와 숫자 2는 마치 면도칼이나 연필깎기 칼로 그랬는 듯 긁혀 있다. 1929는 앞면에 새겨진 연도 표시이다. (18세기 말경 구사렛[2]에서는 어떤 호랑이 한 마리가 자이르였다. 자바[3]에서는 신도들이 돌로 쳐서 형벌을 가했던 수라카르타[4] 회교 사원의 한 장님이다. 페르시아에서는 나디르 샤아[5]가 바다 밑에 던져버린 천체 관측기였다. 1892년경 마디[6]의 감옥

---

1) 자이르의 아랍어적 의미는 〈명백한〉, 〈가시적인〉이다. 이슬람교에서 알라(하느님)의 한 속성으로 규정되고 있다.
2) Guzerat : 인도의 지역 이름.
3) Java : 인도네시아 남동쪽에 있는 섬 이름.
4) Surakarta : 자바의 수도.
5) Nadir Shah(1688-1747) : 1736년 페르시아의 왕이 되었던 사람.
6) Mahdi : 19세기 수단의 왕국 이름.

에서는 루돌포 칼 폰 슬라틴[7]이 건드렸던 터번의 날개로 싸놓은 조그마한 나침반이었다. 소텐베르크[8]에 따르면 꼬르도바의 회당에서는 1,200개 기둥 중의 하나에 나 있는 대리석 결이다. 테투안[9]의 유태인 밀집 지역에서는 한 우물의 밑바닥이다.) 오늘은 11월 3일이다. 6월 7일 새벽 내 손에 자이르가 들어왔다. 나는 이미 그 때의 내가 아니다. 하지만 여전히 나는 일어난 그 일에 대해 기억을 할 수 있을 뿐만 아니라 심지어 그것을 들려줄 수조차 있다. 비록 부분적이기는 하지만 나는 여전히 보르헤스이기조차 하다.

떼오델리나 비야르는 6월 6일 세상을 떠났다. 1930년경 그녀의 사진들은 통속 잡지들의 페이지들을 온통 장식했다. 아마 이러한 열광이 그녀가 몹시 아름다웠으리라 생각하도록 만드는 계기가 되었는지도 모른다. 비록 그녀의 모든 초상들이 이러한 가정을 전폭적으로 지지해 주지는 않았을 것이지만 말이다. 게다가 떼오델리나 비야르는 아름다움보다는 완전무결함에 더욱 신경을 썼다. 히브리 사람들과 중국 사람들은 인간이 가질 수 있는 모든 정황들을 법전으로 편찬했다. 『미쉬냐』[10]에는 토요일의 저녁 해가 지는 것을 필두로 재봉사는 바늘을 가지고 거리로 나가면 안 된다고 적혀 있다. 『예기』[11]에 보면 손님은 첫번째 잔을 받았을 때는 심각한 표정을 짓고, 두번째 잔을 받았을 때는 경의에 차고, 행

---

7) Rudolfo Carl von Slatin(1857-1932): 오스트리아의 탐험가요, 수단의 총독.
8) Zotenberg(19세기경): 동양학자이자 아랍어 서적 번역가.
9) Tetouan: 지중해에 있는 모로코의 도시 이름. 1492년 스페인에서 아랍 지배가 척결된 후 스페인 지배하에 있었던 모로코의 수도. 이곳은 박해를 받았던 스페인 내 유태인들의 피난처 역할을 했었다.
10) 유대의 종교적 예절을 담아놓은 책. 원뜻은 〈반복〉, 〈교훈〉이다.
11) 중국의 5경 중 하나.

복한 표정을 지어야 한다고 나와 있다. 떼오델리나 비야르가 스스로에게 강요했던 엄격함은 이와 유사하기는 했지만 훨씬 더 상세했다. 그녀는 마치 공자의 제자나 탈무드[12] 엄수주의자처럼 각각의 행위에 대해 빈틈없는 정확성을 기하고자 노력했다. 하지만 그녀의 열성은 그들의 그것보다 훨씬 더 탄복스럽고 엄정했다. 왜냐하면 그녀가 지키고자 했던 신조의 기준이 지속적이라기보다는 파리나 할리우드의 유행에 좌지우지되었기 때문이었다. 떼오델리나 비야르는 정확한 장소에 정확한 시간에 정확한 차림새에 정확한 싫증을 가지고 나타나곤 했다. 그러나 싫증과, 차림새와 시간과 장소는 금세 한물 간 무엇이 되어버리고, 그리고 (떼오델리나 비야르의 말에 따르면) 촌스러운 것이라고 규정하기 위한 척도로서 기능해 버리곤 했다. 그녀는 마치 플로베르처럼[13] 완벽한 것을 추구했다. 하지만 그것은 일시적인 완벽함이었다. 그녀의 일생은 모범적이었지만 내적 절망은 그녀를 끝없이 갉아먹었다. 그녀는 마치 자신으로부터 도망하려는 것처럼 끊임없는 변신을 시도했다. 머리 색깔과 헤어 스타일은 인구에 회자될 만큼 수시로 바뀌었다. 또한 그녀는 미소의 형태, 얼굴의 표정, 곁눈질의 모양까지도 바꾸곤 했다. 1932년 이래 그녀는 현저하게 말라 있었다……. 전쟁은 그녀에게 많은 생각을 하도록 만들었다. 파리가 독일인들에 의해 점령되었는데 어떻게 패션을 지켜갈 수 있을까? 그녀가 늘 불신했던 한 외국인이 그녀에게 한 쌍의 원통형 모자를 속여 팔기에 이르렀다. 그 해가 지나면서 파리에서 그 엉

---

12) 주석을 붙인 유태의 율법과 설화에 관한 책.
13) 플로베르처럼이란 프랑스 작가 플로베르가 문학에서 지리할 만큼 완벽성을 추구했다는 사실을 빗댄 말이다.

터리 물건들을 〈썼던 사람은 아무도 없었고〉, 따라서 그것들은 모자가 아니라 엉터리의 무의미한 변덕에 지나지 않았다는 게 판명되었다. 불행이란 꼬리를 물고 일어나는 법이다. 비야르 박사는 아라오스[14] 거리로 이사를 해야 했고, 그녀의 딸 사진은 이제 콜드 크림과 자동차 광고를 장식하고 있었다(그녀가 한도 끝도 없이 발랐던 콜드 크림과 그녀가 더 이상 가지고 있지 않은 자동차!). 그녀는 자신의 예술을 잘 수행해 나가기 위해서는 많은 돈이 소모된다는 것을 알고 있었다. 그래서 그녀는 그렇게 하지 못할 바에는 차라리 은퇴하기를 원했다. 게다가 별볼 일 없는 작은 계집애들과 경쟁을 벌여야 한다는 것은 그녀를 고통 속으로 몰아넣었다. 아라오스의 사악한 아파트는 너무도 견디기가 힘들었다. 6월 6일, 떼오델리나 비야르는 남부 구역 한가운데서 죽음이라는 과오를 저질렀다. 아르헨티나 사람들이 가진 가장 신실한 열정, 즉 속물 근성에 마음이 움직여 나 그녀한테 사랑에 빠져 있었고, 그녀의 죽음은 나로 하여금 눈물을 흘리게까지 만들었다고 고백해야 할까? 아마 독자들은 이미 그것에 대해 눈치를 채고 있었는지도 모른다.

　상가(喪家)에서 밤샘을 하는 동안 시체의 부패 진척도가 빨랐기 때문에 사람들은 그녀의 얼굴을 옛날로 되돌려놓았다. 혼란스러웠던 6일 밤의 어느 순간 떼오델리나 비야르는 경이롭게도 20년 전의 자신으로 되돌아갔다. 그녀의 자태는 자만과, 돈과, 젊음과, 상류 계급의 극단을 보여주고자 하는 의식과, 상상력의 부족과, 한계와, 둔감이 가져다 주는 위엄을 회복했다. 그녀의 얼굴들 중 나를 당혹하게 만든 이 얼굴만큼 내 기억 속에 오래 계속 남게 될

---

14) Aráoz : 부에노스 아이레스에 있는 거리의 이름.

얼굴은 없었다. 그것이 그녀의 첫번째 얼굴이었을 것이기 때문에 그게 마지막이 되리라는 것은 자명하다. 나는 그녀의 굳은 몸, 죽음으로 완벽해진 그녀의 냉담함을 꽃들 속에 방기했다. 내가 그곳을 나왔을 때는 새벽 2시였으리라. 밖에서는 1층과 2층 집들이 만들어내는 눈에 익은 선들이 밤이 되어 어둠과 정적이 그것들을 단순화시킬 때면 늘 갖게 되는 그러한 추상적인 분위기를 드러내 보이고 있었다. 거의 무심한 경건심에 사로잡힌 채 나는 거리를 걸었다. 나는 칠레[15]와 따꾸아리[16] 거리가 만나는 길 모퉁이에서 열려 있는 한 구멍가게를 보았다. 내게는 불행스럽게도 그 가게 안에서는 세 사람이 카드놀이를 하고 있었다.

〈모순어법〉이라고 불리는 수사 양식은 성질 형용사가 수식하고 있는 명사의 원뜻을 모순되게 만들어버리는 그런 단어를 가리킨다. 그처럼 그노시스학파 사람들은 〈어두운 빛〉에 대해 말하곤 했다. 연금술사들에게 있어서는 〈검은 해〉. 떼오델리나 비야르를 마지막으로 방문하고 나온 뒤, 한 구멍가게에서 술 한 잔을 마시는 것은 일종의 〈모순어법〉에 속한다. 그러한 행동에 내포되어 있는 천박함과 그것의 용이함이 나를 유혹했던 것이다. (모순은 카드놀이가 행해지고 있는 주변 환경에 의해 증대되었다.) 나는 오렌지 술 한 잔을 시켰다. 주인은 거스름돈으로 내게 자이르를 주었다. 나는 한 순간 그것을 응시했다. 나는 조금씩 솟기 시작하는 듯한 미열을 거느린 채 거리로 나왔다. 나는 그 어떤 주화도 역사나 신화 속에서 끝없이 반짝이는 주화들의 상징이 아닌 주화는 없다는 생각을 떠올렸다. 나는 샤론[17]의 은화를 생각했다. 나는

---

15) Chile : 부에노스 아이레스에 있는 거리 이름.
16) Tacuarí : 부에노스 아이레스에 있는 거리의 이름.

벨리사리우스가 구걸했던 은화를 생각했다.[18] 나는 유다의 은화 30냥을 생각했다. 나는 고급 창녀였던 라이스[19]의 드라크마 은화[20]를 생각했다. 그는 에페소의 〈잠든 자들〉 중의 하나가 지불한 오래된 동전을 생각했다.[21] 그는 『천일야화』에 나오는, 나중에 종이 조각들로 변해 버리는 마법사의 반짝이는 동전들에 대해 생각했다. 나는 꺼내도 꺼내도 끝이 나지 않는 이삭 라께뎀[22]의 데나리우스 동전[23]들을 생각했다. 나는 각 한 개씩이 한 서사시의 각 행이 되는, 금으로 되어 있지 않았기 때문에 피르두시가 어느 왕에게 되돌려주었던 7천 개의 은 조각들에 대해 생각했다.[24] 나는 아합이 못으로 돛대에 박아놓은 1온스짜리 금화를 생각했다.[25] 나는

---

17) 영어로는 샤론 Charon, 스페인어로는 까론떼 Caronte로서 지옥의 신. 에레부스와 닉스 사이에서 태어났다. 그는 영혼을 지옥까지 데려다주는 항해사로서 뱃삯으로 죽은 자의 입에 동전을 놓으면 영혼을 지옥에 데려다 준다.
18) 벨리사리우스 Belisarius(505-565) : 동로마 제국의 유명했던 장군. 여기서 은화란 그가 나중에 장님이 되어 길거리에서 구걸을 했던 것을 가리킨다.
19) Lais : 그리스 시대의 유명한 고급 창녀. 그녀는 화대로 많은 돈을 받았다고 알려져 있다.
20) 옛 그리스 시대의 은화 이름.
21) 에페소의 〈잠든 사람들〉과 〈오래된 동전〉에 관해서는 「아베로에스의 추적」 주 33번을 참조할 것.
22) Issac laquedem : 플란더스 판 〈방황하는 유태인〉의 이름. 〈방황하는 유태인〉에 관해서는 「죽지 않는 사람들」 주 3번 참조.
23) 로마 시대의 동전 이름.
24) 피르두시 Firdusi(941-1020) : 아불 카심 만수 Abul Kasim Mansu라는 또 다른 이름으로도 알려진 페르시아의 시인. 그는 사사나이드 왕국 몰락까지의 페르시아 역사와 설화를 다룬 『열왕기』의 저자이다. 여기서 은과 금의 얘기는 페르시아 왕이 그가 자신에게 바친 『열왕기』의 행의 수에 해당하는 금을 보내기로 했으나 대신 은을 보낸 사건을 가리킨다. 그에 화가 난 피르두시는 그 은을 되돌려 보낸다. 후회를 하게 된 왕은 다시 금을 보내지만 이미 그는 세상을 떠난 뒤이다.

레오폴드 블룸의 다시 회수할 수 없는 플로린 은화[26]를 생각했다.[27] 나는 앞면에 그려진 얼굴이 도주하던 루이 16세를 바렌느 근처에서 배신했던 루이 금화[28]를 생각했다.[29] 마치 어떤 꿈에서처럼 모든 주화들이 이러한 명백한 함축성을 갖는다는 생각은 내게 비록 설명은 불가능하지만 거대한 중요성을 가지고 있는 것으로 보였다. 나는 점점 더 속도를 가하면서 거리들과 텅 빈 광장들을 내달았다. 피로가 나를 한 길가의 모퉁이에 멈추도록 만들었다. 나는 고통스러워하고 있는 그곳의 철책을 보았다. 그리고 그 너머로 꼰셉시온 성당[30] 안마당에 깔려 있는 검고 흰 포석들을 보았다. 나는 그때까지 쳇바퀴를 돈 듯 한곳을 빙빙 맴돌았던 것이었다. 나는 지금 내게 자이르를 주었던 그 가게로부터 단지 한 블록 떨어진 곳에 있었다.

나는 돌아섰다. 멀리서부터 캄캄한 창문은 이미 가게의 문이 닫혔다는 것을 알려주고 있었다. 벨그라노 거리[31]에서 나는 택시를 탔다. 잠을 이룰 수가 없고, 강박관념에 시달리고, 거의 행복하기까지 한 채 나는 돈만큼 덜 물질적인 것은 없다는 생각을 했

---

25) 아합은 멜빌의 소설 『모비 딕』에 나오는 선장으로 이 소설에는 그가 돛대에 1온스짜리 금을 못으로 박는 장면이 나온다.
26) 2실링짜리 영국 은화.
27) 레오폴드 블룸은 제임스 조이스의 『율리시즈』에 나오는 주인공 이름이다. 여기서 은화란 그가 쓴 다음 다시 자신에게 되돌아오는지를 보기 위해 표시해 놓은 동전을 가리킨다.
28) 20프랑짜리 프랑스 금화.
29) 이 이야기는 루이 16세가 프랑스 혁명 당시 변장을 하고 도망을 가다 바렌느 근처에서 루이 금화에 새겨진 자신의 얼굴 때문에 발각이 된 것을 가리킨다.
30) 부에노스 아이레스의 남부에 있는 성당 이름.
31) Belgrano : 부에노스 아이레스에 있는 대로의 이름.

다. 왜냐하면 엄밀히 말해 그 어떤 주화가 됐건(예를 들어 20센트 짜리 주화) 그것은 다가올 미래의 창고 같은 것이기 때문이다. 돈은 추상적이다, 나는 되풀이해 말했다, 돈은 미래의 시간이다. 그것은 근교의 한 오후일 수도 있고, 브람스의 음악일 수도 있고, 지도일 수도 있고, 장기일 수도 있고, 카페일 수도 있고, 재화를 멸시하도록 가르치고 있는 에픽테투스[32]의 금언일 수도 있다. 그것은 파로스 섬[33]의 프로테우스[34]보다 훨씬 더 변하기 쉬운 프로테우스이다. 그것은 예견할 수 없는 시간, 베르그송의 시간[35]으로서, 이슬람이나 〈현관학파〉[36]의 시간처럼 경직된 시간이 아니다. 숙명론자들은 세상에 개연적인 사건, 말하자면 개연적으로 일어났던 사건은 하나도 없었다고 말한다. 하나의 동전은 우리들의 자유 의지를 상징한다. (나는 이러한 〈생각들〉이 자이르와, 그것이 행사하는 악마적 영향의 첫번째 성격을 부정하려는 책략임을 의심치 않는다.) 나는 골똘한 생각 끝에 잠이 들었다. 나는 괴수 그리핀[37]이 감시하는 주화가 바로 나 자신인 꿈을 꾸었다.

다음날 나는 내가 어제 환상에 사로잡혔던 것이라 마음을 먹

---

32) Epictetus(55-135) : 스토아 학파의 철학자.
33) 알렉산드리아의 반대편에 있는 섬의 이름.
34) Proteus : 그리스 신화에 나오는 바다의 신으로 오세아누스와 테티스 사이에서 태어났다. 포세이돈이 그에게 예언의 능력과 형체를 마음대로 바꿀 수 있는 능력을 주었다. 그가 기거하는 섬이 바로 앞에 나오는 파로스 섬이다.
35) 프랑스의 철학자 앙리 베르그송 Henri Bergson(1859-1941)은 숙명론을 거부하고 열려 있는 시간의 개념을 주창했다. 따라서 여기서 베르그송의 시간이란 그러한 열려 있는 시간을 가리킨다.
36) 제논의 스토아학파를 가리킨다. 왜냐하면 제논이 현관에서 제자들을 가르쳤기 때문이다. 스토아 stoa 역시 희랍어로 현관을 가리킨다.
37) 그리스 신화에 나오는 괴수로서 몸은 사자, 머리는 독수리, 그리고 독수리 날개로 가지고 있다. 북쪽의 금을 지키는 괴물이다.

고자 했다. 또한 나는 몹시도 나를 혼란스럽게 만드는 그 동전으로부터 해방되기로 마음 먹었다. 나는 그것을 응시했다. 그것은 몇 개의 긁힌 자국을 제외하고는 여느 동전과 다를 바가 없었다. 그것을 정원에 파묻거나 서재의 귀퉁이에 숨기는 게 좋을 듯 싶었다. 그러나 나는 그것의 반경으로부터 멀어지고 싶었다. 나는 그것을 잃어버리고 싶었다. 그 날 아침, 나는 삘라르 성당[38]에도 가지 않았고, 묘지에도 가지 않았다. 나는 지하철을 타고 꼰스띠뚜시온 광장[39]으로 갔고, 꼰스띠뚜시온 광장에서 산 후안 이 보에도[40]를 향해 갔다. 나는 충동적으로 우르끼사[41]에서 내렸다. 나는 서쪽으로 걸었다가 남쪽으로 걸어갔다. 나는 아주 무작정 몇 군데의 거리 모퉁이를 지났다. 그러고 나서 다른 모든 거리와 똑같아 보이는 한 거리에서 무턱대고 한 싸구려 식당으로 들어갔다. 나는 술 한 잔을 주문했고, 자이르로 계산을 했다. 나는 흐릿한 안경 너머에서 지그시 눈을 감았다. 나는 간신히 집들의 주소와 거리의 이름을 보지 않을 수가 있었다. 그 날 밤 나는 신경안정제 한 알을 먹고 평화롭게 잠을 잤다.

나는 6월 말까지 환상적인 단편 한 편을 써야 하는 작업으로 바빴다. 이 단편에는 두세 개의 수수께끼 같은 빙빙 돌려 말하기가 포함되어 있었다. 예를 들어, 〈피〉 대신 〈칼의 물〉이라고 쓰고, 〈금〉 대신 〈뱀의 침대〉라고 쓴다. 그리고 그것은 1인칭으로

---

38) 부에노스 아이레스에 있는 유명한 성당의 이름. 떼오델리나 비야르의 영결식이 이 성당에서 있었다는 것을 시사하고 있다.
39) Constitución : 부에노스 아이레스에 있는 광장 이름으로 대규모의 철도, 지하철 역 청사가 있음.
40) San Juan y Boedo : 부에노스 아이레스 근교의 지역 이름.
41) Urquiza : 부에노스 아이레스 근교의 지역 이름.

씌어 있다. 화자는 인간 세상에서 멀리 떨어져 나와 광야에서 살고 있는 한 은둔자이다(그니타헤이드르[42]가 그곳의 이름이다). 그의 삶이 노정한 순수함과 소박함 때문에 어떤 사람들은 그를 천사로 간주한다. 이것은 죄로부터 자유로운 사람은 아무도 없다는 점에서 하나의 경건된 과장이다. 단적으로 말해 그는 자신의 손으로 자신의 아버지를 목졸라 죽였다. 그의 아버지가 마술을 이용해 무한정한 보물을 지닌 유명한 마법사였다는 것은 잘 알려진 사실이다. 인간들의 무절제한 탐욕으로부터 보물을 지키는 것은 그가 자신의 일생을 바쳐 수행했던 임무였다. 그는 밤낮으로 그것에서 눈을 떼지 않았다. 이러한 감시는 곧, 아마 금세 끝장이 나게 되리라. 별들이 벌써부터 그에게 그러한 임무를 영원히 박살내버릴 칼이 이미 제련되었다고 알려주었었다(그람[43]이 그 칼의 이름이었다). 점점 더 난삽해지는 문체 속에서 그(화자)는 자신의 신체가 가진 광채와 유연성에 대해 고찰한다. 어떤 단락에서는 마지못해하면서 자신의 몸이 가진 비늘에 대해 얘기한다. 다른 단락에서는 자신이 지키고 있는 보물이 눈부신 금과 빨간 반지들이라고 말한다. 마지막에 가서 우리는 그 은둔자가 파프니르 뱀[44]이며, 그가 아래에 깔고 누워 있는 보물은 니벨룽[45]들의 보물이라

---

42) Gnitaheidr : 북유럽의 서사시 『볼숭사가 Volsungsaga』에 나오는 지역의 이름이다. 이곳은 거인인 파프니르 Fafnir가 자신의 아버지를 죽이고 금을 훔쳤던 곳이다.

43) 『볼숭사가』에 나오는 신비스러운 칼의 이름. 『볼숭사가』의 게르만 족 판인 『니벨룽게네이드』에서 지그프리드로 나오는 시거드의 스승이 그에게 만들어준 칼. 시거드는 파프니르와는 형제간으로 적대관계에 있었다.

44) 주 42번 참조.

45) 『볼숭사가』와 『니벨룽게네이드』에 나오는 난쟁이들의 종족을 가리킨다. 그들은 보르헤스가 밝힌 대로 금으로 된 보물을 가지고 있었다.

는 것을 깨닫게 된다. 시거드[46)]의 출현은 급작스럽게 이 이야기를 종결시키도록 만든다.

    나는 앞에서 이 하찮은 작업(나는 이것의 중간에 현학적으로 「파프니르의 서사시」[47)]에 나오는 어떤 시행을 삽입시켰다)을 하느라 주화에 대해 잊어버릴 수 있었다는 것을 말했다. 나는 그것에 대해 잊어버릴 수 있었다고 너무 확신하고 있었기 때문에 도리어 자발적으로 그것에 대해 기억하고 있던 여러 밤들이 있었다. 확실한 것은 내가 지나치게 그 시간들을 마구 넘겨 버렸다는 사실이다. 그런 시간들을 새롭게 시작하는 게 그런 시간들을 완전히 종결시키는 것보다 훨씬 쉬운 일이라는 것은 금세 드러나곤 한다. 나는 헛되이 니켈로 만든 이 원판이 이 사람 손에서 다른 사람의 손으로 넘어가는, 동일하고, 무한하고, 그리고 무심한 다른 모든 주화들과 전혀 다를 바가 없는 것이라고 되풀이해 중얼거리곤 했다. 이러한 생각에 힘입어 나는 다른 동전에 관해 생각해 보려고 했으나 소용이 없었다. 또한 나는 실패했지만 5센트와 10센트짜리 칠레 동전과 우루과이의 빈텐 동전[48)]을 가지고 실험해 보려고 했다. 7월 16일 나는 1파운드짜리 영국 주화를 손에 넣게 되었다. 나는 낮 동안에는 그것을 들여다 보지 않았다. 하지만 밤에 (그리고 이어 다른 날 밤들에) 나는 그것을 볼록렌즈 아래에 놓고, 촉수가 높은 전등을 비춰 그것을 면밀히 검사했다. 그런 다음 나는 위에 종이를 깔고 연필로 그것의 모양을 베껴보았다. 그러나 광채와 용과 성 조지[49)]조차도 내게는 아무런 도움이 되지 않

---

46) 주 43번 참조.
47) 『볼숭사가』의 한 부분.
48) vintén : 우루과이의 1센트에 해당하는 동전.

았다. 나는 나의 망상을 떨쳐버릴 수가 없었다.

  8월이 되어 정신과 의사에게 상담을 하기로 마음을 먹었다. 나는 그에게 나의 그 얼토당토 않는 얘기를 모두 털어놓지는 않았다. 나는 그에게 불면이 나를 고문하고, 이런 저런 물체의 영상이 끊임없이 나를 떠나지 않고 있다고 말했다. 예를 들어, 도박장의 칩, 또는 동전의 영상……. 조금 후 나는 사르미엔또 거리[50]에 있는 한 책방에서 율리우스 바를라흐의 『자이르에 얽힌 사건에 관한 기록』(브레스라우, 1899)[51] 한 권을 찾아냈다.

  그 책에는 나의 병이 명백하게 언급되어 있었다. 서문에서 저자는 〈이 한 권의 간편한 8절판 책을 빌려 하비취트 고문서 보관서가 소장하고 있는 네 개의 논문과, 필립 메도우스 테일러[52]가 수행한 연구의 육필 원고가 포함되어 있는, 자이르의 미신에 관한 모든 자료들을 수집해 보고자〉했다고 밝히고 있었다. 자이르에 대한 신앙은 이슬람적이고, 그 기원은 18세기로 거슬러 올라가는 듯 보인다. (바를라흐는 소텐베르크가 아불페다[53]에 의해 씌어진 것이라고 했던 어떤 구절들을 논박한다.) 〈자이르〉는 아랍어로 〈저명한〉, 〈가시적인〉의 뜻을 가지고 있다. 그런 의미에서

---

49) 성 조지는 영국의 수호성인이다. 중세 때 성 조지가 용을 물리쳤다는 설화를 근거로 영국의 주화조차도 화자로 하여금 강박관념으로부터 벗어나지 못하도록 만들고 있음을 비유하고 있다.
50) 부에노스 아이레스에 있는 거리의 이름.
51) 저자 및 그 저작이 허구인 듯하다.
52) Philip Meadows Tayler(1809-1892): 영국-인도 혼혈 소설가이자 언론인으로 인도 하이데라바드 주의 군주를 역임했고, 『터그(암살자)의 고백』이라는 소설을 썼다.
53) Abulfeda(1273-1331): 아랍의 역사학자이자 지리학자. 저서로 『인류의 역사』, 『국가들의 위치』 등이 있다.

자이르 157

그것은 하느님이 가진 아흔아홉 개 이름들 중의 하나이다. 이슬람권에서 사람들은 그 말을 〈결코 망각될 수 없는 무시무시한 속성을 가지고 있고, 그것의 형상을 본 사람을 미쳐버리게 만드는 어떤 존재, 또는 사물을 뜻하는 무엇〉으로 사용한다. 논박을 불허하는 첫번째 증거는 페르시아인 루트프 알리 아수르[54]의 증언이다. 『불의 사원』[55]이라는 인명사전의 꼼꼼하게 집필한 책장들에서 필경사이자 회교 승려였던 그는 쉬라스에 있는 한 학교에는 청동으로 만든 천체 관측기가 하나 있었다고 적고 있다. 〈그것은 누구든 일단 그것을 본 사람이면 다른 어떤 것에 대해서도 생각하지 못하도록 만들어져 있고, 따라서 왕은 사람들이 우주에 대해 잊어버리지 않도록 하기 위해 그것을 깊은 바다 속에 수장해 버리도록 시켰다.〉 보다 상세한 것은 하이데라바드[56]의 군주를 역임했고, 그 유명한 소설 『터그[57]의 고백』을 쓴 메도우스 테일러의 연구서이다. 1832년경 테일러는 부호[58]의 근교에서 광기 또는 신성(神性)을 의미하는 〈호랑이를 보았다(참으로 그는 호랑이를 바라보았다)Verily he has looked on the Tiger〉라는 낯선 말을 들었다. 사람들은 그 말이 한 마술적인 호랑이를 가리킨다고 말했다. 그 호랑이는 아무리 멀리서 보았다 해도 죽는 날까지 그것에 대한 생각을 계속하도록 만들기 때문에 그것을 본 사람은 모두 미쳐버린다는 것이었다. 어떤 사람은 그 불행한 사람들 중의 하나

---

54) Lutf Ali Azur(1711-1781): 페르시아의 시인이자 전기 작가로서 시인 전기 및 시 모음집인 『불의 사원』이라는 작품으로 유명하다.
55) 루트프 알리 아수르의 저서 이름.
56) Hyderabad: 인도 중남부에 위치한 주의 이름.
57) 옛 인도의 종교적 암살 집단.
58) Bhuj: 인도의 지역 이름.

는 마이소어⁵⁹⁾까지 도망갔다고 말했다. 그곳에 있는 한 궁전에는 호랑이의 형상이 그려져 있었다. 몇 년 후 테일러는 이 왕국의 감옥을 방문하게 되었다. 총독은 그를 니투르⁶⁰⁾의 감옥에 데려가 한 이슬람교 탁발승이 (지워져 버리기 전 시간이 정제해 놓은 원시적인 색깔로 된) 일종의 무한한 호랑이를 바닥과 벽과 원형 천장에 그려놓은 한 감방을 보여주었다. 이 호랑이는 눈이 팽팽 돌게 만드는 그런 방식의 수많은 호랑이들로 구성되어 있었다. 호랑이들이 그 호랑이를 가로질러 가고 있었고, 호랑이들로 된 선으로 그려져 있었고, 그것에는 여전히 호랑이들처럼 보이는 바다들과 히말라야 산맥과 군대들이 포함되어 있었다. 그 그림을 그린 화가는 바로 그 감방에서 오래전에 세상을 떴다. 그는 신드,⁶¹⁾ 또는 아마 구사렛⁶²⁾ 출신이었고, 그의 원래 의도는 세계지도를 만드는 것이었다. 그 기괴망측한 그림 속에는 여전히 그 의도의 흔적들이 남아 있다. 테일러는 포트 윌리암⁶³⁾에서 온 무하마드 알-예메니에게 이 이야기를 들려주었다. 그는 테일러에게 〈자이르 Zaheer〉⁶⁴⁾의 성질을 갖지 않는 피조물은 하나도 없다고 말했다. 그렇지만 그는 또한 단지 한 가지만이 사람들을 매혹시킬 수 있기 때문에 〈무한히 자비로운 하느님〉은 두 가지 사물이 동시에 존재하도록 허용치 않는다고 말했다. 그는 항상 자이르가 있어왔

---

59) Mysore : 인도 남부의 주 이름임과 동시에 주 수도의 이름.
60) Nithur, 영어로는 Nittur : 인도의 지역 이름.
61) Sind : 파키스탄의 한 지역 이름.
62) 인도의 지역 이름.
63) Fort William : 스코틀랜드의 북쪽에 있는 마을 이름.
64) 테일러는 이 단어를 이렇게 썼다. 〔원주〕
 이 말은 자이르를 가리키는 단어가 Zahir인데 테일러는 Zaheer라고 썼다는 뜻이다. 〔역주〕

고, 〈무지의 시대〉[65]에는 그것이 〈야우크〉[66]라는 우상이었고, 그 다음에는 보석으로 수놓은 베일 또는 황금 가면을 썼던 쿠라산[67]의 한 예언자였다고 말했다.[68]

그는 또한 하느님은 불가해한 존재라고 말했다.

나는 수차례 바를라흐의 논문을 읽었다. 나는 그때 내가 느꼈던 감정들을 밝히고 싶지는 않다. 나는 그 어떤 것도 나를 구원해 줄 수 없으리라는 것을 깨달았을 때의 절망감을, 내가 빠지게 된 불행에 대해 내 자신은 전혀 책임이 없다는 것을 알았을 때의 순백한 위안감을, 주화가 아니라 대리석 조각 또는 한 마리 호랑이가 자신들의 자이르였던 그 사람들이 내게 안겨준 질시감을 기억한다. 한 마리 호랑이에 대해 생각하지 않게 되는 것은 얼마나 손쉬운 일인가, 라는 생각도 했다. 또한 나는 다음과 같은 구절을 읽었을 때의 기이했던 불안감을 기억한다. 〈『장미의 집』[69]을 주석했던 한 주석가는 자이르를 보았던 사람은 곧 '장미'를 보게 될 것이라고 말하고, 아타르의 『아스라르 나마(알려져 있지 않은 것들에

---

65) 이슬람국이 되기 이전의 아랍을 가리킨다.
66) 『코란』에 언급되어 있는 우상의 이름.
67) 영어로는 Khurasan, 스페인어로는 Jorasán으로 이란의 동북쪽에 위치한 주의 이름이며 수도는 메쉐드이다. 옛 이란의 가장 중요한 도읍의 하나였다.
68) 바를라흐는, 야우크에 관해서는 『코란』에 나와 있고(71:23), 그 예언자란 알모카나(〈베일에 가려진 자〉)이고, 그 기이한 필립 메도우스 테일러의 통신원을 제외하고 그들을 자이르에 연계시켰던 사람은 아무도 없었다고 주장한다. 〔원주〕

여기서 알모카나, 또는 〈베일에 가려진 자〉는 보르헤스의 첫번째 소설집 『불한당들의 세계사』에 실린 「위장한 염색업자 하킴 데 메르브」를 가리킨다. 『불한당들의 세계사』 76-86쪽을 참조할 것. 〔역주〕
69) 원제는 Gulshan i Raz로서 1317년에 마흐무드 샤비스타리 Mahmud Shabistari에 의해 완성된, 페르시아어로 된 철학적 명상시.

관한 책)』[70]에 삽입되어 있는, 자이르는 장미의 그림자이고 '베일'의 찢긴 틈바구니[71]이다, 라는 한 시행을 그 증거로서 제시한다.〉

사람들이 떼오델리나의 주검을 지켰던 날 밤, 나는 문상객들 가운데 그녀의 여동생인 아바스깔 여사가 없었던 것에 놀랐었다. 10월에 만나게 된 그녀의 여자 친구 하나가 내게 말했다.

「가련한 훌리따![72] 그녀는 이상하게 되어버렸고, 사람들이 그녀를 보쉬 요양원[73]에 가둬버렸어요. 일일이 숟가락으로 떠서 밥을 먹여주어야 하기 때문에 간호사들로 하여금 진저리가 나도록 만들어버렸다니까요! 마치 모레나 색맨이 지은 『운전사』에서처럼 계속 주화에 대한 공포에 시달리고 있다나 봐요」

시간은 기억들을 묽게 만듦에도 불구하고 자이르에 대한 기억만큼은 도리어 가중시킨다. 처음에 나는 동전의 앞면을 떠올리곤 하다가 후에는 뒷면을 떠올리게 되었다. 그러나 지금에 와서는 양면을 동시에 본다. 이것은 자이르가 투명한 크리스탈로 되어 있기나 하기 때문에 일어나는 일이 아니다. 왜냐하면 하나의 얼굴은 또 다른 얼굴 위에 겹쳐질 수 없기 때문이다. 오히려 그것은 마치 나의 시야가 구체(球體)로 되어 있고, 자이르가 그 중앙에 자리잡고 있기 때문인 것처럼 일어난다. 자이르가 아닌 것은 내게 마치 멀리에 있는 것처럼 올이 촘촘한 형상으로 다가온다. 즉

---

70) 페르시아의 시인 파리드 아타르 Farid Attar가 쓴 시의 이름. 파리드 아타르의 완전한 이름 및 그에 관해서는 『픽션들』에 나오는 「알모따심에로의 접근」의 주 50번을 참조할 것.
71) 〈베일〉의 찢긴 틈바구니란 앞에서 말한 문둥병자였던 알모카나가 베일을 쓰고 자신의 정체를 숨겼다가 들통 난 것을 가리킨다. 『불한당들의 세계사』에 나오는 「위장한 염색업자 하킴 데 메르브」를 참조할 것.
72) 떼오델리나의 여동생 아바스깔 여사의 이름.
73) 부에노스 아이레스에 있는 유명한 요양원의 이름.

떼오델리나의 거만한 모습, 육체적 고통처럼. 테니슨[74]은 만일 우리가 한 송이의 꽃을 이해하게 된다면 우리들이 누구이고, 우주가 무엇인지 알게 되리라고 말했다. 아마 그는 아무리 하찮은 것이라 할지라도 우주의 역사와 그것의 끊임없는 인과론적 연쇄를 암시하지 않는 것은 없다는 것을 뜻하고자 하였음이리라. 아마, 마치 쇼펜하우어가 말한 바대로 의지가 각개의 주체 속에 고스란히 담겨 있는 것과 마찬가지로 가시적 세계는 각개의 현상 속에 고스란히 담겨 있다는 것을 뜻하고자 하였던 것이리라. 카발라주의자[75]들에 의하면 인간은 우주의 축소판, 즉 우주의 상징적 거울이다. 테니슨의 말을 좇는다면 모든 것이 그러한 것이리라. 모든 것, 심지어 감내하기 힘든 자이르까지도 말이다.

1948년이 되기 전 훌리아에게 닥쳤던 운명이 나에게까지도 범접하게 될 것이리라. 나는 다른 사람의 도움 없이 혼자서 음식을 먹을 수도 옷을 입을 수도 없게 될 것이고, 저녁인지 아침인지의 구분도 하지 못하게 될 것이고, 누가 보르헤스인지도 모르게 될 것이다.[76] 이러한 미래를 끔찍한 것으로 판별하는 것은 잘못된 것이다. 왜냐하면 그러한 정황들 중 그 어떤 것도 내게 아무런 작용도 하지 못할 것이기 때문이다. 그것은 마치 의사들이 마취되어 있는 사람의 두개골을 열었을 때 그 환자가 끔찍한 고통을 겪게 되리라는 말과 다를 바가 없다. 그때에 나는 더 이상 우주를 감지할 수 없게 되리라, 대신 나는 자이르를 감지하게 되리라. 이상

---

74) Alfred Lord Tennyson(1809-1892) : 영국의 시인. 보르헤스가 언급하고 있는 시는 그의 「갈라진 벽 사이의 꽃」이라는 시이다.
75) 유태의 신비주의자들.
76) 이 부분은 보르헤스 자신의 눈이 멀게 됨을 암시하고 있다.

주의적 교리에 의하면 〈살다〉와 〈꿈꾸다〉라는 동사는 엄밀하게 동의어이다. 나는 셀수없이 많은 영상들로부터 하나의 영상으로 옮겨가게 될 것이다. 나는 아주 복잡한 꿈에서 아주 단순한 하나의 꿈으로 옮겨가게 될 것이다. 다른 사람들은 내가 미쳐 있는 꿈을 꿀 것이고, 나는 자이르의 꿈을 꾸게 될 것이다. 지상의 모든 사람들이 밤낮으로 자이르를 생각하고 있다면 무엇이 꿈이고 무엇이 현실일까, 지구 아니면 자이르?

여전히 나는 인적 끊긴 밤의 시간에 거리를 걸어다닐 수 있다. 새벽이면 나는 『아스라르 나마(알려져 있지 않는 것들에 관한 책)』에 나와 있는 그 구절을 떠올리며(떠올리려고 애쓰며) 가라이 광장[77]의 한 벤치에 앉아 있는 나 자신을 발견하고는 놀라곤 한다. 자이르는 〈장미〉의 그림자이며, 〈베일〉의 찢겨진 틈바구니이다. 나는 이 경구에 다음과 같은 지식을 연결시켰다. 〈하느님 속에 들어가기 위해 수피교도[78]들은 자신들의 이름이나, 아흔아홉 개의 신성한 이름들을 그것들이 전혀 뜻이 없는 어떤 무엇으로 변해 버리게 될 때까지 되풀이해 되뇐다.〉 나는 그러한 길을 가보고 싶다. 아마 나는 그것에 대해 생각하고, 또 생각하느라 결국은 자이르를 모두 소진시켜 버리게 되고 말리라. 아마 그 주화 뒤에는 하느님이 존재할는지도 모르리라.

월리 세너에게

---

77) Garay : 부에노스 아이레스에 있는 거리의 이름. 이곳에 꼰스띠뚜시온 광장이 있다. 따라서 가라이 광장이란 꼰스띠뚜시온 광장을 가리킨다.
78) 이슬람교의 신비주의자들.

신의 글

감옥은 깊고, 돌로 되어 있다. 비록 (역시 돌로 되어 있는) 바닥은 지구의 정중심부 원[1]보다는 약간 작지만 그 형태는 거의 완벽한 반구(半球)에 가깝다. 사실 그것은 도리어 억눌림과 광대함의 느낌을 더욱 가중시킨다. 중앙에 위치한 벽 하나가 그것을 2등분해 놓고 있다. 이 벽은 아주 높기는 하지만 원형 천장의 꼭대기까지 미치지는 못한다. 2등분된 감옥의 한쪽 편에 내가 있다. 나, 치나깐은 뻬드로 데 알바라도에 의해 불질러진 〈카올롬〉 피라미드의 마술사이다.[2] 다른쪽 편에는 재규어[3] 한 마리가 있다.

---

1) 지구의 정중심부 원이란 대권(大圈)을 가리킨다. 즉 지구의 한가운데를 중심으로 본 원을 뜻한다.
2) 뻬드로 데 알바라도 Pedro de Alvarado(1485-1541)는 멕시코(아스떼까)를 정복한 꼬르떼스의 부하 장교이다. 멕시코 정복에 참여했던 베르날 디아스 델 까스띠요 Bernal Días del Castillo의 『멕시코 정복에 관한 진실된 역사』에 따르면 그는 꼬르떼스가 그에게 전권을 위임하자 멕시코 시의 사원을 파괴하고, 다수의 아스떼까인들을 살해한 것으로 묘사되어 있다.

그 동물은 일정한 간격의 비밀스러운 발걸음을 이용하여 자신이 포로로 잡혀 있던 동안의 시간을 헤아리고 자신이 갇혀 있는 장소를 측정한다. 바닥에 거의 닿을 듯한 높이로 나 있는 쇠창살은 중앙벽 한가운데를 가르고 있다. 그늘이 지지 않는 시각(정오)이 되면 높은 곳에 나 있는 구멍이 열리고 세월이 갉아먹어 버린 간수 하나가 철제 도르래를 조작하여 우리에게 밧줄 끝에 물 항아리와 고기 조각들을 내려 보내준다. 빛이 원형 천장을 뚫고 들어오고, 그 순간 나는 그 재규어를 볼 수 있게 된다.

나는 내가 언제부터 어둠 속에 누워 있게 되었는지 그 햇수를 세는 것을 잃어버렸다. 한때는 젊었었고, 그리고 이 감옥 안을 어슬렁거리며 걸어다닐 수 있었던 나는 신이 내게 정해 준 죽음의 문전에서 기다리는 것 외에 다른 어떤 것도 할 수가 없다. 규석으로 만든 날카로운 칼로 제물들의 가슴을 열곤 했었던[4] 나는 이제 마술 없이는 먼지 위로부터 내 몸조차 일으키지 못할 것이었다.

피라미드가 불타기 바로 전날 밤 높은 말에서 내린 사람들은 보물이 숨겨진 장소를 대라며 불 같은 쇳덩이들로 내게 형벌을 가했다. 그들은 내 면전에서 신상을 허물어뜨려 버렸다. 그러나 신은 나를 버리지 않았고, 나는 침묵 속에서 고문을 이겨냈다. 그들은 나를 찢고, 부숴뜨리고, 망가뜨려 놓았다. 얼마 후 나는

까올롬 Qaholom은 과테말라와 멕시코 남부를 중심으로 마야 문명을 창건한 끼체 Quiche 족의 신화에 나오는 남성 신으로 여성 신인 알롬 Alom과 더불어 끼체 족 최고의 신이다. 물론 뻬드로 데 알바라도가 1524년 과테말라의 중심 도읍을 방화했었지만 그때 불탄 피라미드 중에 까올롬의 피라미드라는 게 있었는지는 확실히 알려지지 않고 있다.

3) 중남미에서 서식하는 표범의 일종.
4) 마야 문명은 철기가 없던 석기 문명이라 돌로 칼을 만들었다. 여기서 마술사란 제사장과 같은 직책을 가진 사람을 뜻한다.

유한한 인생 동안 결코 나가지 못할 감옥에서 깨어났다.

무엇인가를 해야겠다는, 어떻게든 시간을 채워야겠다는 운명적인 강박관념에 사로잡혀 나는 내가 알고 있는 모든 것을 기억하려고 시도했다. 나는 온 밤들을 돌무늬 뱀들의 서열과 숫자, 또는 한 약초의 형상을 기억하는 데 허비했다. 그렇게 해서 나는 세월을 정복했고, 그렇게 해서 나는 이미 나의 것이었던 그것을 나의 소유물로 만들었다. 어느 날 밤 나는 아주 명료한 기억에 근접해 가는 것을 느꼈다. 바다를 보기 전부터 여행자는 피가 뛰는 것을 느낀다. 몇 시간 후 나는 그 기억이 어른거리는 것을 보았다. 그것은 신에 관한 전설 중의 하나였다. 신은 세상의 마지막 날 많은 재난과 화근들이 일어날 것임을 예견하고 〈창조〉의 첫날에 그러한 불행들을 피하기 위해 필요한 마술적인 문장 하나를 지었다. 신은 그것이 세상의 마지막 날을 준비하게 될 세대들의 손에 들어가고, 우연에 의해 침탈당하지 않도록 하는 장치를 덧붙여 놓은 채 그것을 썼다. 아무도 어디에 그것이 씌어 있고, 어떤 문자로 씌어 있는지 알지 못한다. 그러나 그것이 비밀스럽게 간직되어 있고, 선택된 어떤 사람이 그것을 읽게 되리라는 것은 확실하다. 나는 모든 세대가 그렇게 생각했던 것처럼 우리들은 세상의 마지막 날에 와 있고, 신의 마지막 사제로서의 나의 운명은 나로 하여금 그 글을 직관할 수 있는 특혜를 가질 수 있도록 만들어줄 것이라고 생각하고 있다. 감옥이 나를 둘러싸고 있다는 사실조차도 그러한 기다림으로부터 나를 차단하지 못한다. 아마 나는 이미 수천 번 〈까올롬〉[5]의 그 글을 보았음에도 불구하고 그것을 깨

---

5) 〈까올롬〉은 신을 가르킨다. 작중인물인 나는 끼체인이고, 그들에게 있어 신은 〈까올롬〉이기 때문이다.

닫지 못했었는지도 몰랐다.
　이러한 생각은 나를 고무시켰고, 이어 일종의 현기증 같은 것이 나를 엄습했다. 지구 곳곳에는 오래된 형상들, 부식하지 않는 영원한 형상들이 있다. 그것들 중 어떤 것이 내가 찾고 있는 표식일 수 있었다. 어떤 산이 신의 문자들일 수도 있었고, 또는 어떤 강, 또는 왕국, 또는 별들의 모양이 그것일 수도 있었다. 그러나 세기들이 흘러가는 동안 산들은 평지가 되어버리고, 강의 수로는 늘상 바뀌고, 왕국들은 변천과 패망을 겪고, 별들의 모양은 다양하다. 하늘에는 변화가 있다. 산과 별은 개별적인 것들이고, 개별적인 것들은 노쇠해 간다. 나는 보다 견고하고, 보다 단단한 무엇을 찾았다. 나는 세대를 이어가는 곡식들, 목초들, 새들, 인간들을 연상해 보았다. 아마 나의 얼굴에 그 마법이 적혀 있는지도 모르고, 아마 내 자신이 바로 내가 추구하는 것의 목표인지도 모른다. 재규어가 신의 징표들 중의 하나라는 것을 떠올렸을 때 나는 그러한 조바심에 사로잡혀 있었다.
　그래서 나의 영혼은 경건함으로 가득 채워졌다. 나는 〈시간〉의 첫번째 아침을 상상했고, 재규어들의 살아 있는 껍질에 메시지를 새겨넣는 신을 떠올려 보았다. 재규어들은 마지막 사람들이 그것을 받아볼 수 있도록 끝없이 동굴에서, 갈대밭에서, 섬에서 서로 교미를 하고 새끼들을 낳을 것이었다. 나는 그 그림을 보존하기 위해 목장들과 가축 떼들을 공포로 몰아넣는 그 범들의 그물, 범들의 그 뜨거운 미로를 생각했다. 다른쪽 감방에는 재규어 한 마리가 있잖은가. 그를 가까이 두고 있음으로 해서 나는 나의 추측에 대한 확신과 그에 대한 비밀스러운 경도감을 느꼈다.
　나는 재규어가 가지고 있는 점들의 배열과 형태를 파악하는 데

많은 해를 보냈다. 끝없는 칠흑 같은 어둠은 매일 한 순간의 빛을 제공했다. 그래서 나는 노란 가죽에 점점이 박혀 있는 검은 형상들을 나의 정신 속에 각인시킬 수 있었다. 그것들 중에는 점들로 된 것도 있었고, 다른 것들은 다리 안쪽에서 교차선의 형태를 취하고 있기도 했다. 고리 모양을 한 다른 형상들은 여러 곳에서 반복되고 있기도 했다. 아마 그것들은 같은 소리, 또는 같은 말인지도 몰랐다. 그 형상들 중에는 둘레에 붉은 색깔을 가지고 있는 것이 많았다.

나는 내가 행한 노고의 탈진감에 대해 말하지 않으리라. 나는 한 차례 이상 도대체 그 글을 해독할 수가 없다고 원형의 천장을 향해 소리를 질러보곤 했었다. 점차로 숙제로 삼고 있던 재규어라는 구체적인 수수께끼보다 신이 쓴 문장의 본질적인 수수께끼가 나로 하여금 더욱 안달이 나도록 만들었다. 하나의 절대적인 정신이 (나는 자문했다) 문장을 만든다면 그는 어떤 형태의 문장을 만들까? 나는 인간의 언어들에서조차도 우주 전체를 암시하지 않는 발화는 단 하나도 없다는 것을 떠올렸다. 즉 〈호랑이〉라고 말하는 것은 그를 낳은 호랑이들, 그가 삼켜버린 사슴들과 거북이들, 사슴들이 뜯어먹은 목초, 목초의 어머니인 대지, 대지를 낳은 하늘을 말하는 것이다. 나는 신의 언어에서 모든 말은 사실들의 바로 그러한 연계를 개괄적으로 진술하게 되지 않을까 생각했다. 그것도 함축적이 아니라 명백한 방식으로, 그리고 점층적이 아니라 즉각적인 방법으로 말이다. 시간이 감에 따라 신성한 문장에 대해 생각하는 것은 내게 유치하고 신성 모독적인 것으로 보였다. 신은 단지 그 말 안에 수많은 말들이 들어 있는 단 하나의 말만 해야 한다는 생각이 들었다. 그에 의해 발음된 그 어떤 말도 우주보다 열등하거나 시간의 총합계보다 적어서는 안 된다. 이러한 음성의 그림자 또는 메아리가 하나의 언어에 해당되며, 하나의 언어가 그것들을 최대한으로 포괄할 수 있는 것은 바로 〈모든 것〉, 〈세계〉, 〈우주〉와 같은 야심적이지만 빈약하기 그지없는 말들이다.

낮인지 밤인지 알 수 없는 어느 날——나의 밤과 낮 사이에 도대체 어떤 차이가 있단 말인가?——나는 감옥의 바닥에 모래 한 알이 떨어져 있는 꿈을 꿨다. 나는 무심하게 다시 잠에 빠져들었다. 나는 잠에서 깨어나고 두 알의 모래가 떨어져 있는 꿈을 꿨다. 나는 다시 잠이 들었다. 나는 모래알이 세 개로 된 꿈을 꿨다. 그렇게 해서 감옥을 가득 메울 때까지 모래는 증식했고, 나는 모래의 반구 아래서 죽어갔다. 나는 내가 꿈을 꾸고 있다는 것을 깨달았다. 나는 발버둥을 치며 잠에서 깨어났다. 깨어났음에도 불구하고 그것은 소용이 없었다. 왜냐하면 셀수없이 많은 모래들이 여전히 나를 질식시키고 있었기 때문이었다. 누군가가 내게 말했다. 「너는 완전히 깨어난 게 아니라 조금 전의 꿈에서 깨어난 것이다. 이 꿈은 또 다른 꿈 속에 들어 있다. 그렇게 무한히, 마치 모래의 숫자처럼 꿈 또한 영원히 계속될 것이다. 네가 되돌아가야 할 길은 끝이 없고, 그리고 너는 정말로 깨어나기 이전에 죽게 될 것이다」

나는 혼돈에 사로잡혔다. 모래가 내 입을 부숴뜨리고 있었다. 그렇지만 나는 소리를 질렀다. 「꿈 속의 모래는 결코 나를 죽일 수 없을 뿐더러 꿈 속에 들어 있는 꿈이라는 것은 있을 수가 없다」 빛 하나가 나를 깨웠다. 위쪽의 어둠 사이로 빛의 원 하나가 열리고 있었다. 나는 간수의 얼굴과 손, 도르래, 밧줄, 고기, 그리고 물 항아리들을 보았다.

　인간은 날이 갈수록 자신의 운명이 가진 형태에 혼란을 느끼게 된다. 인간은 길게 놓고 볼 때 자신의 정황 그 자체라고 말할 수 있다. 암호 해독가 또는 복수를 꿈꾸는 자 이상으로, 신의 제사장이라는 것 이상으로, 나는 감옥에 갇혀 있는 사람이었다. 지칠 줄 모르는 꿈의 미로로부터 나는 마치 그곳이 나의 집인 것처럼 혹독한 감옥으로 돌아왔다. 나는 그곳의 습기에 감사했고, 그곳의 호랑이에 감사했고, 그곳의 빛 틈살에 감사했고, 나의 늙고 병든 몸뚱이에 감사했고, 어둠과 돌에 감사했다.

　그런 다음 결코 잊을 수 없거니와 다른 사람에게 어떻게도 전달이 불가능한 그런 일이 내게 일어났다. 신성(神性)과의, 우주와의(나는 이 두 말이 서로 다른 건지 알 수가 없다) 합일이 일어났다. 무아경은 똑같은 상징을 되풀이하면서 나타나지 않는다. 즉, 빛 속에서 신을 본 사람이 있는가 하면 칼이나 장미꽃의 등 그런 형상 속에서 신을 본 사람도 있다. 나는 지극히 높은 〈바퀴〉를 보았다.[6] 그것은 내 눈앞에, 뒤에, 또는 옆에 있는 게 아니라 모든 곳에 동시에 있었다. 그 〈바퀴〉는 물로 만들어져 있었다. 그러나 그것은 동시에 불로 만들어져 있었고, 그리고 그것은 (비록 그 둘레가 보이기는 했지만) 무한했다. 미래에 있을 것이고, 현재에 있고, 그리고 과거에 있었던 모든 것들이 서로 얽혀 짜인 채 그것을 형성하고 있었다. 나는 그 총체적인 구도 속에서 한 오라기의 실이었고, 그리고 내게 고문을 가했던 뻬드로 데 알바라

---

　6) 여기서 보르헤스가 쓴 〈바퀴〉라는 상징은 불교에서 빌려온 듯싶다. 왜냐하면 불교에서 〈바퀴〉는 〈보리수〉, 〈연꽃〉과 함께 중요한 상징적 의미를 가지고 있기 때문이다. 불교에서 〈바퀴〉는 진리, 즉 부처의 설법을 의미한다.

도는 또 다른 실 한 가닥이었다. 거기에는 원인들과 결과들이 함께 있었고, 모든 것을 영원히 이해하기 위해서는 그 〈바퀴〉를 보는 것만으로 충분했다. 오, 사고하거나, 느끼는 것에서 오는 기쁨보다 더 거대한 깨달음으로부터 오는 기쁨![7] 나는 우주와 우주의 심오한 구성 방식들을 보았다. 나는 『백성들의 책』[8]이 들려주고 있는 세상의 모든 기원들을 보았다. 나는 물을 뚫고 솟아나는 산들을 보았고, 나무로 만든 최초의 인간들을 보았고, 그 인간들의 적으로 변하게 되는 물 항아리들을 보았고, 그 인간들의 얼굴을 짓뭉개버리는 개들을 보았다.[9] 나는 신들의 뒤에 있는 얼굴 없는 신을 보았다. 나는 유일무이한 행복을 이루어가고 있는 무한한 과정들을 보았고, 모든 것을 이해하게 되면서 또한 호랑이(재규어)에 씌어진 글을 이해하기에 이르렀다.

그것은 14개로 된 무작위적인(무작위적으로 보이는) 단어들의 조합이다. 그리고 전지전능해지기 위해 나는 그것을 큰소리로 말하기만 하면 되는 것이리라. 이 석조 감옥을 없애버리기 위해, 나

---

7) 이 부분은 불교의 깨달음(覺)에 대한 암시가 명백히 드러나 있다.
8) 이 책 Libro de Común은 마야 문명을 중건시킨 끼체 족의 경전 Popol Vuh로서 프란스시코 히메네스 Francisco Ximénez 신부에 의해 18세기 초 산또 또마스 췰라 Santo Tomás Chuilá(현재의 치치까스떼낭고 Chichicastenango)에서 발견되었다. 그리고 그에 의해 스페인어로 번역되었다. 이 책은 마야(끼체 족)의 신화와 역사를 담고 있는 책으로서 노벨 문학상 작가인 과테말라의 미겔 앙헬 아스뚜리아스 Miguel Angel Asturias의 첫 저서인 『과테말라의 설화들』의 모태가 되는 책이다.
9) 이 부분은 『백성의 책』에 나오는 천지창조에 관한 부분이다. 그 책에 따르면 태초에는 하늘과 물밖에 없었는데 〈하늘의 심장〉이라고 불리는 신이 물로부터 산을 만들고, 숲과 동물들을 만든다. 그리고 나무로 된 인간을 만드는데 그들이 자신들이 쓰는 생활 기구인 물 항아리, 그릇 등과 주위의 동물을 학대한다. 그러자 물 항아리 같은 그릇들이 저항을 하게 되고, 개들은 나무로 만든 인간들의 얼굴을 짓뭉개버린다.

의 밤 속에 낮이 들어오도록 하기 위해, 젊어지기 위해, 영원히 죽지 않기 위해, 호랑이가 알바라도를 토막내 버리도록 하기 위해, 피라미드를 재건하기 위해, 제국을 다시 건설하게 위해 나는 그 말만 입 밖에 내뱉으면 될 것이었다. 40음절, 14개의 단어, 그러면 나, 치나깐은 목떼수마[10]가 통치했던 그 땅들을 통치하게 되리라. 그러나 나는 내가 결코 그 단어들을 말하지 않을 것임을 안다. 왜냐하면 나는 더 이상 나 치나깐을 기억하지 못하기 때문이다.

호랑이들의 몸에 씌어진 비밀은 나와 함께 죽게 되리라. 우주를 엿보았던 사람, 우주의 타오르는 구조들을 보았던 사람은 비록 그게 그 자신일지라도 어떤 한 인간, 그리고 그의 하잘 것 없는 행운이나 불행에 대해 생각할 수 없게 된다. 그 어떤 사람이 바로 그 자신이었으나 이제 그에게는 그게 아무런 의미도 없다. 만일 이제 그가 아무도 아닌 그런 존재라면 그 또 다른 자의 운명이 그에게 무슨 의미가 있단 말인가, 그 또 다른 자의 조국이 그에게 무슨 의미가 있단 말인가. 그래서 나는 그 말을 입 밖에 내지 않고 있고, 그래서 어둠 속에 누워 세월이 나를 잊어가도록 가만 내버려두고 있는 것이다.

에마 리쏘 쁠라떼로에게

---

[10] Moctezuma(1466-1520): 목떼수마 2세는 꼬르떼스가 멕시코에 도착했을 때의 아스테카 제국의 황제. 스페인 사람들을 아스테카 신화에 나오는 신들로 착각, 자진하여 스페인인들의 포로가 되었다가 나중에 아스테카인들의 화살에 맞아 죽는다. 스페인 사람들이 대륙에 도달했을 때 옛 마야 문명의 중심 부족인 끼체 족은 아스테카의 지배하에 있었다.

아벤하깐 엘 보하리, 자신의 미로에서 죽다

……마치 주거지를 축조하는 거미와 비교될 수 있으리라.

코란, XXIX 40.

「이곳이」 던레번이 거창한 동작으로 침침한 별들을 올려다 보고, 거무스레한 황무지와, 바다, 그리고 마치 허물어져 가는 마구간처럼 보이는 장엄하고 황량한 건물을 휘둘러보며 말했다. 「바로 내 조상들의 땅이야」

그의 동료인 언윈이 입에서 파이프를 떼냈고, 그리고 알겠다는 듯한 낮은 목소리를 냈다. 1914년 첫 여름 밤이었다. 두 친구는 위험의 자태를 가지고 있지 않은 주변의 풍경에 식상해하며 콘월[1] 군의 경계가 자아내는 고독을 숙지해 보고 있었다. 던레번이 칙칙한 빛깔의 구레나룻 수염을 쓱쓱 문질렀다. 그는 동시대 사람들이 그것의 운율을 헤아려내지 못하고, 그것의 주제가 명백하게 드러나 있지 않은 한 서사시의 저자로 알려져 있었다. 언윈은 페르마[2]가 『디오판토』[3]의 여백에 기록해 놓지 않은 한 법칙에 대한

---

1) 영국의 남서쪽에 위치한 군의 이름.

아벤하깐 엘 보하리, 자신의 미로에서 죽다 173

연구서를 출간했었다. 둘은——이렇게 말하는 게 옳을까?——젊고, 경박하고, 열정적이었다.

「대략 25년 전쯤」 던레번이 말했다. 「나일 강변[4]에 거주하던 종족들 중의 어느 종족이었는지는 모르지만 왕, 또는 추장이었던 아벤하깐 보하리가 바로 이 집의 안방에서 자신의 사촌인 사이드의 손에 죽었지. 19세기의 마지막 연도에 이르기까지 그의 죽음은 여전히 베일에 감춰져 있었지」

언원이 부드럽게 왜 그러한가 물었다.

「여러 가지 이유 때문에 그랬지」 그게 그의 대답이었다. 「첫째, 이 집이 미로이기 때문이지. 둘째, 이 집을 한 노예와 사자가 지키고 있었기 때문이지. 셋째, 알 수 없는 어떤 보물 하나가 사라져버렸기 때문이지. 넷째, 살인자가 살인이 일어났을 때 죽어버렸기 때문이지. 다섯째……」

지리해진 언원이 그의 말을 막았다.

「불가사의들을 증식시키려고 들지 마」 그가 던레번에게 말했다. 「그 사건은 그렇게 복잡한 게 아닐 거야. 포의 잃어버린 편지에 대해 상기해 봐,[5] 쟁윌[6]의 닫힌 문에 대해 생각해 보라구」

---

2) Pierre de Fermat(1601-1665): 프랑스의 수학자로 탄젠트의 법칙을 공개한 최초의 수학자로 알려져 있다.
3) Diofanto: 페르마의 저서 이름. 원래 디오판토(325-410)는 알렉산더학파에 속하는 그리스 수학자이다.
4) 아프리카의 가장 규모가 큰 강들 중의 하나로 빅토리아 호수로부터 시작해 우간다를 관통하고 수단에 이르는 물줄기를 하얀 나일 강, 누비아와 에집트를 지나 카이로까지 이르는 물줄기를 파란 나일 강이라고 한다.
5) 에드가 앨런 포의 단편 「잃어버린 편지」를 가리킨다.
6) Israel Zangwill(1864-1926): 영국의 탐정 소설가이자 시인. 여기서 닫힌 문이란 그가 탐정 소설에서 〈닫힌 문〉의 기법을 도입 발전시켰기 때문에 보르헤스가 그렇게 말한 것이다. 〈닫힌 문의 기법〉이란 모든 출구가 밖으로부

「아니 복잡해」던레번이 대꾸했다.「우주에 대해 생각해 봐」

그들은 모래투성이의 언덕들을 기어올라 미로에 도착했다. 가까이에서 보자 그것은 그들에게 마치 반듯이 솟아 있는 끝없는 담벼락처럼 보였다. 벽돌들은 칠이 벗겨져 있었고, 높이는 사람의 키를 겨우 웃돌 정도였다. 던레번은 그것이 원의 형태를 가지고 있기는 하지만 그것의 크기가 하도 커서 구부러진 부분을 볼 수가 없다고 말했다. 언원은 니꼴라스 데 꾸사[7]를 떠올렸다. 그에게 있어 모든 직선은 끝이 없는 원의 휘어진 모양이다……. 자정에 이르러 그들은 깜깜하고 위태로운 현관으로 통해 있는 막막하고 다 부서져가는 문 하나를 발견했다. 던레번이 집의 내부에는 수많은 교차로가 있으나 계속해서 왼쪽으로만 돌면 약 한 시간 조금 지나 미로의 중심부에 도달할 것이라고 말했다. 언원은 그렇게 하기로 동의했다. 조심스러운 발자국들이 돌로 된 바닥 위에서 소음을 냈다. 복도는 보다 좁은 복도들로 세분되어 있었다. 집은 마치 그들을 목 조르려고 하는 것 같았고, 천장은 지나치게 낮았다. 그들은 복잡하게 뒤엉킨 어슴푸레 속을 하나씩 앞뒤로 줄을 지어 전진해야 했다. 언원이 앞장을 서고 있었다. 보이지 않는 벽이 불규칙함과 끝없는 모퉁이들 때문에 무감각해져 버린 그의 손을 끝없이 때리곤 했다. 천천히 자신의 그림자를 거느리며 가고 있던 언원은 천천히 친구의 입으로부터 흘러나오는 아벤하깐의 죽음에 대한 이야기를 들었다.

터 잠긴 밀폐된 곳 안에서 발생한 살인사건을 가리킨다. 나중에 범인은 그 범죄를 발견했거나, 발견한 척 위장한 그 사람임이 밝혀진다.

7) Nicolás de Cusa(1401-1464): 독일의 추기경이자 철학자. 저서로 『박식한 무지에 대하여』가 있다.

아벤하깐 엘 보하리, 자신의 미로에서 죽다 175

「아마 나의 기억들 중 가장 오래된 것은」 던레번이 얘기했다. 「펜트리스[8] 항구에서 본 아벤하깐 엘 보하리의 기억일 거야. 그는 사자를 데리고 있는 흑인 하나를 뒤에 거느리고 있었지. 물론 성경에 그려진 그림 말고 그들은 내가 내 눈으로 처음 본 흑인과 사자였지. 그 당시 나는 어린애였어. 그럼에도 불구하고, 태양 빛깔의 짐승과 밤 빛깔의 사람은 아벤하깐보다 덜 인상적이었어. 그는 몹시 키가 커보였어. 그는 엷은 레몬빛 피부, 거의 반쯤 닫힌 듯한 검은 눈, 무례한 모양의 코, 두툼한 입술, 싯누런 구레나룻, 넓직한 가슴, 그리고 당당하면서도 고요한 걸음걸이를 가진 그런 남자였지. 나는 집에 가서 말했지. 〈한 왕이 배를 타고 왔어요.〉 그런 다음, 석수장이들이 그의 집을 짓는 일을 하고 있는 동안 나는 이 호칭을 보다 격상시켜, 그를 〈바벨의 왕〉 자리에 앉혔지.

그 이방인이 펜트리스에 정착할 것이라는 소식은 사람들에게 호기심을 불러일으켰지. 그의 집의 크기와 모양은 놀라움, 아니 떠들썩한 화제로조차 받아들여졌지. 측정할 수 없을 정도로 길고 긴 복도들을 가진 집에 단 하나의 방밖에 없다는 사실을 사람들은 견딜 수 없어하는 것 같았어. 〈회교도들은 그런 집에서 사는지 모르지만 우리들 기독교인들은 그렇지가 않아〉 하고 사람들은 말하곤 했지. 이상한 책들을 많이 읽은 우리들의 교구장 알러비 씨는 미로를 만듦으로 인해 하느님으로부터 벌을 받은 한 왕의 이야기를 떠올렸고, 설교대에서 신도들에게 그것을 들려주었지.[9]

---

8) Pentreath : 영국의 소항구 이름.
9) 이 이야기는 이 단편에 이어 나오는 「두 왕과 두 개의 미로」라는 단편의 내용이다. 보르헤스는 이 단편에 덧붙인 각주에서 전자의 단편에서 교구장이

그런데 월요일이 되자 아벤하깐이 교구청을 방문한 거야. 그 당시 그 짧은 면담에 얽힌 내막에 관해서는 알려진 바가 없었지. 그러나 그 후 그의 그 어떤 설교에서도 그러한 교만한 언사는 조금도 엿보이지 않게 되었고, 그 회교도는 석수장이들과 계약을 맺을 수가 있었지. 몇 년 후, 아벤하깐이 죽었을 때 알러비는 경찰에게 그때 나누었던 대화의 주요 내용을 털어놓았지.

아벤하깐은 선 채로 그에게 다음과 같은, 또는 그와 비슷한 말을 했다는 거야. 〈이제 아무도 내가 하고 있는 일을 비난할 수 없소. 나를 괴롭히고 있는 죄과는 내가 수세기에 걸쳐 신의 지고지존한 이름을 되풀이해 부른다 할지라도 내가 겪고 있는 고통의 단 한 가지도 덜어주기에 충분치 않은 그런 것이오. 나를 괴롭히고 있는 죄과는 내가 이 손으로 당신을 죽인다 해도 '영원한 심판'이 내게 가하는 그 고통들 이상으로 고통을 더 가중시킬 수 없는 그런 것들이오. 어떤 곳에서는 나의 이름을 모르지요. 나의 이름은 아벤하깐 엘 보하리라고 하오. 나는 사막의 종족들을 쇠홀을 가지고 통치했었소. 여러 해 동안 나는 나의 사촌인 사이드의 도움에 힘입어 그들을 폭정으로 다스렸었소. 그러나 신이 그들의 절규를 들었고, 그들이 반란을 일으키도록 하는 힘이 되어주었소. 나의 부하들은 흩어지거나, 난도질을 당했소. 나는 간신히 내가 폭정을 자행했던 때에 징발해 두었던 보물과 함께 도망을 칠 수가 있었소. 사이드는 어느 돌산 산록에 위치해 있는 한 성자의 무덤으로 나를 인도했소. 나는 나의 노예에게 사막의 어귀를 감시하도록 명령을 내렸소. 나와 사이드는 지쳐 잠이 들었지요. 그 날 밤 나는 뱀들의 그물이 나를 꿍꿍 휘감는 듯한 착각에 사로

설교대에서 이 이야기를 널리 퍼뜨렸다고 적고 있다.

잡혔소. 나는 공포와 함께 잠에서 깨어났지요. 내 옆에서는 새벽 기운 속에서 사이드가 잠을 자고 있었소. 내 얼굴에 달라붙은 거미줄이 바로 나로 하여금 그런 꿈을 꾸게 했던 거였지요. 나는 겁쟁이인 사이드가 그렇게 태평하게 잠을 자고 있다는 사실에 몹시 기분이 상했소. 나는 보물이 영원히 떨어지지 않을 만큼 많은 것도 아니고, 그가 자신의 몫을 요구할 거라는 생각이 들게 됐지요. 나의 허리춤에는 자루가 은으로 된 단도가 찔러져 있었지요. 나는 그것을 빼들었고, 그것으로 그의 목을 그었지요. 그가 고통 속에서 내가 알아들을 수 없는 어떤 말들을 중얼거리더군요. 나는 그를 내려다 보았지요. 그는 죽어 있더군요. 그러나 나는 그가 벌떡 일어날 것 같은 두려움을 느꼈고, 나의 노예에게 그의 얼굴을 바위로 뭉개버리라고 명령했지요. 그 후 우리들은 계속 하늘 아래를 방황했고, 어느 날 바다를 발견하게 됐지요. 그곳에서는 높이 치솟은 배들이 하얀 물줄기들을 가르고 있었지요. 나는 죽은 사람이 바다 위를 걸을 수는 없을 것이라 생각했고, 다른 땅을 찾아가기로 마음의 결정을 내렸지요. 항해를 하던 첫날 밤, 나는 사이드를 죽이는 꿈을 꿨지요. 모든 것이 실제와 똑같이 반복되었지만 꿈 속에서는 그가 했었던 말을 이해할 수가 있게 된 겁니다. 그는 말하더군요. ‘네가 어디에 있든 마치 네가 나를 없앤 것처럼 나도 너를 없앨 거야.’ 나는 그 위협을 무용지물로 만들기로 맹세를 했지요. 그 유령이 길을 잃도록 미로의 한가운데에 숨음으로써 말예요.〉

　그렇게 말하고 그는 나가버렸다는 거야. 알러비는 그 회교도가 미쳤고, 미로는 그런 그의 광기의 상징, 그리고 그것의 명백한 증거라고 생각하려고 했다더군. 잠시 후 그는 아벤하깐의 설명이 그가 남긴 강력한 인상과는 그러하지 않지만, 그 이상한 건물, 그리고 그 이상한 이야기와 딱 들어맞는다는 것을 상기하게 됐지. 아마 그런 얘기들은 이집트의 삼각주 지역에서는 아주 흔한 것들인지도 모르지. 아마 그런 기이한 일들은 (마치 플리니[10]의 용처럼) 개인적인 어떤 사람의 문제가 아닌 문화 전체적인 것에 기인하는 것일 수도 있을 거야……. 런던으로 간 알러비는 오래된 《타임》지들을 뒤져 본 거야. 그는 그 반란과, 이어 일어난 보하리의 패배, 그리고 겁쟁이로 소문 난 그의 대신에 관한 것들을 확인하게 되었지.

보하리는 석수장이들이 공사를 끝내자마자 미로의 중앙에 자리를 잡았지. 사람들은 마을에서 더 이상 그를 볼 수 없게 되었지. 이따금 알러비는 사이드가 벌써 와 모든 것을 박살내 버리지나 않았을까 마음을 조리곤 했지. 밤이 되면 바람이 사자의 포효 소리를 싣고 왔기 때문에 우리 속의 양떼들은 선천적으로 핏속에 흐르고 있는 두려움으로 우르르 한데 모여들곤 했지.

이 동네의 작은 만에는 카디프[11]나 브리스톨[12]로 가는 동양 선적의 배들이 닻을 내리곤 했었어. 노예가 (내 기억으로 그 당시 장밋빛이 아닌 연지 빛깔의) 미로로부터 내려와, 아프리카어로 선원들과 몇 마디 얘기를 주고받곤 했지. 그는 그 사람들 가운데

---

10) Plinio el Viejo(23-79) : 로마 시대의 자연학자로서 일종의 고대 자연학 백과사전인 37권짜리 『자연사』라는 저술의 저자이다. 그의 저서에서는 현대의 우리들로서는 환상적으로밖에 보일 수 없는 용에 대한 이야기가 나오는데 바로 그런 점과 아벤하깐의 이상스러운 점을 비교, 비유하기 위해 언급되고 있다.
11) Cardiff : 영국의 항구 이름.
12) Bristol : 영국의 항구 도시 이름.

서 그 대신의 유령을 찾고 있는 것 같았어. 그 배들은 금지된 술이나 상아 같은 밀수품들을 실어오는 것으로 유명했지. 그렇다면 죽은 자들의 그림자를 실어오지 말라는 법이 어디 있겠어?

집이 세워진 지 3년째 되는 해, 〈로스 오브 셰론(셰론의 장미)〉호가 언덕 아래에 닻을 내렸지. 실제로 나는 그 배를 직접 눈으로 본 사람은 아니었어. 그 배에 대해 내가 가지고 있었던 영상은 아브키르[13] 또는 트라팔가르[14]의 잊혀진 석판 인쇄술로부터 영향을 받은 것인지도 모르지. 나는 그 배를 선박업자들의 작품이 아닌, 목수, 목수보다는 세공사의 작품처럼 보이는 그런 매우 정교하게 만들어진 그런 배들 중의 하나로 생각했지. 그것은 (실제로가 아닌 나의 환상 속에서) 광택이 반짝거리고, 빛깔이 칙칙하고, 소리가 없고, 날렵하고, 거기에는 아랍인들과 말레이시아 사람들이 타고 있었지.

그 배는 10월의 어느 날 새벽에 닻을 내렸지. 저녁이 되자 아벤하칸이 알러비의 집에 들이닥쳤지. 그는 공포의 격정에 휩싸여 있었더라는 거야. 그는 간신히 사이드가 이미 미로에 침입했고, 그의 노예와 사자가 죽었다고 말했다는 거야. 그는 절박한 어조로 경찰이 자신을 보호해 줄 수 있는지 물었다는 거야. 알러비가 뭐라고 대답을 하기도 전에 그는 마치 자신을 그 집으로 데려왔던 두려움에 홀린 듯 두번째이자 마지막으로 뛰쳐 나가더라는 거야. 홀로 서재에 남게 된 알러비는 경악 속에서 이 겁쟁이가 어떻게 수단에서 철의 종족들을 억압했고, 무엇이 전쟁이고, 살인이 무

---

13) Aboukir : 고대 지명으로 메스라 Mesra라고도 불리운다. 현재 아프리카의 알제리에 해당되는 지역.
14) Trafalgar : 지브랄타르 해협에 있는 곳의 이름.

엇인가를 아는 사람일 수 있을까 고개를 갸우뚱거렸다는 거지. 다음날 그는 그 배가 출항을 했다는 소식을 듣게 됐지(나중에 알아낸 것이지만 홍해에 있는 수아킨[15]을 향해서 말이야). 알러비는 노예의 죽음을 확인해 보아야 하는 자신의 의무를 떠올렸고, 미로로 향했지. 그에게 보하리의 그 숨 넘어가는 이야기는 환상처럼 생각되었지. 그러나 그는 한 낭하의 모퉁이에서 사자를 발견했는데, 사자는 죽어 있었지. 그리고 다른 모퉁이에서는 죽어 있는 노예와 마주쳤지. 그리고 중앙에 있는 방에서 얼굴이 뭉개져 있는 보하리와 마주쳤지. 그의 발치에는 진주 세공이 되어 있는 상자 하나가 놓여 있었다더군. 누군가가 자물쇠를 억지로 부순 듯했고, 안에는 동전 한 개조차 남아 있지 않았었다는 거야」

그는 웅변적인 효과를 얻기 위해 멈추곤 하는 것 때문에 더욱 악화일로로 치달아가는 마지막 부분을 유창한 언변으로 만들고자 애를 쓰고 있었다. 언원은 던레번이 사람들에게 그것들을 여러 차례, 그것도 지금과 똑같은 둔중함과 똑같은 비효율성을 가지고 털어놓았으리라는 생각이 들었다. 언원이 흥미를 가장하며 물었다.

「사자와 노예는 어떻게 죽었지?」

단호한 목소리가 은밀한 흡족감과 함께 대꾸했다.

「그들도 얼굴이 짓뭉개져 있었지」

발자국 소리에 빗소리가 가세되었다. 언원은 자신들이 미로에서, 그것의 한가운데에 있는 그 방에서 자야 할 거고, 이 지리한 불쾌감은 기억 속에서 하나의 아릿한 모험으로 남게 될 것이리라 생각했다. 그는 침묵을 지켰다. 던레번은 참지를 못했고, 빚쟁이를 용서하지 못하는 사람처럼 그에게 물었다.

---

15) Suakin, Sawakin : 수단의 항구 이름.

「이 이야기가 전혀 얼토당토 않는 것은 아닌 것 같지?」
 언윈이 높은 음성으로 생각을 하고 있기나 하는 것처럼 그렇게 그에게 대꾸했다.
「그것이 얼토당토 않는 것인지 그 반대인지에 대해서는 잘 모르겠어. 그것이 거짓말이라는 것은 알지만」
 던레번은 별안간 욕지거리를 내뱉기 시작했고, 교구장의 큰아들(아마 알러비는 죽은 것 같았다)과 펜트리스의 주민들이 했던 증언을 들먹였다. 던레번만큼이나 어안이 벙벙해 있던 언윈이 사과를 했다. 어둠 속에서 시간은 평소보다 더 긴 것 같았고, 둘은 길을 잃어버린 것은 아닐까 두려웠다. 희미한 빛이 좁은 층계의 첫 계단들을 그들에게 드러내 주었을 때 그들은 지칠 대로 지쳐 있었다. 그들은 올라갔고, 허물어진 한 방에 도달했다. 두 개의 징표가 불운한 왕의 두려움을 지금까지 드러내 보여주고 있었다. 광야와 바다가 내려다 보이는 작은 창과, 층계가 휘어지는 부분에서 아가리를 열어놓고 있는 방바닥의 함정. 방은 넓었는데 그 안에는 감방 같은 수많은 작은 방들이 있었다.
 두 친구는 비 때문에라기보다는 추억과 일화 속에 살아보고 싶은 욕망 때문에 미로에서 밤을 보냈다. 수학자는 평화롭게 잠을 잤다. 시인은 스스로의 이성이 혐오스러운 것으로 판단한 시적 영감들에 시달리느라 그렇게 하질 못했다.

  얼굴이 없네 포악하고 무서한 힘을 가진 사자
  얼굴이 없네 공격을 당한 노예, 얼굴이 없네 왕.

 언윈은 자신이 보하리의 죽음에 관한 얘기에 관심이 없었다고 생각했는데 반대로 그것에 대한 해답을 풀었다는 인식과 함께 잠을 깼다. 그 다음날 그는 이야기의 파편들을 맞추고, 재차 꿰맞추느라 넋이 빠져 있었고, 사람들조차 피하려고 들었다. 그리고 두 밤이 지나 런던에 있는 한 맥주집에서 던레번과 만날 약속을 했고, 다음과 같이, 또는 그와 비슷한 이야기를 던레번에게 했다.

「나는 콘웰에서 자네한테 들었던 얘기가 거짓말이라고 말했었지. 그 모든 일들은 사실인지도 모르고, 또한 그럴 수도 있겠지. 그러나 내가 거짓이라고 한 것은 자네가 말한 것처럼 그렇게 명증한 방식으로 얘기하는 게 바로 그렇다는 거지. 나 같으면 모든 거짓말 중 최대의 거짓말, 그러니까 믿을 수 없는 미로를 가지고 이야기를 시작하겠네. 도망자는 결코 미로 속에 숨지 않는 법이라네. 그런 인물은 해안의 가장 높은 지역에 미로를, 선원들이 멀리서도 분간할 수 있는 그런 연짓빛 미로를 세우지 않네. 이미 세계가 바로 미로인데 미로를 세운다는 것은 이치에 닿지 않아. 정말로 숨기를 바라는 사람에게는 한 건물의 낭하들이 하나의 망루를 향해 수렴되는 그런 곳보다 런던이 훨씬 뛰어난 미로지. 지금 내가 자네를 설득시키고자 하고 있는 이 빈틈없는 추측은 우리가 미로 위에 떨어지는 빗소리를 들으며 잠이 들기를 기다렸던 그저께 밤에 내게 불현듯 떠오른 거라네. 나는 그것을 바탕으로 내 생각을 정돈하고 발전시켜 자네의 허황된 추리에 대해서는 잊어버리고 좀더 그럴 듯한 것을 생각해 보기로 했지」

「총체성의 이론 속에서, 말하자면 하나의 사차원적 공간 속에서 말이군」

던레번이 아는 체를 했다.

「아니」 언윈이 진중하게 말했다. 「나는 크레타 섬의 미로에 대해 생각했네. 미로의 중심이 소의 머리를 가진 인간[16]이었던 그런 미로 말이야」

 탐정 소설을 습작한 경험이 있는 던레번은 미스터리의 해결은 항상 미스터리 자체보다 열등한 것이라는 생각을 하고 있었다. 미스터리는 초자연적인 것, 심지어 신성한 것과도 관계되지만, 그것의 해결은 인간의 손의 장난에 불과하다. 그는 핵심을 비켜가기 위해 입을 열었다.

「메달이나 조각품들에 보면 미노타우로스는 황소의 머리를 가지고 있지. 단테는 그것이 소 몸뚱어리에 사람의 머리를 가진 걸로 생각했지」[17]

「나 또한 후자의 설을 선호하네」 언윈이 동의했다. 「그런데 중요한 것은 그 흉칙한 집과 흉칙한 그곳의 거주자가 서로 일치해야 한다는 점이지. 미노타우로스는 충분히 미로의 존재를 정당화시켜 주지. 그렇지만 아무도 꿈에서 당한 위협에 대해서는 그런 식으로 말하지는 않을 것이네. 미노타우로스의 모습을 연상하면

---

16) 그리스 신화에 보면 크레타 섬의 왕비 파시파에는 황소와 통정하여 미노타우로스라는 반은 사람이고, 반은 소인 괴물을 낳는다. 크레타의 왕 미노스는 미로를 만들어 이 괴물을 그 안에 숨겨둔다. 당시 아테네는 크레타에게 매 9년마다 7명의 청년과 7명의 처녀를 조공으로 바쳤고, 이들은 미로 속에 갇혀 미노타우로스의 먹이가 되었다. 아테네가 조공을 바친 것은 미노스의 아들인 안드로게오스가 아테네에서 살해당했기 때문이다. 후에 아테네의 왕자 테세우스가 미노스의 딸 아리아드네의 도움을 받아 미노타우로스를 죽인다.

17) 실제로 많은 그림이나 조각품에서 미노타우로스는 소의 머리에 인간의 몸을 가진 것으로 묘사되어 있다. 예를 들어 조지 프레드릭 왓츠의 「미노타우로스」가 그러하다. 그러나 여러 설이 존재하기는 하지만 대체적으로 미노타우로스는 인간의 머리에 소의 몸뚱허리를 가진 것으로 알려져 있다. Thomas Bulfinch. *Myths of Greece and Rome*(New York: Penguin Books, 1991), 181쪽 참조.

(미로가 있는 경우에 있어서는 치명적인 연상) 문제는 자연히 해결되는 거지. 그렇지만 그 신화적 존재의 모습이 이 문제의 열쇠라는 게 내게 당치않게 느껴졌음을 고백하지 않을 수가 없네. 그리고 자네의 이야기는 내게 보다 정확한 상징을 제시해야 할 필요가 있다는 거지. 그것은 바로 다름아닌 거미줄이네」

「거미줄이라구?」

어리둥절해진 던레번이 되물었다.

「그래. 거미줄(거미줄의 일반적인 형상, 잘 생각을 해보자구, 플라톤의 거미줄[18] 말이야)이 살인자에게(왜냐하면 살인자가 있기 때문에) 그가 저지르게 될 범죄를 미리 암시했다는 것은 내게 전혀 놀라운 일이 아니라는 거지. 자네는 보하리가 한 무덤에서 뱀떼들의 그물에 관한 꿈을 꿨고, 잠에서 깨어났을 때 거미줄이 그런 꿈을 꾸도록 만들었다는 것을 깨달았다고 말했던 것을 기억하겠지. 우리, 보하리가 그 그물에 관한 꿈을 꿨던 그 날 밤으로 돌아가 보세. 패배당한 왕과 대신과 노예는 보물을 가지고 사막을 뚫고 도망하지. 그들은 한 무덤 속에 숨네. 우리가 겁쟁이로 알고 있던 대신은 잠이 들고, 우리가 용맹한 자로 알고 있던 왕은 잠을 이루지 못하네. 왕은 대신과 보물을 나눠 갖지 않기 위해 칼로 그를 죽이네. 죽은 대신의 그림자가 며칠 밤 후 꿈 속에서 나타나 그를 위협하네. 나는 이 모든 게 전혀 믿을 수가 없다 그 말일세. 나는 사건들이 다른 방식으로 일어났다고 생각하네. 그 날 밤 용맹한 자인 왕은 잠이 들었고, 겁쟁이인 사이드는 잠이 들지 못한 거지. 잠이 든다는 것은 세계에 대해 잊어버린다는 것이고, 그러

---

[18] 이 부분은 플라톤이 우주가 질서있게 잘 짜여져 있다고 본 것을 가리키고 있다.

아벤하깐 엘 보하리, 자신의 미로에서 죽다 185

한 방심은 칼을 뽑아든 자들이 자신의 뒤를 쫓고 있다는 것을 알고 있는 사람에게 있어서는 매우 어려운 일이지. 탐욕적인 사이드는 잠든 왕의 얼굴 위에 귀를 가져갔지. 그는 왕을 죽일까 생각했지(아마 단도를 만지작거렸는지도 모르지). 그러나 그는 감히 그렇게 하지는 못한 거야. 그는 노예를 불렀고, 둘은 보물의 일부를 무덤 속에 숨겼고, 수아킨으로 그리고 런던으로 도망쳤지. 그는 보하리로부터 도망치기 위해서가 아니라 그를 유인해서 죽이기 위해 바다가 훤히 내려다 보이는 곳에 붉은 벽돌로 쌓은 높은 미로를 축조했지. 그는 배들이 누비아[19]의 항구들에다 연짓빛 인간과 노예와 사자에 관한 이야기를 전해 줄 것이고, 조만간 보하리가 그 미로를 찾아 올 것이라는 것을 알고 있었던 거지. 그물의 마지막 복도에서는 함정이 기다리고 있었지. 보하리는 막무가내로 그런 것을 경멸하는 사람이었지. 따라서 그는 그런 것에 조금 만큼의 주의도 기울이려고 들지 않았을 거네. 기다리고 기다리던 날이 왔네. 아벤하깐은 영국 땅에 하선했고, 미로의 입구를 향해 갔고, 깜깜한 미로 속으로 빠져들었고, 그리고 그의 대신이 자신을 죽였을 때 아마 이미 첫 계단들에 발을 내딛고 있었는지도 모르지. 대신이 함정 위에서 그를 총으로 죽였는지 나로서는 알 수 없네. 노예는 사자를 죽였을 것이고, 또 다른 탄환 하나가 노예를 죽였겠지. 그런 다음 사이드는 돌로 그들 셋의 머리를 짓뭉개버린 거야. 사건은 그처럼 일어났어야 하네. 짓뭉개진 얼굴을 가진 단 하나의 죽음은 단 한 사람의 정체에 대한 암시밖에 되질 않아. 그러나 짐승, 검둥이, 그리고 왕은 하나의 연속성을 형성하고, 두 개의 출발점이 주어지면, 모든 것은 마지막 것을 예

---

19) 나일 강변에 있는 옛 지역의 이름.

상하도록 만들어주게 되지. 알러비와 얘기를 나누었을 때 그가 공포에 가득 차 있었으리라는 것은 전혀 놀라운 일이 아니네. 그는 이제 막 무시무시한 일을 끝냈고, 보물을 되찾기 위해 영국을 탈출하려던 참이었으니까 말이네」

깊은 생각에 빠진 듯한, 또는 믿을 수 없다는 듯한 침묵이 언원의 말 뒤를 잇고 있었다. 던레번은 자신의 의견을 말하기에 앞서 한 항아리의 흑맥주를 더 주문했다.

「나의 아벤하깐이 사이드였을지도 모른다는 것은 인정하지」 그가 말했다. 「그러한 변신은, 자네는 말하겠지, 그런 종류의 이야기 장르에 있어 고전적인 장치인데다가, 독자가 그것을 준수하도록 요구하는 진정한 규약인지도 모르지. 내가 받아들일 수 없는 것은 수단에 보물의 일부가 남아 있다는 그런 추측이네. 사이드가 왕과 왕의 적들로부터 도망치고 있었다는 사실을 상기해 보도록 하게. 보물의 일부를 파묻어 그곳에 놔두었다기보다는 보물 전체를 훔쳤다고 상상하는 게 보다 이치에 닿는 일 아닌가 말이야. 아마 돈이 남아 있지 않았기 때문에 미로에서 돈이 발견되지 않았는지도 모르는 일 아닐까. 니벨룽겐의 붉은 눈[20]과는 달리 무한정한 게 아니었기 때문에 석수장이들이 그 돈을 바닥 내 버렸을지도 모르지. 사이드가 헛되이 낭비해 버린 돈을 되찾기 위해 아벤하깐이 바다를 건너왔다고 생각할 수도 있지 않느냔 말이야」

「헛되이 써버렸다구, 그건 아니야」 언원이 말했다. 「그를 가두고, 그를 없애버리기 위해 불경한 땅에 벽돌로 만든 하나의 거대한 원형의 함정을 구축하는 데 투자한 거지. 만일 자네의 추리가

---

[20] 북구의 신화인 『볼숭사가 Volsunsaga』에 나오는 난쟁이 족들이 가지고 있는 보물을 가리킨다.

옳다면 사이드는 탐욕이 아닌 증오와 공포에 휩싸여 일을 저질렀던 거야. 그는 보물을 훔쳤지만, 나중에 보물이 자신에게 중요한 것이 아니라는 것을 깨닫게 된 거지. 중요한 것은 아벤하깐이 죽는 것이었어. 그는 자신이 아벤하깐인 척 위장했고, 그를 죽였고, 마침내 아벤하깐이 된 거지」

「그래」 던레번이 동의했다. 「죽음 안에서 그 누구도 아닌 것이 되기 전에, 한때는 자신이 왕이었고, 왕인 척 위장을 했던 것을 기억했을 그런 떠돌이가 된 거겠지」

두 왕과 두 개의 미로[1]

　　신앙이 돈독한 사람들은 (그러나 알라는 더 많이 알고) 옛날에 바빌로니아 촌락들을 다스리는 한 왕이 있었다고 말한다. 그는 자신의 건축가들과 마술사들을 모아 어찌나 복잡하고 교묘해서 가장 이지가 뛰어난 사람들도 감히 그곳에 들어가는 모험을 감행하기를 꺼려하고, 들어간 사람들은 길을 잃게 되고마는 그런 미로를 하나 건축하도록 명령했다. 이 작업은 사람들의 입에 오르락 내리락하게 되었다. 왜냐하면 혼돈과 경이로움은 인간이 아닌 바로 하느님 고유의 속성이었기 때문이다. 시간이 지나 그의 궁전에 한 아랍의 왕이 찾아왔고, 바빌로니아의 왕은 (자신의 손님이 가진 단순함을 놀려주기 위해) 그로 하여금 미로에 들어가 보게끔 만들었다. 아랍의 왕은 오후 늦도록까지 모멸감과 혼돈 속

---

[1] 이 작품은 교구장이 설교대에서 사람들에게 들려준 바로 그 이야기이다. 앞 작품 「아벤하깐 엘 보하리, 자신의 미로에서 죽다」를 참조할 것. 〔원주〕

을 방황했다. 그래서 그는 신의 도움을 청했고, 출구를 찾을 수가 있었다. 그의 입술은 어떤 불평도 뇌까리지 않았고, 단지 바빌로니아 왕에게 자신도 아라비아에 다른 형태의 미로를 가지고 있고, 기회가 닿는다면 언젠가 그것을 그에게 구경시켜 주고 싶다고 말했다. 그런 다음 그는 아라비아로 돌아가 자신의 대장들과 족장들을 집결시켰다. 그리고 바빌로니아 왕국을 침공해 운 좋게도 그곳의 성들을 무너뜨리고, 사람들을 죽이고, 그리고 그 왕을 포로로 붙들었다. 그는 바빌로니아의 왕을 날쌘 낙타 위에 묶은 다음 사막으로 데려갔다. 사흘을 데리고 간 다음 그는 바빌로니아의 왕에게 말했다. 「오, 시간의 왕이시고, 세월의 본질이자 비밀이시여! 바빌로니아에서 당신은 나로 하여금 수많은 계단들과 문들과 벽들로 된 미로 속에서 길을 잃도록 만들었소. 이제 전지전능하신 하느님께서 나로 하여금 당신에게 올라갈 계단들도, 밀칠 문들도, 내달아야 할 하염없는 복도들도, 당신의 앞길을 막을 벽들도 없는 나의 미로를 보여줄 기회를 부여하셨소」

그런 다음 그를 묶었던 포승을 풀어주었고, 그를 사막 한가운데 남겨두었다. 바빌로니아의 왕은 거기서 굶주림과 갈증으로 죽었다. 영광이 바로 죽지 않은 〈그 분〉과 함께 하기를.

기다림

택시가 그를 북서부에 위치한 이 거리의 4004번지 앞에 내려놓았다. 아직 아침 아홉시가 되지 않은 시각이었다. 그 남자는 고개를 끄덕거리며 군데군데 점 박혀 있는 파초들, 각 파초 아래에 나 있는 사각형 모양의 땅, 작은 발코니들이 달린 근사한 집들, 인접해 있는 약국, 그리고 화방과 철물점의 둔탁한 마름모꼴 창유리들을 둘러보았다. 거리의 건너편으로는 보도를 따라 막막하고 길다란 병원의 담이 나 있었다. 태양은 저쪽 멀리 있는 온실들 위에서 빛을 반사하고 있었다. 그는 (지금은 마치 꿈 속에서 보는 것들처럼 임의적이고, 우연적이고, 제멋대로인) 이런 것들이 하느님의 뜻에 따라 시간이 흐르면서 불변하고 필수 불가결하고 친근한 무엇으로 변하게 되리라 생각했다. 약국의 미닫이 창에는 자기로 글씨가 새겨져 있었다. 〈브레스라우어.〉[1] 유태인들이 이

---

[1] Breslauer(브레스라우어)란 브레스라우 사람을 가리킨다. 브레스라우는 폴

제 스페인 이주민 후예들을 쫓아냈었던 바로 그 이탈리아인들을 쫓아내고 있는 것이었다.[2] 그러는 게 차라리 나으리라. 왜냐하면 사람은 같은 피를 가진 사람들에 의해 자신이 교체되는 것을 좋아하지 않기 때문이다.

운전사가 트렁크를 내리도록 도와주었다. 마침내 무뚝뚝한, 또는 지쳐보이는 한 여자가 문을 열었다. 운전석에서 운전사가 동전들 중의 하나를 그에게 되돌려주었다. 그 주화는 그 날 밤 멜로[3]의 호텔에서부터 그의 주머니 속에 있었던 20센트짜리 우루과이 동전이었다. 그 남자는 운전사에게 40센트를 건넸고, 그러면서 그는 생각했다. 「나는 모든 사람들이 나에 대해서 잊어버리게끔 행동해야 할 의무가 있다. 나는 두 가지 실수를 저질렀다. 그러니까 나는 다른 나라의 동전을 주었고, 그리고 내가 그러한 실수에 대해 꺼림칙해한다는 사실을 드러내 보여주었던 것이다」

여자의 뒤를 따라 그는 현관을 지나갔고, 그리고 첫번째 마당에 이르렀다. 그에게 할당된 방은 다행스럽게도 두번째 마당으로 뚫려 있었다. 공예가가 나뭇가지와 포도 넝쿨을 상징하는 환상적인 곡선들로 탈바꿈시켜 놓은 침대는 쇠로 만들어져 있었다. 또한 방에는 껑충한 소나무 옷장, 침대 갓등을 놓는 탁자, 책이 몇 권 꽂혀 있는 앉은뱅이 책장, 짝이 맞지 않는 두 개의 의자, 그

    란드에 있는 도시의 이름으로 옛부터 많은 유태인들이 살고 있으며, 유태 문화의 중심지 중의 하나이다. 따라서 여기서 브레스라우어란 〈유태인〉이라는 것을 가리킨다.
 2) 이 부분은 아르헨티나의 초기 이민자들이 스페인계였으나 나중에 많은 이탈리아인들이 몰려들었고, 이어 유태인들이 전시대의 이탈리아인들과 비슷한 양상을 보였던 아르헨티나 이민사를 시사하고 있다.
 3) Melo : 우루과이 북동부에 있는 마을의 이름.

리고 세면대, 항아리, 비누갑, 불투명한 빛깔의 유리병이 비치된 세면장이 있었다. 벽은 부에노스 아이레스 지방의 지도와 십자가가 장식하고 있었다. 꼬리를 활짝 편 거대한 공작들이 연속적으로 그려져 있는 벽지는 연짓빛이었다. 단 하나 나 있는 문은 마당을 향해 있었다. 그는 트렁크를 놓을 공간을 마련하기 위해 의자가 놓여 있는 위치를 바꿔야 했다. 방을 세낸 그 사람은 모든 것이 마음에 들었다. 여자가 이름을 물어오자 그는 비야리라고 대답했다. 그가 그 이름을 댄 것은 은밀한 도전감 때문도, 실제로는 느끼고 있지 않은 비하감을 희석시키기 위해서도 아니었다. 그에게는 그 이름이 고통을 안겨다 주고 있기 때문에, 그에게 있어 다른 이름을 생각한다는 게 불가능하기 때문에 그렇게 한 것이었다. 확실히 그는 적의 이름으로 가장하는 게 하나의 전략이 될 수 있으리라 판단하는 문학적인 실수에 넘어갔던 게 아니었다.

처음에 비야리 씨는 집 밖으로 나가지 않았다. 몇 주가 지난 후에서야 그는 석양 무렵에 잠깐 동안 외출을 하곤 했다. 어느 날 밤 그는 세 블록쯤 떨어진 곳에 있는 극장엘 갔다. 그는 맨 끝줄 너머로는 결코 가지 않았다. 그는 항상 영화가 끝나기 직전에 자리에서 일어나곤 했다. 그는 갱들의 비극적인 이야기를 다룬 영화들을 보곤 했다. 이 영화들은 확실히 실책들을 내포하고 있었다. 이 영화들은 확실히 한때는 또한 그의 삶이었던 그런 영상들을 담고 있었다. 비야리는 그것에 대해 주의를 기울이지 않았다. 왜냐하면 예술과 현실이 일치한다는 게 그에게는 생소한 것이기 때문이었다. 그는 다소곳하게 그 영화들을 즐기고자 애를 썼다. 그는 영화들이 드러내 보여주고자 하는 의도가 무엇인지 헤아려 보고자 했다. 소설을 읽는 사람들과 달리 그는 결코 예술작품 속의 인물과 자신을 동일시해 보지 않았다.

 그에게는 결코 편지는커녕 회람장조차도 오는 법이 없었다. 그럼에도 불구하고 그는 막연한 기다림 속에서 신문의 어떤 면을 읽곤 했다. 오후가 되면 그는 문 가에 의자를 하나 가져다 놓고 층수가 높은 옆 건물의 벽을 덮고 있는 담쟁이 넝쿨을 응시하며 침중하게 마떼 차를 만들어 마시곤 했다. 여러 해 동안의 고독은 그에게 사람의 기억 속에서 모든 날은 다 똑같은 것으로 변해 버리지만, 꼭 감옥이나 병원에 있는 게 아닐지라도 경이감을 가져다 주지 않는 날은 단 하루도 없다는 것을 가르쳐 주었다. 전에 지금과 마찬가지로 은둔 생활을 했었을 때 그는 날짜와 시간을 세는 유혹에 빠졌었다. 그러나 그때의 은둔 생활은 지금의 그것과는 달랐다. 왜냐하면 지금의 은둔 생활에는 끝이 없기 때문이었다——어느 날 아침 신문이 알레한드로 비야리의 죽음에 관한 소식을 가져오지 않는 한. 또한 비야리는 이미 죽어버렸을 수도 있고, 그렇게 되면 이러한 삶은 하나의 꿈과 같은 것이 되어버릴 것이었다. 그러한 가능성은 그를 불안스럽게 만들었다. 왜냐하면 그는 결코 그것이 위안이 될 건지 불행이 될 건지 판단을 할 수 없었기 때문이었다. 그는 그런 일이 일어난다는 게 얼토당토 않다고 중얼거리며 그러한 가능성을 일축해 버렸다. 두어 가지 돌이킬 수 없는 행동 때문이라기보다는 흐른 세월의 길이가 짧아 덜 멀게 느껴지는 그 옛날, 막무가내의 열정으로 많은 것들을 바랐었던 적이 있었다. 남자들에 대한 증오와 어떤 여자들에 대한 사랑을 불러일으켰던 그 강력한 열망은 더 이상 특별한 그 어떤 것도 구하지 않고 있었다. 단지 오래 지속되도록, 끝이 나지 않기만을 바랄 뿐이었다. 마떼 차의 맛, 궐련의 맛, 마당을 점점 삼켜가기 시작하는 증식되는 어둠의 줄기.

셋집 안에는 이미 늙어버린 늑대개가 한 마리 있었다. 비야리는 그 개와 친구 사이가 되었다. 그는 그 개에게 스페인어로, 이태리어로, 그리고 어린 시절에 썼던 시골 사투리로부터 남은 몇 마디 단어들을 가지고 말을 걸곤 했다. 비야리는 기억 또는 기대 같은 것 없이 단순한 현재 속에서 살고자 했다. 그에게 기억은 기대보다 의미가 덜했다. 그는 어렴풋이 과거란 시간으로 만들어진 물질 같은 게 아닐까 하는 생각을 했다. 그 때문에 시간은 즉시 과거로 뒤바꿔지게 되는 것 아닌가. 어느 날 그는 지루함이 행복처럼 느껴지기도 했다. 그와 같은 때면 그는 개보다 더 복잡한 그런 존재가 아니었다.

어느 날 밤, 입 안쪽에서 발발한 짜릿한 통증은 그를 깜짝 놀라게 만들었고, 그리고 그를 떨게 만들었다. 이 무시무시한 기적은 몇 분 동안 계속되었다가 새벽녘에 다시 찾아들었다. 비야리는 다음날 차를 불러오도록 시켰고, 택시는 그를 제11구역에 있는 치과 앞에 내려주었다. 거기서 그는 어금니를 뺐다. 그 과정에서 그는 다른 사람들과 마찬가지로 적당히 엄살을 부리기도 하고 적당히 참기도 했다.

또 다른 어느 날 밤, 극장에서 돌아오던 그는 누군가가 자신을 밀치는 듯한 느낌을 받았다. 울화와, 분노와, 그리고 은밀한 안도감과 함께 그는 그 무례한 자와 맞닥뜨렸다. 그는 그자에게 거친 욕설을 내뱉았다. 어안이 벙벙해진 듯한 상대가 더듬더듬 용서를 청했다. 그는 키가 크고, 젊었으며, 검은 머리를 가지고 있었고, 독일 계통의 여자를 동반하고 있었다. 그 날 밤, 비야리는 계속해서 그들은 모르는 사람들이라고 뇌까려 보곤 했다. 그럼에도 불구하고, 그가 다시 밖을 나가게 되기까지에는 4, 5일 걸렸다.

책장에 꽂혀 있는 책들 중에는 안드레올리[4]의 오래된 주석이 달린 단테의 『신곡』이 끼여 있었다. 호기심보다는 일종의 의무감 같은 것에 쏠려 비야리는 이 걸작을 읽기 시작했다. 식사를 하기 전 그는 시 한 편씩을 읽었고, 그런 다음 엄격한 순서를 지켜가며 주석을 읽었다. 그는 지옥의 고통이 거짓 같다거나, 지나치다는 판단을 하지 않았다. 그리고 그는 단테가 자신을 우골리노의 이빨이 끝없이 루지에리의 목덜미를 씹어먹는[5] 지옥의 마지막 구역에 가도록 하는 형을 내리리라고 생각지는 않았다.

연꽃빛 벽지에 그려진 공작들은 끈덕진 악몽들을 배태시켜 주는 어떤 것들처럼 보였다. 그러나 비야리 씨는 결코 형용할 길 없는, 살아 있는 새들로 만들어진 무시무시한 누각의 꿈을 꾸지는 않았다. 동이 틀 무렵 그는 본질은 같으나 상황은 다양한 어떤 꿈을 꾸게 되었다. 두 남자와 비야리가 권총을 들고 방으로 들어왔고, 또는 그들이 영화관에서 나오는 그를 공격했고, 또는 그를 밀쳤던 그 낯선 사람은 동시에 그들 셋 모두였고, 또는 마당에서 그들은 슬프게 그를 기다리고 있었으나 그를 알아보지 못하는 것 같았다. 꿈의 마지막에서 그는 침대 갓등을 놓는 탁자의 서랍을 열어 권총을 꺼냈고(그가 이 서랍에 권총을 간직해 두고 있는 것

---

[4] Raffaele Andreoli(1823-1891) : 이탈리아의 변호사이자 문학 연구가로 단테의 『신곡』에 대한 주석으로 유명했다.

[5] 이 부분은 『신곡』의 지옥편 33시편에 나오는 부분이다. 물론 우골리노와 루지에리는 실존인물들이었다. 우골리노는 이탈리아의 귀족으로 피사의 시장이었다가 나중에 반역죄의 평결을 받게 된다. 1289년 그의 친구였던 루지에리 대주교가 두 아들, 두 손자와 함께 그를 구금해 굶어죽게 만든다.
 『신곡』에서는 우골리노와 루지에리 둘 다 같은 지옥에 빠져 우골리노가 루지에리의 목덜미를 뜯어먹는 것으로 묘사되고 있다.

은 사실이다), 그 남자들을 향해 총을 발사했다. 총소리가 그의 잠을 깨웠다. 그러나 항상 그것은 꿈이었고, 또 다른 꿈에서 공격은 되풀이되었고, 또 다른 꿈에서 그는 다시 그들을 죽여야 했다.

7월의 어느 흐릿한 날 아침, 낯선 사람들의 존재가(그들이 문을 열었을 때 그 어떤 소리도 나지 않았다) 그를 잠에서 깨웠다. 방의 어슴푸레 속에 우뚝 멈춰 서 있고, 어슴푸레에 의해 기이할 만큼 단순화되어 있고(공포의 꿈 속에서 그들은 항상 선명했었다), 경계 태세로, 미동도 없이, 그리고 끈기있게, 마치 들고 있는 무기의 무게가 몸을 짓누르거나 하는 것처럼 눈을 내리깐 채 마침내 알레한드로 비야리와 낯선 남자 하나가 그에게 들이닥친 것이었다. 그는 기다리라는 시늉을 했고, 마치 다시 잠을 청하려고나 하는 것처럼 벽 쪽으로 몸을 돌려세웠다. 그는 자신들을 살해했던 사람들의 자비심을 일깨우기 위해 그렇게 했던 것일까, 아니면 하나의 공포스러운 사건을 상상하면서 끝없이 그것을 기다리기보다는 그것을 실제로 견뎌내는 게 더 쉬운 일이라고 판단했기 때문이었을까, 아니면——이게 아마 가장 그럴 듯한 것일 게지만——이미 그들은 수없이 바로 그 같은 장소와 같은 시간에 있었기 때문에 그 암살자들이 꿈이 돼버리도록 하기 위해 그렇게 했던 것일까?

총탄이 그를 지워버렸을 때 그는 그러한 마술 속에 있었다.

문턱의 남자

비오이 까사레스[1]가 런던에서 날은 삼각형으로 되어 있고, 손잡이는 H자 모양으로 되어 있는 기이한 단도 하나를 가져왔다. 우리들의 친구인 영국 자문단의 크리스토퍼 듀우이는 그런 종류의 무기는 힌두스탄에서는 흔히 쓰이는 것들이라고 말했다. 이런 자기 견해를 피력하다가 그는 자신이 양대 세계대전 사이에 그 나라에서 일한 적이 있다는 사실을 들먹이게 되었다. (나는 그가 주베날의 한 시구를 엉터리로 인용하며 라틴어로 〈Ultra Auroram et Ganges(해가 뜬 뒤와 갠지스 강)〉라고 말했던 것을 기억한다.)[2] 나는 그 날 밤 그가 내게 들려주었던 이야기들을 감히 다음

---

1) Adolfo Bioy Casares(1914-): 보르헤스의 절친한 친구였던 아르헨티나의 작가. 보다 자세한 것은 보르헤스 전집 2권 『픽션들』의 18쪽 참조.
2) Decimus Junius Juvenal(55-127): 로마의 풍자 시인. 보르헤스가 작중인물인 크리스토퍼 듀우이가 주베날을 엉터리로 인용했다는 것은 그 원문이 〈Ultra Auroram et Ganges(해가 뜬 뒤와 갠지스 강)〉가 아니라 〈usque

과 같이 재구성해 보려고 한다. 나의 텍스트는 원전에 충실할 것이다. 알라여, 몇 가지 간략한 정황 묘사를 덧붙이거나, 또는 키플링[3]을 끼워넣으면서 이 이야기의 이국적인 냄새를 가중시키고자 하는 유혹으로부터 나를 구하소서. 그렇지만 이국적 냄새란 빼버리기에는 아까운 아마『천일야화』의 맛, 오래되고 담백한 맛을 가지고 있다.

*

내가 지금 얘기하려고 하는 사건들이 일어난 곳의 정확한 지리는 거의 중요하지 않네. 게다가 부에노스 아이레스에서 암리스타르 또는 우드[4]와 같은 이름들이 무슨 중요성을 갖는단 말인가? 따라서 그때에 이슬람교도들이 살고 있는 한 도시에 소동이 일어났고, 중앙정부에서는 질서를 유지하기 위해 강력한 한 사람을 보냈다고 말하는 것으로 족할 것이네. 그는 저명한 전사(戰士)들의 가문에 속해 있고, 피 속에 난폭한 기운을 지니고 있는 스코틀랜드 사람이었지. 내가 그를 본 건 단 한 차례이지만 나는 흑단 같은 머리칼, 툭 튀어나온 광대뼈, 뾰족한 코와 입, 떡 벌어진 어깨, 바이킹들만이 갖는 그 건장한 뼈대를 잊지 못할 것이네. 오늘밤 나의 얘기 속에서 그는 데이비드 알렉산더 글렌캐른으로 불리울 것이네. 데이비드와 알렉산더라는 두 이름은 서로 잘 어

    Auroram et Ganges(해돋이까지와 갠지스 강)〉이기 때문이다.
  3) Rudyard Kipling(1865-1936) : 인도 태생의 영국 작가. 대표작으로는 우리에게 널리 알려진『정글북』등이 있다.
  4) 암리스타르, 우드는 각각 인도에 있는 지역의 이름들이다.

울리는 이름이지. 왜냐하면 둘 다 쇠홀로 신민들을 통치했던 왕들이었기 때문이지.[5] 데이비드 알렉산더 글렌캐른은(나는 이렇게 부르는 것에 익숙해져야 되겠지), 내 생각에, 모두가 두려워하는 사람이었지. 왜냐하면 그가 왔다는 소식만으로도 도시를 잠잠하게 만들기에 충분했기 때문이었다네. 그렇지만 이것이 열정적인 다양한 대책들이 포고되도록 하는 것을 막지는 못했지. 몇 년이 지나갔네. 도시와 지역은 평화를 누리게 되었지. 시크교도[6]들과 이슬람교도들이 오래된 불화를 종식시켰기 때문이었지. 그런데 갑자기 글렌캐른이 자취를 감춰버린 거야. 자연히 그가 납치됐거나 살해되었다는 소문이 나지 않을 리가 없었지.

나는 이와 같은 것들을 나의 상관으로부터 들어 알게 되었지. 왜냐하면 검열이 가혹했고, 신문들은 글렌캐른의 실종에 대한 논평을 내지 않았기 때문이지(내가 기억하는 한 사건 보도조차 안 했지). 인도는 지구보다 더 크다는 속담이 있잖은가. 포고문 끝에 적힌 서명을 통해 자신이 떠맡게 된 그 도시에서 전지전능했다고 볼 수 있는 글렌캐른은 대영제국 정부 기관 속에서 단순한 하나의 암호에 불과했지. 지방경찰의 수색은 전혀 수포로 돌아갔지. 나의 상관은 평복을 하고 나서면 사람들의 경계심을 풀어주고, 그래서 보다 나은 결과를 얻을 수 있으리라 생각했던 모양이야. 사나흘 후 (인도에서 사람들은 먼곳도 아주 가까이 있는 것처럼 말한다네) 나는 거의 희망을 잃은 채 한 사람을 감쪽같이 사라져버

---

5) 데이비드는 다윗 왕을(다윗의 영어명이 데이비드이기 때문에), 알렉산더는 알렉산더 대제를 가리킨다.
6) 15세기 말 인도의 펀자브 지방을 중심으로 일어난 힌두교와 이슬람교를 혼합시킨 유일신 종교로 현재까지도 펀자브 지역의 중심 종교다.

리도록 요술을 부린 어슴푸레한 도시를 헤매며 다니고 있었지.

　나는 거의 즉각적으로 글렌캐른의 행방을 숨기기 위한 끝없는 음모의 존재를 느끼게 되었지. 〈이 도시에는 그 비밀을 모르는 사람뿐만 아니라, 그 비밀을 지키겠다고 맹세하지 않는 사람은 단 한 사람도 없었던 거지.〉 캐물음을 더 많이 받은 사람일수록 더욱 더 모르는 척 행세하는 거였어. 그들은 글렌캐른이 누구인지도 모를뿐더러, 그를 결코 본 적도 없고, 결코 그에 대해 말하는 것조차 들어본 적이 없다는 거야. 반대로 또 다른 사람들은 15분 전 풀라노 데 탈과 얘기를 나누던 그를 알아보았었고, 그 두 사람이 들어간 집에 나를 데려가기까지 하는 거였어. 그러나 그 집에서는 그들에 대해 전혀 알지 못하거나 조금 전에 떠났다고 하는 거였어. 나는 이 철면피 같은 거짓말쟁이들 중 하나의 얼굴에 주먹을 날렸지. 증인들은 내가 방면되도록 해주었고, 그리고 다른 거짓말들을 지어내는 거였어. 나는 그것들을 믿지 않았지. 그렇지만 감히 나는 그것들을 간과해 버릴 수는 없었지. 어느 날 오후 사람들이 몇 가지 징표가 담겨 있는 종이 쪼가리가 들어 있는 봉투 하나를 남겨두고 갔지…….

　내가 도착했을 때 이미 해는 서산에 지고 있었다네. 그곳은 서민들이 사는 가난한 그런 동네였지. 그 집은 앉은뱅이처럼 그렇게 납작한 집이었지. 바깥 인도에서 보니 연속 이어지는 맨땅으로 된 정원들, 그리고 안쪽의 환한 빛이 엿보이더군. 제일 끝 마당에서는 알 수 없는 이슬람 축제가 벌어지고 있었고, 한 장님이 자색 나무로 만든 만돌린을 들고 들어가더군.

　내 발치의 문 문턱에는 아주 나이든 늙은이 한 사람이 마치 물건처럼 꼼짝않은 채 쭈그리고 앉아 있었지. 그의 행색에 대해 들려주겠네. 왜냐하면 그것이 바로 이 이야기의 핵심적인 부분이니까 말이야. 마치 물이 돌을 그렇게 하듯, 또는 여러 세대의 사람들이 어떤 문장에 대해 그러하듯, 오랜 세월이 그를 쪼그라뜨리고, 닳아빠지도록 만들어놓았더군. 길다란 넝마가 그를 뒤덮고 있었고, 아니면 그렇게 내 눈에 비쳤었는지도 모르지. 그리고 그가 머리에 두르고 있는 터번은 아주 찢어진 천 조각에 가까웠지. 그가 황혼빛 속에서 나를 향해 시커먼 얼굴과 아주 새하얀 수염을 들어올리더군. 나는 서론은 생략하고 그에게 다짜고짜 물었지. 왜냐하면 그때에 나는 이미 데이비드 알렉산더 글렌캐른에 대한 모든 희망을 잃고 있었기 때문이었지. 그는 내 말을 알아듣지 못하더군(아마 내 말을 듣지 않았었는지도 모르지). 그래서 나는 그가 재판관이며, 나는 그를 찾고 있는 중이라고 설명해야 했지. 이 말을 하면서 나는 그 늙은이에게 탐문을 한다는 게 얼토당토 않는 일이라는 느낌이 들었지. 왜냐하면 그에게 현재란 단지 무한정한 소문에 불과한 것일 테니까 말이야. 〈이 사람이 반란 또는 아크바르[7]에 대한 소식을 줄 수 있을지는 몰라도 글렌캐른에 대해서는 아닐 것이다.〉 그가 내게 말한 것은 그러한 의구심을 확인시켜 주는 거였지.

「재판관이라구요!」 그가 다소 놀란 듯 웅얼거리더군. 「재판관 한 사람이 실종이 됐고, 그를 찾고 있다구요. 그 사건은 내가 어린아이였을 적에 일어났던 사건인데. 정확한 연대는 기억하지 못하지만 아직 니칼시엔(니콜슨)이 델리의 성벽 앞에서 죽기 이전이었지요.[8] 시간은 기억 속에 남게 되는 법이라오. 나는 명확하게

---

7) Akbar(1542-1605): 몽고의 피를 이어받은 인도의 황제.
8) 이것은 1857년 인도의 델리 주 수도 델리에서 일어난 반란 사건을 가리킨

그때 일어났던 일들을 떠올릴 수가 있어요. 하느님이 진노하여 사람들이 타락하도록 가만 내버려두었던 때였지요. 사람들의 입은 저주와 거짓과 속임수로 가득 차 있었지요. 그럼에도 불구하고 모든 사람이 다 사악했던 것은 아니었지요. 여왕이 이 나라에 영국의 법을 시행할 한 사람을 보내겠다고 공표하자 법은 무질서보다 나은 것이기 때문에 덜 악한 사람들은 그것을 기꺼워했지요. 그 기독교인이 도착했지요. 그는 얼마 지나지 않아 흉악한 범죄들을 감추고 돈을 받고 판결을 내리는 등 자신의 의무를 게을리하고, 압제를 가하기 시작했지요. 처음에 사람들은 그를 비난하지 않았지요. 왜냐하면 시행되고 있던 영국적 정의에 대해 알고 있던 사람이 아무도 없었고, 새 재판관의 폭압은 아마 정당하고 신비스러운 다른 어떤 근거들을 가지고 있었을지도 모른다고 생각했기 때문이었지요. 우리는 〈모든 것은 자신의 책 안에서 정당성을 갖는다〉라고 생각하려고 했지요. 그러나 그는 지구상의 모든 나쁜 재판관들과 지나치게 명백한 유사성을 가지고 있었던 거요. 마침내 우리는 그가 단지 사악한 사람이라는 것을 인정할 수밖에 없게 되었지요. 그는 독재자가 되기에 이르렀고, 가련한 백성들은 (한때나마 그에게 걸었던 잘못된 기대에 대한 복수를 하려고) 그를 납치해 재판에 회부해야 한다는 생각을 드러내며 수군거리게 되었지요. 말만으로는 충분치 않았지요. 생각은 실행으로 옮겨지게 되었지요. 아마 아주 단순한 사람들과 젊은 사람

다. 영국 식민지 통치하에 있던 1857년 델리가 반란군에 의해 점령된다. 5개월 후에 탈환이 되는데 아일랜드계 군인 잔 니콜슨(1821-1857)이 그 과정에서 죽는다. 여기서 그 늙은이가 니칼시엔이라고 발음한 것은 니콜슨이라는 영어 이름을 제대로 발음하지 못한 것을 가리키고자 함이다.

들을 빼놓고 이러한 무시무시한 계획이 성사되리라 믿었던 사람은 아무도 없었을 겁니다. 그러나 수많은 시크교도들과 이슬람교도들은 자신의 말에 대한 약속을 지켰고, 어느 날, 믿기지 않게도 그들은 각자에게 불가능해 보였었던 그 일을 결행했지요. 그들은 재판관을 납치했고, 멀리 떨어진 교외에 있는 한 농가를 감옥으로 삼아 그를 가뒀지요. 그런 다음 그에 의해 고통을 당한 사람들, 또는 (다른 경우에는) 그때에도 망나니의 칼이 녹슨 채 내버려져 있었던 것이 아니었기 때문에 고아들, 과부들에게 약조를 했지요. 마침내——아마 이게 가장 어려운 일이었겠지만——그들은 재판관을 재판할 재판관을 물색해 임명을 하게 된 거지요」

여기서 그는 집 안으로 들어가는 여자들 때문에 말을 중단했지. 그런 다음 느릿느릿 다시 얘기를 이어가더군.

「매 시대마다 비밀스럽게 우주를 떠받치고 있고, 하느님 앞에서 그것의 정당성을 입증하는 네 명의 올바른 사람들이 있다는 것은 널리 알려진 사실이지요. 재판관으로 가장 적합한 사람은 당연히 그 네 남자들 중의 하나겠지요. 그렇지만 만일 그 사람들이 세상 속에 묻혀 있고, 세상에 이름이 알려져 있지 않고, 서로 마주친다 해도 서로를 알지 못하고, 그들 자신들조차도 자신들이 수행해 나가고 있는 지고한 과업을 깨닫지 못하고 있다면 어디서 그들을 찾는단 말인가요? 그래서 어떤 사람은 만일 운명이 현자들과 우리들 사이를 가로막고 있다면 우리는 그를 전혀 엉뚱한 곳에서 찾아야 한다고 주장했지요. 이 견해가 사람들을 사로잡기 시작했지요. 코란 학자들, 법률 연구가들, 〈사자(獅子)〉라는 이름을 자신들의 성으로 가지고 있고 유일신을 신봉하는 시크교도들,[9] 다신을 신봉하는 힌두교도들, 우주의 형상은 다리를 벌린 사람의 형상과 같다고 가르치는 마하비라[10]의 수도승들,[11] 불의 신봉자들, 그리고 흑인계 유태인들이 이 법정을 구성하게 되었지요. 그렇지만 마지막 판결은 한 미친 사람의 판단에 위임을 하게 된 거지요」

여기서 그는 잔치집을 떠나는 몇몇 사람들 때문에 말을 중단했지.

「그 광인을 택한 것은」 그가 되풀이해 말하더군. 「하느님의 지혜가 그의 입을 통해 전달되어 인간들의 방약무인함을 꾸짖고자 하기 위함이었지요. 그 광인은 자신의 이름을 잊어버렸고, 아니면 원래부터 모르고 있었는지도 모르지요. 하지만 그는 엄지손가락으로 자신의 손가락들의 수를 세거나 나무들에게 야유를 보내면서 발가벗은 채 또는 누더기 차림으로 거리를 쏘다니곤 하는 그런 사람이었지요」

나의 정상적인 지각이 당연히 반론을 제기하지 않을 수가 없었지. 나는 미친 사람으로 하여금 판결을 내리도록 하는 것은 재판이 무효임을 가리키는 증거라고 말했지.

「피의자가 재판관을 받아들인 것을 어떡하겠어요」 그것이 그 늙은이의 대답이었다네. 「그는 자신을 방면하게 되는 결과를 초래할 수도 있는, 음모가들이 무릅쓰고 있는, 위험 앞에서 단지 미친 사람에게서만 사형 언도를 면할 수 있는 가능성이 있다고

---

9) 시크교도들이 17세기 몽고 족의 침입 때 이에 대항하기 위해 다섯 명의 지도자를 선출하고 그들에게 똑같이 〈사자〉라는 뜻의 Signh라는 성을 주었다. 이 전통에 따라 많은 시크교도들은 지금도 이 성을 가지고 있다.
10) Mahavira(B.C. 599-527) : 인도 동부에 퍼져 있던 자이나교의 영주 바르다마나 Vardhamāna에게 주어졌던 칭호.
11) 자이나교는 우주의 형상이 다리를 벌리고 팔꿈치를 벌려 어깨에 손을 댄 사람의 형상과 같다고 가르쳤다.

생각했던 듯 싶더군요. 재판관이 누구인지를 말하자 그가 웃는 소리를 나는 들었지요. 증인들의 숫자가 늘어났기 때문에 재판은 여러 날의 낮과 밤에 걸쳐 진행되었지요」

어떤 불안감이 그를 엄습했는지 그가 여기서 입을 다물더군. 무엇인가 말을 하게 하려고 나는 며칠이 걸렸는가를 물었지.

「적게 잡아 십구 일쯤 걸렸을 겁니다」 그가 대꾸하더군. 잔치집을 떠나는 사람들이 다시 그로 하여금 말을 중단하도록 만들었지. 이슬람교도들에게는 음주가 금지되어 있어. 그럼에도 불구하고 그들의 얼굴과 목소리는 술에 취해 있는 것 같더군. 그때 지나가던 어떤 사람 하나가 그 노인에게 소리를 치는 거였어.

「정확히 십구 일이었어요」 그가 그렇게 정정을 하더군. 「그 더러운 개새끼는 판결을 받았고, 그리고 칼이 그의 목을 쳤다구요」

그 사람이 흉폭한 미소와 함께 그렇게 말하는 거야. 또 다른 목소리 하나가 그 얘기의 끝맺음을 해주었지.

「꿋꿋하게 최후를 맞더군요. 가장 저질적인 인간들에게도 한 가지 덕목은 있는 것인가 봐요」

「당신이 말한 그 일이 어디서 일어났는데요?」 나는 노인에게 물었지. 「어떤 시골 농가에서요?」

그때 처음으로 그가 나를 정면으로 쳐다보는 거였어. 그런 다음 천천히 한 자 한 자 또박또박 말을 하는 거였어.

「제가 아까 그를 시골 농가에 가뒀다는 말씀을 드렸지요. 그러나 재판은 그곳에서 진행되지 않았습니다. 바로 이 도시에서 그에 대한 재판이 벌어졌지요. 마치 다른 모든 집들과 비슷한, 마치 바로 이 집 같은 그런 한 집에서 말입니다. 하나의 집은 다른 어떤 집과 다를 수가 없지요. 중요한 것은 그 집이 지옥 위에 지어졌는지, 아니면 천국 위에 지어졌는지를 판별하는 게 중요한 거지요」

나는 음모가들은 어떻게 되었는지 물었지.

「저도 모르지요」 그가 억지로 대꾸를 하더군. 「그 일은 오래전에 일어났고, 사람들의 기억 속에서 잊혀진 지 오랩니다. 아마 사람들은 그들을 비난했을지 모르지만 하느님은 그렇지 않았을 겁니다」

그 말을 마친 뒤 노인이 자리에서 일어났지. 나는 그의 말들이 내게 작별을 고하고 있고, 내가 아까부터 그 노인 때문에 그 자리에 멈춰 서 있었다는 것을 깨달았지. 펀자브[12] 지방에 사는 각양각색의 남녀들로 구성된 인파가 기도를 하고 노래를 부르면서 우리들 위로 덮쳐왔고, 거의 우리를 쓸어가 버릴 것 같더군. 나는 단지 긴 현관에 비할 수 있는 그 비좁은 마당들 속에서 그토록 많은 사람들이 나올 수 있을까 놀라움을 금할 수가 없었다네. 또 다른 사람들은 이웃집들에서 나오고 있더군. 물론 그들은 토담을 뛰어넘어 나오고 있었지⋯⋯. 나는 밀어부치고 욕설을 퍼부어 길을 열었지. 제일 안쪽의 마당에서 나는 모두가 입을 맞추고 경의를 표하는, 머리를 노란 꽃으로 단장한 한 발가벗은 사람과 비켜 지나가게 됐지. 그의 손에는 칼이 들려 있더군. 칼은 더러웠어. 왜냐하면 그 칼이 글렌캐른에게 죽음을 안겨다 주었기 때문이었지. 나는 그의 절단된 시체를 구석의 마구간에서 발견했지.

---

12) 인도의 북서쪽에 있는 지역 이름.

알렙[1]

천만에, 나는 호두껍질 안에 웅크리고 들어가 있으면서도 나 자신을 무한하기 그지없는 어떤 공간의 〈주인〉으로 여길 수 있네.

「햄릿」 2막 2장[2]

그러나 그들은 〈영원〉이란 〈현재의 시간〉에 조용히 〈서 있는 것〉, 그러니까 그 학파 사람들이 부른 바대로 Nunc-stans(지금 있는 것)이라고 가르칠 것이다. 그러나 그들뿐만 아니라 그 어느 누구도 그렇게 말해 놓고서도, Hic-Stans(바로 여기에 있는 것)을 단지 〈공간〉의 〈무한한〉 광활함 정도로 이해할 뿐이리라.

『레비아탄』 4장 46절[3]

2월의 어느 무더운 아침,[4] 베아뜨리스 비떼브로[5]는 혹심한 병마의 고통 끝에 마침내 죽었다. 그런 가혹한 투병의 과정중에도 그녀는 단 한 순간도 감상적이 되거나 두려움에 빠지지 않았다. 그녀가 세상을 떴던 날, 나는 꼰스띠뚜시온 광장[6]의 철제로 된

---

1) Aleph : 히브리어의 첫번째 알파벳. 동시에 숫자 〈1〉을 가리키며 일반적으로 세계의 모든 것이 그것에 수렴된다고 본다. 또한 신을 가리키기도 한다.
2) 이 부분은 로젠크랜츠가 망명지인 덴마크가 마치 감옥 같지 않겠느냐고 하자 햄릿이 했던 응답이다. 즉, 그것은 크기의 문제가 아니라 그 안에 무엇이 있느냐는 문제이다. 이것은 작품의 후반부에 가면 알게 되겠지만 〈알렙〉의 속성에 대한 하나의 비유적 인용이 된다.
3) Leviathan은 영국의 철학자 토마스 홉스 Thomas Hobbes(1588-1679)의 저서이다. 보르헤스가 인용한 이 부분은 결론 부분에 나온다.
4) 주지하다시피 아르헨티나의 기후는 한국과 정반대여서 우리의 겨울이 그곳의 여름이다.
5) 베아뜨리스라는 이 이름은 이 작품의 여러 곳에서 간접적으로 암시되고 있듯 단테가 사랑했던 베아트리체 뽀르띠나리를 연상시킨다.

금색 담배갑 광고판이 소리 소문도 없이 바뀌어져 있는 것을 발견했다. 그것은 나의 가슴을 아프게 했다. 왜냐하면 끝없고 광활한 우주가 이미 그녀로부터 떠나버렸고, 그러한 변화가 일련의 무한한 변화의 첫번째 것이라는 점을 깨닫도록 만들어주었기 때문이었다. 우주는 바뀌리라, 그러나 나는 바뀌지 않으리라. 나는 암울한 공허감 속에서 그런 생각을 했다. 한때 나의 맹목적인 헌신이 그녀로 하여금 넌더리를 내도록 만들었다는 것을 나는 안다. 이미 그녀가 죽은 이상 희망 같은 것은 존재하지 않지만, 이제 굴욕감 같은 것을 느낄 필요 없이 그녀에 대한 기억만큼은 아름답게 남겨둘 수 있으리라. 나는 그녀의 생일이 4월 30일이었다는 것을 곰곰이 생각하곤 하리라. 그 날 그녀의 아버지와 그녀의 남자 사촌인 까를로스 아르헨띠노 다네리에게 인사를 하기 위해 가라이 가[7]에 있는 그녀의 집을 방문하곤 했던 것은 예의 바르고, 무례하지 않고, 어쩌면 불가피하게 그렇게밖에 할 수 없었던 행동이었다. 만일 그녀가 죽지 않았더라면 나는 또다시 숨이 턱턱 막히는 비좁은 거실에서 그녀를 기다렸을 것이고, 또다시 그녀의 많은 초상들로 둘러싸인 실내를 둘러보게 되었을 것이리라. 여러 가지 색깔로 된 옆모습의 베아뜨리스, 1921년 축제 때 눈 가면을 쓴 베아뜨리스, 첫 영성체 때의 베아뜨리스, 로베르또 알레산드리와의 결혼식 때의 베아뜨리스, 승마클럽에서 점심 식사를 하고 있는 이혼 직후의 베아뜨리스, 낄메스[8]에서 델리아 산 마르

---

6) 아르헨티나의 남부 철도회사 주 정거장이 있는 광장으로 한때는 부유하고 명망 있는 사람들이 살고 있는 수도 부에노스 아이레스 시의 한 동네였으나 19세기 말부터 가난한 사람들이 모여 사는 동네로 바뀌었다.
7) 부에노스 아이레스 시의 꼰스띠뚜시온 광장과 교차하는 거리의 이름.
8) Quilmes : 부에노스 아이레스 시의 남단에 자리잡고 있는 지역 이름. 이

꼬 뿌르셀과 까를로스 아르헨띠노와 함께 있는 베아뜨리스, 비예가스 아에도가 그녀에게 선물한 털이 긴 강아지와 함께 있는 베아뜨리스, 손으로 턱을 괸 채 미소를 짓고 있는 정면 상반신의 베아뜨리스……. 나는 다른 때처럼 어색함을 떨구려고 값싼 책 선물을 구실로 그녀의 집에 나타날 필요가 없으리라. 몇 달 후 전혀 손도 대지 않은 채 내팽개쳐 둔 것을 확인하게 되지 않으려고 결국은 책장들을 잘라버리고 주는 습관을 갖도록 했던 그 책들.

베아뜨리스는 1929년에 죽었다. 그때부터 나는 계속해서 4월 30일이면 그녀의 집을 찾았다. 나는 늘 7시 15분에 도착해서 약 20분 정도 그곳에 머물곤 했다. 그러나 해가 지나면서 나의 방문 시간은 조금씩 늦어지기 시작했고, 머무는 시간은 약간씩 늘어가기 시작했다. 1933년에는 갑자기 내린 소낙비가 내게 행운을 가져다주었다. 그들은 내게 함께 식사를 하자고 청할 수밖에 없었다. 나는 당연히 그 행운의 전조가 그냥 흘러 지나가도록 내버려두지 않았다. 1934년 나는 8시가 다 돼서야 산따 페[9]에서 만든 과자를 들고 모습을 드러냈다. 그리고 나는 아주 자연스럽게 함께 식사를 하기 위해 그들의 집에 머무르게 되었다. 그렇게 해서 음울하고, 이미 죽었기 때문에 헛되이 관능적인 그녀의 기일들이면 나는 점차로 까를로스 아르헨띠노 다네리의 환대를 받게 되었던 것이다.

베아뜨리스는 키가 크고, 가냘프고, 보일락 말락할 정도로 기우뚱한 몸매를 가진 여자였다. 그녀의 걸음걸이 속에는(만일 일반화가 받아들여질 수 있다면) 마치 엑스터시의 초기 같은 아름

지역의 옆으로 빨라따 강이 흐르고 있다.
9) Santa Fe : 부에노스 아이레스의 북서쪽에 있는 지방의 이름.

다운 휘청거림 같은 것이 깃들어 있었다. 까를로스 아르헨띠노는 장밋빛 얼굴에, 체격이 건장하고, 은발머리에, 출중한 용모를 지니고 있었다. 그는 남부의 교외에 있는 한 기이한 도서관에서 정확한 직위는 알 수 없지만 한 말단 직책을 수행하고 있었다. 그는 권위적이었으나 동시에 무능했다. 그는 아주 최근까지 집 밖에 나가지 않으려고 밤과 공휴일에 일을 처리하곤 했다. 이미 두 세대가 흘러갔음에도 불구하고 그에게는 여전히 이탈리아식의 S 발음과 과장적인 몸동작들이 남아 있다.[10] 그의 정신 활동은 집착적이고, 열정적이고, 변덕스럽고, 그리고 무엇보다도 미천하다. 그리고 쓸모없는 유추나 불필요한 꼼꼼함으로 가득 차 있다. 그는 (마치 베아뜨리스처럼) 크고 길다란 아름다운 손을 가지고 있다. 언젠가 몇 달 동안 그는 뽈 포트[11]에 대한 강박관념에 사로잡혀 있었다. 그가 그렇게 된 것은 뽈 포트가 쓴 발라드 때문이라기보다는 〈완벽한 명예〉에 대한 집착 때문에 더욱 그러했다. 「그는 프랑스 시인들의 왕자지」 그는 우쭐대며 되풀이해 말하곤 했다. 「자네가 그와 대적한다는 것은 헛일이야. 자네의 단가들 중 가장 전염성이 강한 것조차도 그를 따라잡을 수는 없을 거야」

1941년 4월 30일, 나는 기꺼이 늘 가지고 가던 과자 상자에 국산 꼬냑 한 병을 첨가시켰다. 술을 조금 입에 대본 까를로스 아르헨띠노가 맛이 괜찮다고 고개를 끄덕였다. 그리고 몇 잔을 들이킨 뒤 현대인에 관한 옹호론을 펼치기 시작했다.

---

10) 아르헨티나에는 이탈리아계 이민들이 많다. 까를로스 아르헨띠노 또한 이탈리아계 이민이며, 그의 선조들이 이민을 온 지 두 세대가 흘렀음에도 불구하고 여전히 그 당시 본토 이탈리아 악센트를 가지고 있다는 뜻이다.

11) Paul Fort(1872-1960): 프랑스의 상징주의 작가로 무려 17권에 달하는 『프랑스 발라드』라는 시집을 발간했다. 그 제작 연한만도 36년이 걸렸다.

「나는」 그가 의아스러울 만큼 열광적으로 말했다. 「마치 우리가 한 도시의 망루에서 얘기를 나누고나 있는 듯 전화, 전보, 축음기, 무선 송수신기, 영화, 환등기, 용어사전, 계획표, 비망록, 회람…… 등이 구비된 서재에 앉아 있는 그런 현대인을 떠올리게 되네」

그는 이처럼 잘 구비된 사람에게 여행이란 전혀 불필요한 일일 거라고 말했다. 「20세기에 들어 우리 인간은 〈모하메드와 산〉의 신화를 바꿔놓았지. 이제 현대적인 모하메드 위로 모든 산들이 수렴되고 만 거야」[12]

그의 생각은 아주 어리석어 보였지만 그의 해명이 너무 현란하고 웅장했기 때문에 나는 즉각 그것과 관련지어 문학을 떠올렸다. 나는 그에게 왜 그것을 글로 쓰지 않았느냐고 물었다. 예견했던 대로 그는 이미 그렇게 했노라고 말했다. 그러한 개념들, 그리고 그에 못지않게 혁신적인 다른 개념들은 그가 여러 해에 걸쳐 작업중인 장시의 「전조(前兆)의 시」, 「서시(序詩)」, 또는 단지 「시-서문」편만을 들춰봐도 들어 있다는 것이었다.[13] 그는 그 시

---

12) 이 부분은 모하메드의 일화에 대한 알레고리이다. 사람들이 모하메드에게 만일 당신의 가르침이 사실이라면 사파 산을 움직여 그에게 가까이 오도록 하는 기적을 보여달라고 요청한다. 모하메드가 산으로 하여금 그에게 가까이 오도록 기도했으나 그렇게 되질 않았다. 그러자 모하메드는 말했다. 「그것은 신의 자비 때문이니라. 만일 산이 나의 말을 들었더라면 산은 우리 모두를 덮쳐 우리를 죽여버렸을 것이기 때문이다. 그러므로 내가 산에게 가까이 갈 것이니라」

13) 「전조의 시」, 「서시」, 「시-서문」이란 까를로스 아르헨띠노가 쓰고 있는 장시의 부분들이다. 재미있는 것은 자세히 살펴보면 이 모든 제목들이 〈서시〉라는 한 마디로 축약할 수 있다는 사실이다. 〈서시〉라는 한 부분으로 미진한 듯해 서시에 선행하는 〈전조의 시〉, 서시의 다음에 나오는 역시 서시의 한 부분의 의미를 가진 서시로서의 〈시-서문〉이라는 이러한 구조 방식은 일

를 여기저기 떠벌리지도, 야단법석을 떨지도, 선전을 하고 다니지도 않으면서 항상 〈노고〉와 〈고독〉이라 불리우는 그 두 지팡이에만 의존한 채 써오고 있었다. 먼저 그는 상상력에 의존하여 갱구를 열었고, 그 다음에는 그것에 운율을 치장했을 것이었다. 그 시의 제목은 「지구」였다. 그 시는 세계에 대한 묘사를 다루고 있었다. 당연히 그 시에는 장황한 정경 묘사와 빼어난 웅변술이 부재하지 않았다.

나는 짧아도 좋으니 그 시의 한 소절을 들려달라고 청했다. 그가 책상 서랍을 열어 후안 끄리스또모 라피누르 도서관 이름이 인쇄된 두꺼운 종이 뭉치를 꺼냈다. 그리고 흐뭇한 어조로 그것을 읽기 시작했다.

　　나는 보았다, 마치 그리스 사람처럼, 인간들의 도시들을
　　그들의 노고를, 항상 다른 빛을 가진 나날들을, 그들의 굶주림을,
　　나는 사실들을 왜곡하지도, 이름들을 날조하지도 않는다,
　　그러나 내가 들려주는 이 〈여정 voyage〉은…… 〈내 방 주변에 관한 것들 autour de ma chmabre〉이라네[14]

「모든 관점에서 흥미있는 연이지」 그가 자신의 의견을 피력했다. 「첫번째 행은 교수, 학자, 그리스 연구가의 찬탄을 받고 있

　　단 보르헤스에서 쉽게 발견되는 언어의 유희일 수도 있다. 그러나 작품의 뒤에 가면 알 수 있듯 이러한 구조는 까를로스 아르헨띠노의 작품이 가진 장황함, 또는 무의미한 총체성에 대한 풍자적인 비판일 수도 있다.
14) 원문이 불어로 되어 있는 부분은 불어와 함께 번역을 병행했다.

는 행이지. 잡다한 지식의 잡학가들 말고 말이야. 물론 그들의 견해를 전혀 무시해 버려서는 안 되겠지. 두번째 행은 호머로부터 헤시오도스로 넘어가고 있지.[15] (휘황찬란한 건물의 입구에서 교훈시의 아버지인 헤시오도스에게 바치는 하나의 암시적인 전폭적 경의라고나 해야 할까.[16]) 이미 『성경』에서 여러 세대에 걸쳐 대물림되고 있는 열거, 축적, 또는 집합과 같은 장치를 그대로 사용하고 있지만 말이야. 세번째 행은 바로크주의, 세기말주의, 그러니까 형식에 대한 숙청과 광신의 양식이라고나 할까?[17] 이 행은 쌍둥이 같은 두 개의 반행(半行)으로 이루어져 있지.[18] 사실 이중 언어로 되어 있는 네번째 행은[19] 풍요로운 의미의 경쾌한 제시 때문에 모든 지각 있는 사람들의 나에 대한 전폭적인 지지를 보증

---

15) 호머와 헤시오도스는 똑같이 그리스의 시인으로 알려져 있다. 헤시오도스는 기원전 8세기에 살았다고 알려져 있으나 호머에 대해서는 양자가 거의 동시대 사람이나 호머가 보다 전대의 사람이었다는 학설과 보다 후대였다는 학설이 있는 등 의견이 분분하다. 여기서는 헤시오도스가 후대 사람으로 취급되고 있다.
16) 헤시오도스의 저작인 『신의 계보』나 『일과 하루』라는 작품 안에 도덕적 교훈의 어조가 강렬하게 드러나 있기 때문에 그를 교훈시의 아버지라고 부르고 있다.
17) 바로크주의, 세기말주의는 일반적으로 형식 실험에 대한 극단적인 경사를 보여주었다. 따라서 이 말은 그것을 가리키고 있다.
18) 반행이란 스페인어로 hemistiquio라 한다. 스페인시에서 반행은 바로크시, 특히 소네트 형식에서 많이 사용되었다. 스페인어 시의 운율은 음절 수에 의해 결정되는데 쌍둥이 같은 반행이란 똑같은 음절 수를 가진 두 개의 문장이 시의 한 행에 병렬적인 형식으로 같이 들어 있는 것을 뜻한다. 이 시의 원문은 다음과 같다.
⟨No corrijo los hechos, no falseo los nombres⟩
위에서 보듯 앞의 반행도 7음절, 뒤의 반행도 7음절로 되어 있다.
19) 이중 언어로 되어 있다는 것은 ⟨voyage⟩, ⟨autour de ma chambre⟩라는 프랑스어와 스페인어를 함께 쓰고 있다는 말이다.

해 주고 있지. 나는 현학적이 되지 않으면서 이것의 독창적인 운율, 또는 네 개의 행 속에서 30세기에 걸친 방대한 문학의 역사를 세 개의 박식한 인유(引喩)를 가지고 축약하고 있는 그 구체적인 예에 대해서는 말하지 않겠어. 첫번째 인용은 『오디세이』이고, 두번째 인용은 『일과 하루』, 그리고 세번째는 그 사보야인의 만필(漫筆)이 우리에게 남긴 불후의 소품들이지.[20] ……나는 다시 한 차례 더 현대의 예술이 웃음의 향유, 즉 〈스께르쪼〉[21]를 요구한다는 것을 깨닫고 있네. 골도니[22]라는 말에 그것이 분명코 내포되어 있지!」

그는 내게 앞의 연에서 그랬던 것처럼 자화자찬과 장황한 코멘트를 늘어놓으면서 다른 많은 연들을 읽어주었다. 그것들은 기억에 남을 만한 그 어떤 것도 가지고 있지 않았다. 나는 그렇다고 그것들이 처음에 읽어준 연에 비해 아주 형편없는 것이라고 생각지는 않았다. 그의 글 속에는 응용과 인고와 우연이 서로 뒤엉켜 있었다. 다네리가 장점이라고 든 것들은 이미 시가 씌어지고 난 뒤에 생겨난 것들이었다. 나는 그 시인의 작업이 시 자체에 있는 게 아니라는 것을 깨달았다. 그가 진정으로 하고 있는 작업은 그 시로 하여금 찬탄을 받도록 하기 위한 명분들을 창달해 내는 것

---

20) 『오디세이』는 호머의, 『일과 하루』은 헤시오도스의 작품이다. 사보야란 현재 이탈리아, 스위스와 국경을 이루며 프랑스의 남동쪽 지역에 있었던 옛 국가를 가리킨다. 헤시오도스는 이 국가 출신으로 알려져 있다.
21) scherzo: 경쾌하면서 해학적인 요소를 담고 있는 곡조를 가리킨다.
22) Carlo Goldoni(1707-1793): 베니스 출신의 이탈리아 극작가로 『여관과 부채』 등의 대표작을 중심으로 200여 편이 넘는 희곡 작품을 남겼다. 그가 연극사에 남긴 공적은 어릿광대짓을 바탕으로 한 commedia dell arte로부터 베니스의 일상생활에 대한 회화적 묘사라는 새로운 희극의 도입에 있었다. 그는 또한 몰리에르의 희극에 많은 영향을 끼친 것으로 알려져 있다.

에 있었다. 자연히 이러한 후차적인 작업은 그에게 있어 그 작품이 다른 모습으로 바뀌어지도록 만들었지만 다른 사람들에게는 그렇지 않았다. 다네리의 말 솜씨는 굉장했다. 그럼에도 불구하고 손에 꼽을 정도를 제외하고 그 시가 가진 운율적 결함은 그러한 굉장함이 시에까지 전달되도록 만들지는 못하고 있었다.[23]

나는 내 일생에 단 한 차례 만 오천 행으로 된 12음절 시 『폴리올비온 Polyolbion』[24]을 들춰볼 기회가 있었다. 저자인 마이클 드레이턴은 이 지형학적인 시에서 영국의 동식물 생태, 수로 지형, 산악 지형, 군(軍)과 수도원의 역사를 총체적으로 묘사했다. 나는 엄청나지만 역시 제한이 있을 수밖에 없는 이 저작이 같은 류에 속하는 까를로스 아르헨띠노의 방대한 작품보다 덜 지리하다는 것을 확신한다. 까를로스 아르헨띠노는 둥근 지구의 모든 것을 시로 표현하고자 의도하고 있었다. 1941년에 이미 그는 퀸스

---

23) 그럼에도 불구하고, 나는 혹독하게 삼류 시인들을 질책하고 있는 한 풍자시의 다음과 같은 구절들을 기억한다.

　　이 사람은 시에게 박식의 도전적인 갑옷을 입히고
　　또 다른 사람은 호화로움과 현란함의 그것을 입히네.
　　양쪽 모두 똑같이 헛되이 우스꽝스러운 날개를 퍼덕거리고 있네……
　　잊어버렸다네, 낙담한 그들, 〈미〉라는 기능을!

　　(이 시의 저자가 내게 말하기를) 단지 한 떼의 무지막지하고 강력한 비판론자들이 출현하도록 만들지도 모른다는 두려움 때문에 이 시를 출판하는 것을 간단히 단념했다고 한다. 〔원주〕
24) Polyolbion이란 원래 그리스어로는 〈많은 축복을 갖기를〉이라는 뜻으로 영국의 시인 마이클 드레이턴 Michael Drayton(1563-1631)의 장시 제목이다. 그는 셰익스피어와 동시대 사람으로 이외에도 『남자들의 전쟁』과 같은 서사시를 남겼다. 『폴리올비온』의 특징적 성격은 육보격 hexameter 시로서 영국의 역사, 지리 등 방대한 지식들을 담고 있는 데에 있다.

랜드 주[25]에 있는 몇 헥타르의 땅, 옵 강[26]의 일 킬로미터가 넘는 수로, 베라끄루스[27]의 북쪽에 있는 가스 탱크, 꼰셉시온 교구(敎區)[28]의 주요 상가, 벨그라노[29]의 온세 데 셉띠엠브레 거리[30]에 있는 마리아나 깜바세레스 데 알베아르[31]의 별장, 그리고 평판 높은 브라이턴[32] 해양박물관에서 그다지 멀리 떨어져 있지 않는 터키탕의 시설들에 대한 묘사를 끝마친 뒤였다. 그는 내게 자신의 시에 들어 있는, 오스트레일리아 지역에 관해 고심해 쓴 몇몇 부분들을 읽어주었다. 그 길고 산만한 알렉산더 운[33]의 시구들에는 서문이 보여주던 그러한 상대적으로 선동적인 어조가 결여되어 있었다. 한 연을 그대로 옮겨본다.

깨달아라. 일상적인 푯말의 오른쪽 손 편에서
(물론 북북서쪽에서 오고 있는)
양들의 축사로 하여금 납골당의 분위기를 갖게 하는
해골 하나가 권태스러워 한다네——색깔은? 희끄무레한 하

---

25) Queensland : 오스트레일리아의 동북쪽에 있는 주의 이름.
26) Ob : 러시아의 서쪽에 있는 강의 이름으로 총 길이가 4,023km이다.
27) Veracruz : 멕시코 만에 자리잡고 있는 주의 이름이자 동시에 주 항구의 이름.
28) 아르헨티나의 수도 부에노스 아이레스에 있는 교구의 이름. 그곳에는 같은 이름의 유명한 교회가 있다.
29) Belgrano : 부에노스 아이레스 시 교외에 있는 지역 이름으로 부유층의 별장들이 많이 있다.
30) Once de Septiembre : 벨그라노 지역에 있는 거리의 이름. 그 뜻은 9월 11일이라는 뜻이다.
31) Mariana Cambaceres de Alvear : 허구적인 인물.
32) Brighton : 영국의 서섹스 지방에 있는 지역의 이름.
33) 알렉산더 운이란 스페인어 시에 있어 14음절로 되어 있는 정형율을 가리킨다.

늘색──

「내가 다시 복원시킨 두 개의 대담한 표현」 그가 흥분하여 소리쳤다. 「자네도 그것이 성공적이라고 생각하는군! 나도 알아, 나도 안다니까. 첫번째 것은 〈일상적인〉이라는 성질 형용사지. 그것은 명백히 자질구레한 목장일과 농사일에 따른 어쩔 수 없는 권태를 파노라마처럼 폭로하고 있잖나. 전원시들이나, 우리들의 계관시인인 돈 세군도[34]조차도 결코 그렇게 적나라하게 폭로할 수

---

34) 돈 세군도는 아르헨티나의 소설가이자 시인인 리까르도 귀랄데스 Ricardo Güiraldes(1886-1927)의 소설 『돈 세군도 솜브라 Don Segundo Sombra』에 나오는 주인공의 이름이다. 그럼에도 불구하고 보르헤스의 이 단편에서 까를로스 아르헨띠노가 그를 계관시인이라고 지칭하고 있는 것은 『돈 세군도 솜브라』의 작품 내용 때문이다. 이 작품은 사생아로 버려진 한 아이(화자)가 돈 세군도 솜브라라는 가우초(아르헨티나의 목동)를 만나 인생을 살아나가는 법을 배우면서 성장해 가는 과정을 그리고 있다. 『픽션들』에 나오는 「끝」이라는 단편의 주 1번에서 밝혔듯 아르헨티나 가우초들의 삶은 민담적인 요소를 많이 가지고 있다. 그들의 주 직무는 야생마 포획과 길들이기, 가축몰이, 그 밖에 목장의 자질구레한 일들이지만 많은 가우초들은 동시에 뛰어난 시인들이며 이야기꾼들이었다. 그들은 기타에 맞춰 스페인으로부터의 독립전쟁 당시 뛰어난 활약을 보였던 영웅적인 가우초들의 무용담을 그린 서사시들을 음송하거나, 삶의 교훈이 담긴 이야기들을 들려주곤 한다. 깐또르(cantor:가수)라는 이러한 가우초의 민담적 성격이 문학적으로 상징화되어 있는 게 돈 세군도 솜브라이다. 그는 아르헨티나 대평원이 가진 전원적이고 목가적인 삶, 그리고 동시에 농사일과 목장일에 얽힌 삶의 대변자와 같다. 그와 동시에 그는 그러한 삶의 모습을 빼어난 언어로 들려줄 수 있는 위대한 시인이자 이야기꾼이다. 따라서 까를로스 아르헨띠노는 그를 상징적으로 계관시인이라고 부르고 있다. 물론 이것은 보르헤스적 문학 기법과 관련하여 가짜 사실주의의 한 예라고도 볼 수 있다.
　작가 귀랄데스는 그의 부친이 대목장주였기 때문에 어린 시절 아르헨티나의 평원에서 보냈다. 이후 청년기에는 프랑스의 파리로 건너가 소위 프랑스의 아방가르드 작가들과 많은 친분관계를 맺었다. 그래서 그의 작품들은 평원에 대한 단순한 사실주의적 접근이 아닌 사실주의-아방가르드라는 혼합

없던 그런 권태 말일세. 두번째 것은 〈해골 하나가 권태스러워 한다네〉라는 활기 찬 산문조의 구절이네. 성격이 세심한 사람은 이 구절에 겁을 집어먹게 될지도 모르지만 남성적 취향을 가진 비평가는 그것을 자신의 삶보다 가치있는 것으로 평가할 걸세. 게다가 이 시행 전체가 아주 진작된 미학적 바탕 안에 이루어져 있단 말일세. 이 시의 두번째 반행인 〈색깔은? 희끄무레한 하늘색〉은 독자들과 생생한 담소를 하도록 만들어주지. 우선 독자들로 하여금 절절한 호기심이 들도록 만들고, 그 다음에는 입 안에 질문을 우물거리도록 만들고, 그리고 마침내는 그것에 대한 대답을 갖도록 만들어주지……. 즉각 말이야. 그런데 그 〈희끄무레한 하늘색〉이라는 돌발적인 표현에 대한 자네 의견은 어떤가? 이 회화적인 신조어는 오스트레일리아의 풍경에 있어 극도로 중요한 요소, 그러니까 하늘을 함축하고 있지. 이러한 수사적 환기가 없었더라면 풍경의 스케치는 지나치게 어두워졌을 것이고, 독자는 가슴 가장 깊은 곳에서 상처받아 치유할 길 없는 깜깜한 우수에 젖은 영혼과 함께 책을 덮어버릴 수밖에 없는 자신을 발견하게 됐을 것이네」

자정 무렵에 나는 그의 집을 나왔다.

두 번의 일요일이 지난 후 다네리가 내게 전화를 걸어왔다. 내 기억에 그것은 그를 안 이래 처음 있는 일이었다. 그는 내게 네시에 만났으면 좋겠다고 요구했다. 「아주 진보적인 수니오와 숭그리가——자네도 알 거네만 내가 세들어 살고 있는 집의 소유주들이지——길 모퉁이에 연 서로 맞붙어 있는 살롱-바에서 함께 우

된 형식을 보여준다. 작품으로는 『죽음과 피의 단편집』, 『라우초』, 『하마이까』, 『돈 세군도 솜브라』와 같은 소설과 시/산문집 『유리 방울』 등이 있다.

유나 마시게 말이야. 그 과자점은 자네도 알아두면 좋으리라는 생각이 드네」 나는 마음이 내키지 않았지만 마지못해 그의 초대를 받아들였다. 우리는 자리를 찾기가 어려웠다. 그 〈살롱-바〉는 가혹할 정도로 현대적이었지만 내가 예상했던 것보다는 조금 덜 대담했다. 옆의 탁자들에서는 열광한 사람들이 수니오와 숭그리가 전혀 값을 깎지도 않은 채 그 집에 투자한 돈의 액수에 대해 떠들어대고 있었다. 까를로스 아르헨띠노는 어떤 점이 그러하다는 것인지는 모르겠지만 그곳의 조명 시설에 대해 놀라워하는 척했다(의심할 바 없이 그는 그것에 대해 벌써 알고 있었으면서도 말이다). 그가 다소 엄숙한 태도로 내게 말했다.

「자네 마음에는 들지 않을지 모르지만 이곳은 플로레스 지역[35]에서 가장 날리는 살롱-바들과 비교해 손색이 없을 정도라는 것을 인정해야 할 거네」

그런 다음, 그는 내게 예의 그 시 너더댓 페이지를 다시 읽어 주었다. 그는 그 시를 〈언어적 과장〉이라는 부패한 원칙에 따라 수정을 가한 뒤였다. 전에 〈푸른 빛을 띤 azulado〉이라고 썼던 것은 〈푸르른 azulino〉, 〈푸릇푸릇한 azulenco〉, 심지어 〈푸르스름한 azulillo〉으로까지 풍요해져 있었다.[36] 그에게 〈젖 모양의 lechoso〉라는 단어가 아주 추한 것만은 아니었다. 양털 세탁장에 대한 격정적인 묘사에서 그는 〈우유 같은 lactario〉, 〈유즙 같은

---

35) 부에노스 아이레스의 한 지역 이름.
36) 물론 앞의 네 단어들은 스페인어 철자만 다를 뿐 뜻은 거의 동일하다. 역자가 단 한국어 번역은 스페인-스페인어 사전의 뜻풀이에 의거해 임의로 단 것이다. 보르헤스가 마지막 azulillo(푸르스름한)에 〈심지어〉라는 부사 수식어를 단 것은 이 단어가 아르헨티나에서는 거의 쓰이지 않고 주로 베네수엘라 등지에서 쓰이기 때문이다.

lacticinoso〉, 〈유액 같은 lactescente〉, 〈젖 같은 lechal〉이라는 단어들을 선호했다.[37] ……그는 비평가들에게 신랄한 독설을 퍼부었다. 그러고 나서 다소 온화해진 어조로 그는 그들을 〈보석도 없고, 보물들을 주조하기 위한 증기 압착기도, 엽연기도, 황산도 없으나 다른 사람들에게 보물이 '어디에 있는가'는 가리킬 수 있는〉 사람들에 비유했다. 이어 그는 〈'천재들의 왕자'[38]가 『돈키호테』의 뛰어난 서문에서 이미 희화화했던〉 〈서문광(序文狂)〉에 대한 비난을 늘어놓았다.[39] 그럼에도 불구하고, 그는 새로운 작품의

---

[37] 앞의 경우와 마찬가지로 역자가 스페인-스페인어 사전에 의거해 임의로 번역했지만 그 뜻은 거의 동일하다. 하지만 다네리가 이 단어들을 선호한다는 것은 실제로 같은 뜻의 〈lacteo〉 단어가 이들 네 단어보다 훨씬 많이 쓰이고 있기 때문이다.

[38] 여기서 〈천재들의 왕자〉라는 비유는 『돈키호테』의 원 제목과 관련된다. 『돈키호테』의 온전한 제목은 『천재적인 신사 돈키호테 데 라 만차』이다.

[39] 『돈키호테』의 1부 「서문」은 세르반테스가 서문이라는 글 체계가 가지고 있는 문제점에 대해 지적하고 있는 부분이 중심을 이루고 있다. 그 당시 발행되는 대부분의 책들에서는 여러 개의 서문, 귀족이나 명망 있는 사람들의 헌시, 또는 추천사, 그 외에 플라톤, 아리스토텔레스와 같은 유명한 사람들의 인용을 첨가하는 게 유행이 되어 있었다. 세르반테스는 일종의 풍자적 은유로 그러한 현상에 대해 비판을 가한다. 〈나는 이 책을 요즘 책들에서 유행인 것처럼 서문, 셀 수 없이 많은 관례적인 소네트들, 경구들, 후기들의 치장 없이 있는 그대로 장식 없이 여러분께 보여드리기를 바랐었다. 왜냐하면 비록 그것을 작성하려면 요구되는 상당한 노고도 노고지만 그것이 지금 여러분이 읽게 될 이 서문보다 낫지 않음을 나는 말할 수 있기 때문이다. 여러 차례 나는 그것을 쓰기 위해 펜을 집어들었다가 놓아버렸고…….〉 (Miguel de Cervantes, *Don Quijote de la Mancha* 1, Madrid: C tedra, 1982, 68쪽) 『돈키호테』 1부의 서문은 이처럼 세르반테스가 고민을 하고 있는 도중 한 친구가 찾아와 둘이서 그러한 관행을 비판, 풍자하는 대목으로 이어져 간다. 그래서 보르헤스가 여기서 〈서문광〉이라는 용어를 쓴 것이다.
  그러나 이러한 인유가 가진 보다 핵심적인 의미는 까를로스 아르헨띠노가 그처럼 〈서문광〉을 공박하면서도 앞에서 보았듯 같은 서문에 해당하는 그

겉장에는 휘황찬란한 서문, 날카롭고 중후한 문필가가 서명한 짤막한 언급이 있으면 좋을 거라는 점을 인정했다. 그는 자신의 장시 앞부분을 출판할 계획이라고 덧붙여 말했다. 그래서 나는 그가 왜 뜻하지 않게 전화로 나를 불러냈는지에 대한 이유를 간파할 수 있었다. 그는 내게 그 현학적인 잡탕 글의 서문을 써달라고 부탁하려는 것이리라. 그러나 나의 염려스런 추측은 착각이었다는 게 곧 드러났다. 까를로스 아르헨띠노는 질시감 깃든 찬사와 함께 뛰어난 학식의 소유자인 알바로 멜리안 라피누르[40]가 각계에서 얻은 명성은 확고한 것으로 치부해도 전혀 착오가 아니라고 생각한다고 말했다. 그리고 내가 애를 써주면 그가 자신의 시에 흠뻑 빠져 서문을 써줄 수 있으리라는 것이었다. 그에 따르면 나는 가장 엄청난 실수를 피하기 위해 명명백백한 두 가지 장점의 대변자가 되어야만 하는 것이었다. 〈형식적 완결성과 과학적 치밀성.〉〈왜냐하면 비유들과, 수사들과, 장식적 언어들로 구성된 이 거대한 정원에는 엄중한 진실을 확인해 주는 그 모든 항목들이 들어 있기 때문〉이었다. 그는 베아뜨리스가 늘 알바로에게 홀딱 빠져 있었다고 덧붙여 말했다.

  나는 동의, 무턱대고 동의를 했다. 나는 그가 보다 확실하게 믿도록 하기 위해 알바로와 월요일이 아닌 목요일, 모든 작가 클럽의 회합 끝에 늘상 갖게 되는 조촐한 만찬석상에서 이야기를 해보겠다고 밝혔다. (물론 그런 만찬 같은 것은 없다. 그러나 회합이 목요일에 열린다는 것은 부정할 수 없는 사실이다. 따라서

  런 여러 가지 서시들을 썼다는 이율배반성을 보여주고자 함이다.
 40) 보르헤스 친척의 이름. 그는 문인이 아니었다. 따라서 이 또한 보르헤스가 즐겨 쓰던 유희의 한 예에 속한다.

까를로스 아르헨띠노 다네리는 그것을 신문에서 확인할 수 있었고, 내 말에 일종의 사실성을 부여하게 되었다.) 나는 그의 눈치를 살피고, 내심 머리를 굴려 알바로에게 서문의 주제에 대한 상세한 설명을 하기 전에 작품의 흥미로운 구성 방식에 대해 들려주겠노라고 말했다. 우리는 작별했다. 베르나르도 데 이리고엔 거리[41]의 모퉁이를 돌면서 나는 아주 냉철하게 내가 선택해야 할 미래에 대해 따져보았다. 1) 알바로와 얘기를 나누고, 그리고 그에게 베아뜨리스의 남자 사촌이(이렇게 빙 돌려서 설명하는 어법으로 말해야만 그녀의 이름을 들먹일 수 있으리라) 동음 반복과 혼돈 구조의 가능성을 무한대로 확장시켜 놓은 것처럼 보이는 시를 썼다고 말하는 것. 2) 알바로와 그 얘기를 나누지 않는 것. 나는 명백하게 나의 게으름이 두번째 것을 선호하게 될 것임을 예견했다.

금요일의 이른 시각부터 전화기는 나를 불안스럽게 만들기 시작했다. 나는 한때는, 이제 다시는 되돌려놓을 수 없는 베아뜨리스의 목소리를 들려주던 이 기구가 자기 현혹에 빠진 그 까를로스 아르헨띠노의 쓸모없고, 아마 노기가 섞여 있을 불평을 전달하는 장치로 전락할 수 있다는 사실에 분노가 치밀었다. 다행히 아무 일도 일어나지 않았다. 내게 미묘한 무엇이 걸려 있는 일을 강요해 놓고도 아예 나에 대해서조차 잊어버린 그치가 나로 하여금 품도록 만든 그 피할 길 없는 앙심을 제외하곤 말이다.

전화기는 자아내던 공포감을 상실하게 되었다. 그런데 10월 말경, 까를로스 아르헨띠노가 내게 전화를 걸어왔다. 그는 극도로 격앙해 있었다. 그 때문에 나는 처음에 그의 목소리를 간파하지

---

41) 부에노스 아이레스 시의 거리 이름.

못할 정도였다. 그는 슬픔과 분노가 뒤섞인 목소리로 이미 끝간 줄 모르고 날뛰는 그 수니오와 숭그리가 자신들의 얼토당토 않는 제과점을 확장한다는 구실 아래 자신의 집을 무너뜨리려 하고 있다고 말을 더듬거렸다.

「내 부모님들의 집, 나의 집, 가라이 가의 유서 깊은 고옥을 말이야!」 아마 그는 그 말의 멜로디 속에서 자신의 고통을 삭히는 것인지 되풀이해 말했다.

내가 그의 비애에 동참하는 게 아주 당연하다는 것은 금세 증명되었다. 이미 40대에 들어선 내게 변화라는 모든 것은 세월의 흐름을 일깨워주는 저주스러운 상징에 속한다. 게다가 그것이 내게 끊임없이 베아뜨리스를 은근히 암시하는 어떤 집일 때는 더욱 그러했다. 나는 그 미묘하기 그지없는 나의 관점을 피력해 보려고 했다. 그러나 상대방은 내 말을 듣지 않았다. 그는 만일 수니오와 숭그리가 그 얼토당토 않는 주장을 계속 고집한다면 자신의 변호사인 순니 박사에게 〈그 사실에 입각해〉 손해 배상을 청구토록 해 그들로 하여금 10만 뻬소[42]를 내도록 만들겠다고 말했다.

순니라는 이름은 나 또한 알고 있는 이름이었다. 까세로스와 따짜리 거리[43] 사이에 위치해 있는 그의 변호사 사무실은 철저한 변호 업무 수행으로 명성이 자자하다. 나는 그가 이미 사건을 맡았는지 물었다. 다네리는 오늘 오후에 곧바로 그와 얘기를 나눌 것이라고 말했다. 그런 다음 그가 머뭇거렸고, 사람들이 어떤 중대한 비밀을 털어놓을 때 쓰는 그런 무덤덤하고 감정 없는 목소

---

42) 뻬소는 아르헨티나의 화폐 단위이다.
43) 까세로스와 따짜리는 둘 다 부에노스 아이레스의 남쪽 지역, 꼰스띠뚜시온 광장 근처에 있는 거리들의 이름이다.

리로 자신의 시를 끝마치기 위해서는 그 집이 필수 불가결한 것이라고 말했다. 왜냐하면 지하실의 한 귀퉁이에 〈알렙〉이 있기 때문이라는 것이었다. 그는 〈알렙〉이란 모든 지점들을 포괄하고 있는 어떤 공간 지점들 중의 하나라고 털어놓았다.

「그것은 부엌의 지하실에 있어」그는 괴로움 때문에 한 풀 꺾인 목소리로 말했다. 「그건 내 거야, 그건 내 거야. 나는 그것을 학교에 들어가기 전의 어린 시절에 발견했었지. 지하실의 계단이 아주 가파랐기 때문에 삼촌들은 내가 그 계단을 내려가지 못하도록 했지. 그런데 누군가가 그 지하실에는 어떤 〈세계〉가 존재하고 있다고 말하는 거였어. 나중에 알게 된 거지만 그것은 어떤 〈트렁크〉 하나를 두고 한 말이었지.[44] 허나 나는 정말로 그곳에 어떤 세계가 있는 걸로 생각했지. 나는 몰래 지하실로 내려갔고, 금지된 계단에서 굴러떨어지고 말았지. 눈을 떴을 때 나는 〈알렙〉을 보게 된 거야」

「알렙?」나는 되풀이해 물었다.

「그래. 전혀 흐트러짐 없이 모든 각도에서 본 지구의 모든 지점들이 있는 곳이지. 나는 아무에게도 나의 그러한 발견에 대해 말하지 않고 다시 그곳을 찾아갔지. 그 어린아이는 인간으로 하여금 시를 짓도록 하기 위해 존재하는 그러한 특혜가 자신에게 부여되었다는 것을 이해하지 못했지! 수니오와 승그리는 나로부터 그것을 빼앗아갈 수 없어. 천번 만번 그럴 수 없고 말고. 법률

---

44) 스페인어로 세계란 mundo이다. 그리고 트렁크는 baúl이다. 그렇지만 mundo라는 단어는 〈세계〉란 뜻 외에 역시 〈트렁크〉라는 뜻으로도 쓰인다. 까를로스 아르헨띠노 다네리가 〈트렁크〉란 뜻으로 쓴 mundo라는 단어를 〈세계〉라는 뜻으로 잘못 알아들었다는 말이다.

에 대해 모조리 꾀고 있는 순니 박사가 나의 〈알렙〉이 〈양도될 수 없는〉 어떤 것이라는 것을 증명해 줄 걸세」

나는 허점을 지적하려고 했다.

「그렇지만 지하실은 아주 어둡지 않나?」

「의도적으로 이해를 하지 않으려고 하는 반항적인 태도 속에는 진실이 찾아들 수가 없는 법이지. 만일 〈알렙〉 속에 지상의 모든 장소들이 들어 있다면 거기에는 모든 조명 기구들, 모든 등들, 모든 빛의 원천들이 들어 있지 않겠어」

「지금 당장 그것을 보러 가지」

나는 그가 안 된다는 말을 내뱉을 여유를 주지 않고 전화를 끊었다. 전에는 의심하지 않았던 일련의 진면목들을 즉각 간파하는 데는 한 가지 사실을 알아내는 것으로 충분하다. 나는 그때까지 까를로스 아르헨띠노가 미친 사람이라는 것을 전혀 깨닫지 못했다는 사실에 몹시 놀랐다. 비떼르보 집안의 모든 사람들, 적어도…… 베아뜨리스(내 스스로가 늘상 되풀이해 말하는 거지만)는 거의 완벽에 가까운 통찰력을 가지고 있던 여자, 그런 여자애였지만 반면에 그녀는 병리학적 설명을 요하는 무심함, 방만함, 매정함, 진정한 잔인성을 가지고 있었다. 까를로스 아르헨띠노의 광기는 나를 사악한 흡족감에 가득 부풀도록 만들었다. 왜냐하면 우리들은 은연중에 서로를 증오하고 있었기 때문이었다.

가라이 거리에 도착한 내게 하녀가 죄송하지만 조금 기다려 달라고 말했다. 그는 언제나처럼 지하실에서 사진을 현상하고 있다는 것이었다. 아무도 손을 대지 않는 피아노 위의, 한 송이의 꽃도 꽂혀 있지 않은 화병 옆에서 색상이 바랜 베아뜨리스의 거대한 초상이(시간이 뒤죽박죽되어 있다기보다는 시간이 없어져 버린 것 같은 모습으로) 미소를 짓고 있었다. 우리를 볼 사람은 아무도 없었다. 나는 그리움의 애틋한 절망감 속에서 사진 앞으로 가까이 다가갔고, 그리고 그녀에게 말했다.

「베아뜨리스, 베아뜨리스 엘레나, 베아뜨리스 엘레나 비떼르보, 사랑하는 베아뜨리스, 영원히 없어져 버린 베아뜨리스, 나야, 보르헤스야」

잠시 후 까를로스가 들어왔다. 그가 냉담한 태도로 입을 열었다. 나는 그에게 〈알렙〉의 상실 이외에는 그 어떤 생각에 빠질 심적 여유가 없다는 것을 깨달았다.

「먼저 꼬냑 같은 것이나 한 잔 들게」 그가 명령했다. 「그런 다음 지하실로 잠입해 들어가야 할 거야. 이미 상상했겠지만 등을 구부려야 하는 것은 필수 불가결한 일이네. 어둠에 익숙해지는 것, 되도록이면 몸을 움직이지 않는 것, 시력을 조절하는 것 또한 마찬가지로 필수 불가결한 일이지. 판석이 깔려 있는 바닥에 누워 눈을 그 문제의 층계 19번째 계단에 고정시키게. 나는 지하실 문 밖으로 나갈 거니까 자네 혼자 그곳에 남게 될 거네. 쥐 같은 동물이 자네를 소스라치게 만들지도 모르지. 그렇지만 그게 어디 별일이겠나! 몇 분만 지나면 자네는 〈알렙〉을 보게 될 거네. 연금술사들과 카발라 신비주의자[45]들의 소우주요, 〈작지만 알차다!〉라는 우리에게 구체적이고 친숙한 금언인 바로 그것을 보게 될 거라 이 말이네」

우리는 이미 부엌에 당도해 있었다. 그가 덧붙였다.

「한 가지 명백히 해두어야 할 것은 자네가 그것을 못 본다 할지라도 그건 자네의 무능력 탓이지 내가 한 증언이 거짓이기 때

---

45) 신에 대한 직접적인 인지를 강조하는 유태의 신비주의 사상.

알렘 227

문이 아니라는 점일세……. 내려가게. 곧바로 자네는 베아뜨리스의 모든 영상들과 대화를 나눌 수 있게 될 거네」
　그의 불필요한 부언 설명에 넌더리가 난 나는 부리나케 지하실로 내려갔다. 층계보다 약간 넓은 정도인 지하실은 패인 구멍들 투성이였다. 나는 눈을 이리저리 돌려 헛되이 까를로스 아르헨띠노가 내게 언급했던 그 트렁크를 찾았다. 병들이 담긴 몇 개의 상자, 돛배로 만든 몇 개의 자루가 구석에 무기력하게 널브러져 있었다. 까를로스가 자루 하나를 집어들어 그것을 반으로 접었다. 그리고 적당한 자리를 잡은 다음 그곳에 그것을 놓았다.
　「베개가 낮다고 생각하는군 그래」 그가 설명했다. 「그렇지만 만일 자네가 단 일 센티미터라도 그것을 들어올리면 자네는 털끝 만한 것도 볼 수 없을 거고, 그래서 무안하고 수치스러운 감정 속에 빠져들 걸세. 몸뚱이를 바닥에 푹 파묻고 열아홉에 다다를 때까지 계단의 숫자를 세어보게나」
　나는 그의 우스꽝스러운 요구 사항들을 행동에 옮겼다. 마침내 그가 지하실을 나갔다. 그가 조심스럽게 지하실 문을 닫았다. 나중에 틈새 하나가 있다는 것을 발견하긴 했지만 어둠은 내게 완벽한 것처럼 보여졌다. 돌연 나는 내가 위험에 처해 있다는 것을 깨달았다. 나는 한 미치광이에 의해 지하실에 감금되고, 그로 하여금 나중에 나를 독살하도록 만들어버린 것은 아닌가.[46] 까를로스의 엄포에는 내가 그 기적을 보지 못할지도 모른다는 은근한

---

46) 이 부분은 에드가 앨런 포의 단편 「아몬틸라도 술통」을 간접적으로 암시하고 있다. 이 작품에서 주인공은 술에 대해 일가견이 있다고 자부하는 친구 포르뚜나또를 아몬틸라도 술이 진짜인지 아닌지 봐달라고 지하실로 유인해 죽인다.

염려가 역력히 드러나고 있었어. 까를로스는 자신의 정신착란증을 호도하기 위해, 자신이 미쳤다는 것을 알지 못하도록 하기 위해 〈나를 죽여야만 했던 것은 아닐까〉. 나는 혼란스러운 불안감 속에 빠져들었다. 나는 그것이 마취제(아까 그가 먹인 꼬냑)의 작용이 아닌 긴장 때문일 거라 생각했다. 나는 눈을 감았고, 눈을 떴다. 그리고 나는 〈알렙〉을 보았다.

이제 나는 말로 형용할 길 없는 내 이야기의 중심부에 이르러 있다. 바로 여기서 작가로서의 나의 절망이 시작된다. 모든 언어는 상징들의 알파벳이다. 그것의 사용은 말을 하는 사람들이 함께 공유하고 있는 하나의 과거를 전제하지 않고는 불가능하다. 그렇다면 어떻게 다른 사람들에게 두려움에 뒤덮인 나의 기억이 간신히 감싸안고 있는 그 무한한 〈알렙〉을 전달해 줄 수 있단 말인가? 이와 비슷한 경우에 신비주의자들은 상징들을 남발한다. 신성(神性)을 의미하기 위해 한 페르시아인은 일견 모든 새들이기도 한 한 마리의 새에 대해 얘기한다.[47] 알라누스 데 인술리스[48]

---

47) 여기서 〈모든 새들이면서도 한 마리의 새〉라고 했다는 페르시아인이란 페르시아의 신비주의 시인 〈파리드 알-딘 아부 탈립 무하마드 벤 이브라힘 아타르〉를 가리킨다. 긴 이름 때문에 흔히 파리드 알-딘 아타르라고도 불린다. 새를 가지고, 전체이면서 하나인 신성을 상징하고 있는 책은 그의 시집 『새들의 대화』이다. 이에 관한 자세한 내용은 보르헤스 전집 2권 『픽션들』에 나오는 「알모따심에로의 접근」의 주 11번과 50번을 참조할 것.

48) Alanus de Insulis(1128-1202) : 프랑스어로 Alain de Lille라는 이름으로도 알려진 프랑스의 신비주의자. 보르헤스의 에세이집 『또 다른 심문』에 나오는 「파스칼의 구체」에 보면 이와 똑같은 구절이 인용되고 있다. 〈프랑스의 신학자 알랭 드 릴르──알라누스 데 인술리스──는 12세기 말경 다가오는 세대들이 잊지 못할 이 공식을 발견했다. '신은 인식이 불가능한 구체이다. 그것의 중심은 모든 곳에 있고, 그것의 원주는 그 어떤 곳에도 없다.' 〉 Jorge Luis Borges, *Obras completas*, tomo II (Barcelona: Emecé Editores, 1989) 14쪽.

는 중심이 모든 곳에 있고, 원주는 그 어떤 곳에도 없는 어떤 구체에 대해 말한다. 구약의 「에제키엘서」는 동쪽과 서쪽, 북쪽과 남쪽을 동시에 바라보고 있는 한 천사에 대해 말한다.[49] (내가 괜히 이러한 엉뚱한 유사성들을 환기시키고 있는 것은 아니다. 이것들은 〈알렙〉과 어떤 연관관계를 가지고 있다.) 아마 신들은 내가 그것들과 동등한 이미지를 가진 어떤 것을 발견했다는 점을 부인하지는 않을 것이다. 그러나 그것에 대한 나의 이러한 전달 방식은 문학과 허위로 오염되지 않을 수가 없을 것이다. 적어도, 무한한 총체성을 단지 부분에 불과할지라도 열거할 수 있느냐 하는 핵심적인 문제만큼은 해결이 무망하다. 나는 그 장려한 찰나 속에서 황홀하거나, 또는 셀수없을 정도로 수많은 경이로운 광경들을 보았다. 가장 놀라웠던 것은 서로 겹치거나 투명해져 버리는 법 없이 모든 것들이 같은 지점 속에 위치해 있다는 사실이었다. 내 눈이 보았던 것은 동시적인 것이었다. 그러나 내가 글로 옮기는 것은 연속적이다. 왜냐하면 언어의 성질이 그러하기 때문이다. 그럼에도 불구하고 어떻게든 무엇인가 적어보도록 하겠다.

  층계의 아래쪽 오른편에서 나는 거의 눈에 담기 어려운 광채를

---

49) 이 부분은 「에제키엘서」 I장 4절부터 나오는 신비스러운 존재들에 관한 얘기를 보르헤스가 조금 각색한 것이다. 대한성서공회 개역한글판 성서에는 에스겔서로 번역하고 있는데 에제키엘의 발음이 보다 정확하기 때문에 대한성서공회 발행 공동번역의 표기법과 그 번역에 의거하기로 한다. 에제키엘은 바빌론의 그발 강가에서 하느님의 말씀을 듣게 된다. 그 과정에서 에제키엘은 신비스러운 모습의 존재들을 보게 된다. 〈그 순간 북쪽에서 폭풍이 불어오는 광경이 눈앞에 펼쳐졌다. 구름이 막 밀려 오는데 번갯불이 번쩍이어 사방이 환해졌다. 그 한가운데는 불이 있고 그 속에서 놋쇠 같은 것이 빛났다. 또 그 한가운데는 짐승 모양이면서 사람의 모습을 갖춘 것이 넷 있었는데 각각 얼굴이 넷이요 날개도 넷이었다.〉 대한성서공회 공동번역 가톨릭용, I, 376쪽.

빛내고 있는 형형색색의 작은 구체 하나를 보았다. 처음에 나는 그것이 회전을 하고 있다고 생각했다. 그러나 나는 잠시 후 그 움직임이 그 구체 속에 들어 있는 어지러운 광경들 때문에 생겨난 착각이라는 것을 깨달았다. 〈알렙〉의 직경은 2 또는 3센티미터에 달할 듯싶었다. 그럼에도 불구하고 전혀 크기의 축소 없이 우주의 공간이 그 안에 들어 있었다. 하나의 사물(예를 들어, 거울에 비친 달)은 무한히 많은 사물들이었다. 왜냐하면 나는 아주 또렷하게 우주의 모든 지점들로부터 그것을 볼 수 있었기 때문이었다. 나는 으르렁거리는 바다를 보았고, 나는 새벽과 저녁을 보았고, 나는 아메리카 대륙의 군중들을 보았고, 나는 검은색 피라미드의 중앙에 있는 은빛 거미줄을 보았고, 나는 부서진 미로(다름 아닌 런던 시[50])를 보았고, 나는 마치 거울을 보듯 나를 유심히 바라보고 있는 주위의 셀수없이 많은 눈들을 보았고, 나는 그 중 어떤 것도 나를 비추고 있지 않은 세계의 모든 거울들을 보았고, 나는 솔레르 거리[51]의 한 후원에서 30년 전 프라이 벤또스의 한 집의 현관에서 보았던 것과 똑같은 보도블록들을 보았고,[52] 나는 꽃송이들과 눈(雪)과 담배와 금속의 줄무늬[53]와 수증기들을 보

---

50) 런던 시를 미로로 간주하는 얘기는 바로 이 『알렙』에 실려 있는 「아벤하깐 엘 보하리, 자신의 미로에서 죽다」에서도 등장한다.
51) 보르헤스가 어린 시절에 살았던 부에노스 아이레스의 거리 이름.
52) 프라이 벤또스는 우라과이 강 연안에 있는 작은 마을의 이름이다. 보르헤스는 어린 시절 이곳에 있는 사촌 베르나르도 아에도의 별장에서 여름 휴가를 보내곤 했다. 이 이야기는 『픽션들』에 나오는 「기억의 천재 푸네스」에 자세히 나와 있다. 여기서 주인공이 프라이 벤또스의 한 집의 현관에 깔려 있던 보도블록을 보았다는 것은 「기억의 천재 푸네스」의 주인공이 푸네스의 집을 방문했을 때 보았다는 그 보도블록을 의미하고 있다. 이 작품에 보면 다음과 같은 대목이 나온다. 〈나는 작은 낭하 같은 포석이 깔린 후원을 가로질렀다.〉『픽션들』, 181쪽.

았고, 나는 봉곳하게 솟아오른 적도의 사막과 모래 벌판의 모래들 하나하나를 보았고, 나는 결코 잊지 못할 한 여자를 인베르네스[54]에서 보았고, 나는 그녀의 거칠게 풀어헤쳐진 머리칼과 거만한 자태를 보았고, 나는 유방암을 보았고, 나는 전에는 나무 한 그루가 있었던 한 오솔길에서 원 모양을 이루고 있는 마른 땅을 보았고, 나는 아드로게의 별장[55]과 필레몬 홀랜드[56]가 번역한 플리니의 『자연사』 37권[57] 중의 하나를 보았고, 나는 각 페이지 안에 들어 있는 각 글자들을 동시에 보았고(어린 시절 나는 늘 덮어 놓은 책 속의 글자들이 밤이 경과하는 동안 서로 뒤섞여 사라지지 않는 것에 놀라곤 했다), 나는 밤과 낮을 한꺼번에 보았고, 나는 벵갈의 장밋빛 색깔을 반사하고 있는 것처럼 보이는 께레따로의 석양을 보았고,[58] 나는 아무도 없는 텅 빈 나의 침실을 보았고, 나는 알크마르[59]의 한 거실에서 끝없이 자신을 증식시키고 있

---

53) 앞의 각주에서 언급한 「기억의 천재 푸네스」에서도 푸네스가 금속의 줄무늬까지 기억하고 있는 장면이 나온다.
54) Inverness : 스코틀랜드의 한 항구 이름.
55) Adrogué : 부에노스 아이레스의 남쪽 근교에 있는 지역의 이름으로 이곳에 보르헤스 집안의 별장이 있었다. 어린 시절 보르헤스는 이곳에서 자주 휴가를 보냈기 때문에 이곳에 대한 남다른 기억을 가지고 있다. 보르헤스의 마지막 작품집인 『셰익스피어에 대한 기억』에 나오는 「1983년 8월 25일」이라는 작품에도 이 별장에 대한 언급이 나올 만큼 보르헤스는 이곳에 대한 강렬한 추억을 가지고 있었던 것으로 보인다.
56) Philemon Holland(1552-1637) : 플리니의 『자연사』를 최초로 영어로 번역한 영국의 번역가.
57) 플리니는 로마의 저술가로 37권으로 된 『자연사』라는 저술 등을 남겼다. 자세한 논의는 『픽션들』의 「기억의 천재 푸네스」 주 19번을 참조할 것.
58) 벵갈은 인도의 한 지역 이름이며, 께레따로Querétaro는 멕시코의 주 이름이다.
59) Alkmaar : 홀란드에 있는 작은 마을의 이름.

는 두 개의 거울 사이에 놓여 있는 지구본을 보았고, 나는 새벽 기운에 물들어 있는 카스피 해[60]의 한 해변에서 갈기를 흩날리고 있는 말들을 보았고, 나는 어떤 손의 섬세한 뼈마디들을 보았고, 나는 어떤 전쟁에서 살아남아 우편엽서를 보내고 있는 사람들을 보았고, 나는 미르사푸르[61]의 한 진열장에 있는 한 벌의 스페인제 트럼프를 보았고, 나는 한 온실의 바닥에 드리워져 있는 몇 그루 양치류 식물들의 비스듬히 기울어진 그림자들을 보았고, 나는 호랑이들과 피스톤들과 들소들과 거대한 파도들과 군대들을 보았고, 나는 지구상에 있는 모든 개미들을 보았고, 나는 페르시아의 고대 천체 관측기를 보았고, 나는 책상의 한 서랍에서 베아뜨리스가 까를로스 아르헨띠노에게 보낸 저속하고 믿기지 않는 또박또박 쓴 편지들(그 글씨는 나를 떨게 만들었다)을 보았고, 나는 차까리따[62]에 있는 한 기념비를 보았고, 나는 한때는 달콤하게스리 베아뜨리스 비떼르보가 소유했었던 잔혹한 그녀의 유품들을 보았고, 나는 더러운 나의 피의 순환을 보았고, 나는 사랑의 톱니바퀴와 죽음의 변화 과정을 보았고, 나는 모든 지점들로부터 〈알렙〉을 보았고, 나는 〈알렙〉 속에 들어 있는 지구를, 다시 지구 속에 들어 있는 〈알렙〉과 〈알렙〉 속에 들어 있는 지구를 보았고, 나는 나의 얼굴과 내장들을 보았고, 나는 너의 얼굴을 보았고, 나는 현기증을 느꼈고, 그리고 나는 눈물을 흘렸다. 왜냐하면 사람들이 제멋대로 남용해 쓰고 있지만 그 누구도 본 적이 없

---

60) 아시아와 유럽 대륙 사이에 있는 바다의 이름.
61) Mirzapur : 인도 북쪽에 있는 도시의 이름.
62) Chacarita : 부에노스 아이레스에 있는 구역의 이름, 또는 그 구역에 있는 같은 이름의 공동묘지를 가리킨다.

는 그 비밀스럽고 단지 상상적인 대상, 〈불가해한 우주〉를 보았기 때문이었다.

나는 끝없는 경외감과 끝없는 회한을 느꼈다.

「전혀 예기치도 않았던 곳을 그토록 밑바닥까지 훑어보았으니 정신이 혼란스러울 것이네」희희낙락해하는 그 지겨운 목소리가 들려왔다. 「비록 자네가 온갖 머리를 다 짜낸다 할지라도 한 세기 안에는 내가 자네에게 보여준 그 계시에 대한 보답을 결코 하지 못할 것이네. 이보게, 정말 말로 형용할 수 없을 정도로 굉장한 관측소지 않나, 보르헤스!」

까를로스 아르헨띠노의 구두가 층계의 맨 꼭대기 위를 점하고 있었다. 언뜻 스쳐가는 희미한 불빛 속에서 나는 간신히 몸을 일으키고 더듬더듬 입을 열 수가 있었다.

「굉장해. 그래, 굉장해」

나는 무심한 내 자신의 목소리가 이상하게만 느껴졌다. 안달이 난 까를로스 아르헨띠노가 계속 물었다.

「모든 것을 그것들이 가진 원래의 색깔대로 똑똑히 보았겠지?」

그 순간 내게 복수의 방법이 떠올랐다. 나는 다정하고, 겉으로 환히 드러날 정도로 동정심에 가득 찬 얼굴로, 초조에 떨고, 회피적인 태도로 까를로스 아르헨띠노 다네리에게 지하실을 구경할 수 있게 해준 호의에 대해 감사를 표했다. 그리고 그에게 집의 철거를 그 누구도, 정말이지 그 누구도(!) 가만 내버려두지 않는 해독한 도시로부터 탈출할 수 있는 계기로 삼으라고 간곡히 말했다. 나는 부드러운 단호함 속에서 〈알렙〉에 대해 토론하는 것을 거부했다. 작별을 고하면서 나는 그를 포옹했고, 그에게 시골과 평화로운 삶이야말로 두 가지의 위대한 의사라는 당부를 되풀이해 말했다.

거리에서, 꼰스띠뚜시온 광장의 층계에서, 지하도에서 나는 모든 사람들의 얼굴들이 그토록 친숙하게 느껴질 수가 없었다. 나는 이제 나를 놀라게 할 그 어떤 것도 남아 있지 않을지도 모른다는 두려움에 사로잡혔고, 세계에 대한 그 뒤집힌 인상이 나를 가만 내버려두지 않을지도 모른다는 두려움에 사로잡혔다. 다행스럽게도 며칠 밤의 불면 끝에 다시 망각의 손길이 내게서 작동을 하기 시작했다.

〈1943년 3월 1일의 후기〉

가라이 거리의 그 건물이 헐린 뒤 6개월 후 쁘로꾸스또 출판사는 그 엄청난 시의 길이에 개의치 않고 『아르헨띠노 시선』이라는 한 발췌본을 시장에 내놓았다.[63] 무슨 일아 일어났는지는 중언부언할 필요가 없다. 까를로스 아르헨띠노 다네리는 〈국가문학상〉의 2등상을 받았다.[64] 1등상은 아이따 박사에게, 3등상은 마리오

---

63) 보르헤스가 〈쁘로꾸스또〉라는 허구적 출판사가 『아르헨띠노 시선』을 출간했다는 허구적 장치를 쓴 것은 매우 의미심장하다. 스페인어로 쁘로꾸스또 Procusto는 그리스의 신화적 인물인 프로쿠르스테스 Procrustes를 가리킨다. 그는 아테네가 위치한 아티카 지방에서 암약하던 도적으로 여행객들을 붙잡아 자신의 침대에 묶어놓고 침대보다 작으면 몸을 늘리고 침대보다 크면 몸을 잘라내곤 했다. 즉 쁘로꾸스또 출판사가 아주 길었던 아르헨띠노 시의 시선이라는 발췌본을 내놓은 것은 마치 쁘로꾸스또가 자신의 침대 길이보다 긴 사람의 몸을 잘랐던 것과 일맥상통하는 것이다.

64) 〈괴로움을 감추지 못하는 자네의 축하 편지를 잘 받았네.〉 그가 내게 편지를 썼다. 〈나의 안쓰러운 친구여, 자네는 시기심에 골을 내고 있지만──비록 속이 타더라도──이번에는 내가 나의 사각모를 가장 붉은 깃털로 장식할 수 있다는 사실을 인정해야 할 걸세. 나의 터번을 루비 중에서 가장 최고의 루비로 장식할 수 있다는 것을 말이야.〉〔원주〕

본판띠에게 주어졌다.⁶⁵⁾ 믿을 수 없게도 나의 작품 『도박꾼의 트럼프』는 단 한 표조차 얻지 못했다.⁶⁶⁾ 또 한차례 몰이해와 질투가 승리를 거둔 것이었다! 내가 다네리를 못 보게 된 지도 벌써 오랜 시간이 흘러 있었다. 신문들은 그가 곧 제2권을 세상에 내놓게 될 것이라는 기사를 싣고 있었다. (이제 더 이상 〈알렙〉에 의해 무더지지 않고 있는) 그의 복 받은 펜은 아세베도 디아스 박사 작품의 요약본을 시로 바꾸는 데 헌신하고 있었다.⁶⁷⁾ 나의 두 가지 견해를 첨입시키고자 한다. 첫째는 〈알렙〉의 본질에 관한 것이고, 둘째는 그것의 이름에 관한 것이다. 그 이름은 알려진 것처럼 그 신성한 언어⁶⁸⁾의 첫번째 알파벳이다. 내 이야기 속에 나오는 구체에 그것을 적용한 것은 우연이 아닌 듯싶다. 카발라 신비주의에 있어 이 글자는 엔 솨 En Soph,⁶⁹⁾ 즉 한계가 없고 순수지고한 신성

---

65) 여기서 아이따는 아르헨티나 작가였던 안또니오 아이따 Antonio Aita를 가리킨다. 그가 〈국가문학상〉의 1등상을 수여했다는 것은 허구이다. 3등상을 받은 것으로 되어 있는 마리오 본판띠 Mario Bonfanti는 보르헤스가 문우였던 비오이 까사레스와 함께 부스또스 도멕 Bustos Domecq이라는 필명으로 썼던 탐정 소설에 나오는 작중인물의 이름이다. 따라서 이것 또한 허구이다.
66) 물론 보르헤스에게는 이런 제목의 작품이 없다.
67) 아세베도 디아스 Eduardo Acevedo Díaz(1882-1959)는 아르헨티나의 지리학자요, 소설가요, 언론인이었다. 같은 이름을 가진 우루과이 국적의 그의 부친(1851-1921) 또한 정치가였으며 『이스마엘』, 『고독』 등과 같은 작품을 쓴 소설가였다. 보르헤스가 말하고 있는 아세베도 디아스는 아들 아세베도 디아스로서 실제로 1941년 『긴 경기장』이라는 소설로 〈국가문학상〉의 1등상을 수상했다. 보르헤스가 그의 이름을 들먹이는 것은 같은 해 그의 작품 『끝없이 두 갈래로 갈라지는 길들이 있는 정원』이 그 작품과 경합해 2등상을 받았기 때문이다.
68) 신성한 언어란 히브리어를 가리킨다.
69) En은 히브리어로 〈아니다〉라는 부정을, Soph는 〈끝〉을 뜻하는 말이다. 따라서 En Soph는 〈끝없는〉, 〈무한한〉의 뜻을 가지고 있다. 유태의 신비

(神性)을 가리킨다. 또한 그것은 하급 세계가 상급 세계의 거울이자 지도라는 것을 말해 주기 위해 하늘과 땅을 가리키고 있는 한 인간의 형상을 가지고 있다고들 말한다. 〈집합론〉[70]에 있어서 그것은 전체가 부분들의 어떤 것보다 크지 않은 〈초유한수〉들에 대한 상징이다. 나는 다음과 같은 사실을 알고 싶었다. 까를로스 아르헨띠노가 스스로 이 이름을 발탁한 것일까? 아니면 〈모든 지점들이 수렴되는 다른 어떤 지점을 지칭하고 있는〉 그 이름을 그의 집에 있던 〈알렙〉이 보여준 셀수없이 많은 책들 중의 하나에서 보았던 것일까? 의아스러워 보일지도 모르지만 나는 또 다른 〈알렙〉이 존재한다고(존재했다고) 생각한다. 나는 가라이 가에 있던 〈알렙〉은 가짜였다고 생각한다.

그 근거를 대겠다. 1867년경 버튼 대위는 브라질에서 영국 영사의 직무를 수행하고 있었다.[71] 1942년 뻬드로 엔리께스 우레냐[72]

주의에 있어 이 말은 매우 중대한 의미를 가지고 있다. 유태인들에게 있어 하느님은 영원하고 무한한 존재이다. 따라서 유한한 존재인 인간은 신을 인식할 수 없다. 신을 인식할 수 없다는 것은 그가 인간의 인지능력에 따라 규정될 수 없음을 뜻하고, 따라서 신은 그 어떤 이름으로도 불리워질 수 없다. 왜냐하면 이름을 짓는다는 것은 그것을 규정한다는 것을 의미하기 때문이다. 그러한 이유 때문에 En Soph는 야훼라는 말과 함께 〈규정할 수 없는 존재〉, 〈이름을 부여할 수 없는 존재〉라는 뜻을 가진 신의 〈이름 아닌 이름〉이라고 말할 수 있다.

70) Mengenlehre : 독일의 수학자 게오르그 칸토르 Georg Cantor(1845-1918)에 의해 제창된 논리로서 유한수와 무한수 사이의 관계를 다루는 논리이다.

71) 리차드 버튼 Richard Burton(1821-1890)은 영국의 탐험가이자 시인이며 언어학자로서 탕가니카 호수를 발견했고, 『천일야화』를 번역했다. 실제로 버튼 경은 1864년부터 1868년까지 브라질의 산또스 시에서 영사로 근무했다.

72) Pedro Henríquez Ureña(1884-1946) : 도미니카 공화국 출신의 평론가이자 역사학자로 『우리들의 독자적인 표현을 찾기 위한 여섯 편의 에세이』, 『스

는 브라질 산또스 시의 한 도서관에서 버튼 대위의 원고 하나를 발견했다. 그 원고는 동양에서 이스칸다르 수 알-카르나인, 즉 마케도니아의 알렉산더 비코르니스 대왕[73]의 것으로 간주되는 한 거울에 대한 시였다. 이 거울에는 전 우주가 비쳐진다. 버튼은 다른 유사한 물건들에 대해서도 언급한다. 카이 코스루[74]의 일곱 겹 유리 술잔, 타릭 벤세야드가 한 탑에서 발견한 거울(『천일야화』의 272번째 밤),[75] 루시아노 데 사모사따가 달에서 실험할 수 있었던 거울(『진실된 역사』 1장 26절),[76] 카펠라의 『풍자가』 제1권에서 주피터 신의 소유로 보고 있는 거울로 된 창(槍),[77] 〈둥글고, 오목하

페인의 풍요』, 『라틴아메리카 문화사』 등과 같은 저술을 남겼다. 그는 말년을 거의 아르헨티나에서 보냈으며 보르헤스와 아주 절친한 친구였다.

73) 마케도니아의 알렉산더 대왕은 페르시아에서 이스칸다르 수 알-카르나인 Iskandar Zu al-Karnayn이라는 이름으로 알려져 있었다.

74) 영어로는 Kai Kosru, 스페인어로는 Kai Josr라고 불리우는 페르시아의 건국 설화에 나오는 왕의 이름이다. 이 왕에 관한 설화적 이야기는 아불 카심 만수 Abul Kasim Mansu(941-1020), 또는 피르두시 Firdusi라는 이름으로 알려진 페르시아의 시인이자 골동품 연구가가 쓴 『열왕기 Shahna-mah』에 나온다. 이 작품에서 카이 코수르와 그의 일곱 겹으로 된 술잔에 관한 언급이 나온다.

75) 타릭 벤세야드 Tarik Bebzeyad, 또는 타릭 이븐 시야드 Tarik ibn Ziyad는 711년 스페인을 침공해 비시고도 족 왕 돈 로드리고를 죽이고 대부분의 스페인 땅을 점령했던 아랍의 장군이다. 그의 정복에 관한 설화는 『천일야화』 제 271-2째 밤에 실려 있다. 보르헤스는 이미 이에 관해 그의 첫번째 소설집 『불한당들의 세계사』에 나오는 「기타 등등——동상들의 왕실」에서 하나의 이야기로 꾸며놓고 있다. 타릭 벤세야드가 발견했다는 거울은 솔로몬의 거울로 알려진 거울을 뜻한다. 이 설화의 내용에 관해서는 『불한당들의 세계사』 104-110쪽을 읽어볼 것.

76) 루시아노 데 사모사따 Luciano de Samosata(125?-192?)는 그리스의 작가로 『죽은 자들의 대화』, 『신들의 대화』, 『진실된 역사』와 같은 풍자적 저술들을 남겼다. 여기서 거울은 그의 저서 『진실된 역사』에 보면 그 밑이 지구에서 볼 때 달처럼 보이는 가상의 엔디미온 왕국에 있는 거울을 가리킨다.

고, 마치 유리의 세계 같은〉메를린의 우주 거울(『요정나라의 여왕』, III, 2:9).⁷⁸⁾ 그리고 그는 다음과 같은 흥미로운 문장을 덧붙이고 있다. 〈그러나 전자의 것들은 (실제로 존재하지 않는다는 결점에다) 일종의 광학 기구들에 불과하다. 카이로에 있는 아무르 회교 사원⁷⁹⁾을 찾는 신도들은 중앙광장을 둘러싸고 있는 돌기둥들 중 하나의 내부에 우주가 들어 있다는 것을 아주 잘 알고 있다……. 명백한 사실이지만 아무도 그것을 볼 수는 없다. 그러나 그것의 표면에 귀를 가져다 댄 사람들은 잠시 후 부산한 소리를 듣게 되었다고 단언한다……. 그 회교 사원은 7세기경에 세워졌다. 그 기둥들은 이슬람교가 들어오기 이전에 있던 종교의 사원들로부터 물려받은 것이다. 그 현상에 대해 아벤할둔⁸⁰⁾은 다음과 같이 말한다. '유목민들에 의해 세워진 국가들의 경우 모든 석조 건축 공사를 하기 위해서는 타지인들의 협력이 필수불가결하다.'〉

돌기둥 내부에 그 〈알렙〉이라는 게 존재하는 걸까? 내가 모든

---

77) 마르티아누스 카펠라 Martianus Capella는 중세의 카르타고 출신 작가로 『풍자가 Satyricon』라는 작품 등을 남겼다. 이 작품에 보면 로마의 최고 신인 주피터가 가진 창은 지구의 모든 것이 비쳐지는 일종의 거울로 묘사되어 있다.

78) 메를린은 영국의 〈아더 왕〉 설화에서 마법사로 나와 아더 왕의 아버지와 아더 왕을 돕는 설화적 인물이다. 이 설화적 바탕이 된 인물은 같은 이름을 가진 6세기경의 영국 시인이라고 한다. 『요정나라의 여왕』은 에드문드 스펜서(1552-1599)가 쓴 서사시이다. 스펜서에 관한 보다 자세한 논의는 보르헤스 전집 2권 『픽션들』의 「알모따심에로의 접근」 주 45번을 참조할 것. 이 서사시에 보면 메를린이 라이언스 왕을 위해 거울을 하나 만들어준다. 이 거울은 보는 사람들로 하여금 사람들의 마음을 읽을 수 있도록 해준다.

79) Amr : 7세기경에 축조된 아프리카 최초의 회교 사원.

80) 이 인물이 실제 인물인지 허구의 인물인지는 명확지 않다.

것들을 보았을 때 나는 알렙을 보았다가 그러고 나서 그것에 대해 잊어버린 것일까? 우리들의 정신에는 망각으로 뚫려 있는 수많은 구멍들이 있다. 나 자신 또한 세월이라는 슬픈 풍상 작용 속에서 베아뜨리스의 모습을 변질시키고, 상실해 가고 있다.

에스또라 깐또에게[81]

---

81) Estela Canto(1919-) : 1940년대에 보르헤스가 사랑했던 여자로 아르헨티나의 소설가. 보르헤스가 부정하긴 했지만 그녀가 이 작품 〈알렙〉에 나오는 베아뜨리스의 모델이었다는 설이 있다.

후기

「엠마 순스」(이 작품의 으시시한 구성보다 훨씬 더 월등한 이 작품의 찬탄할 만한 줄거리는 세실리아 인헤니에로스[1]가 내게 들려준 것이다), 그리고 믿을 만한 역사적 사건들에 대한 해석을 시도하고 있는 「전사와 포로」를 제외하고 이 책에 나오는 나머지 작품들은 환상 문학의 영역에 속한다. 그 모든 것들 중 첫번째 것이 가장 노고가 많이 들어간 작품이다. 이 작품의 주제는 불사성(不死性)이 인간에게 미칠 결과에 대한 것이다. 죽지 않는 사람들의 윤리학에 대한 이 소묘의 뒤를 잇는 게 「죽어 있는 사람」이다. 이 이야기에 나오는 아세베도 반데이라는 리베라 또는 세로 라르고[2] 출신이다. 또한 그는 체스터톤[3]의 작품에 나오는, 타의 추종을 불허하는 〈선데이〉의 흑백 혼혈적, 야생적 변신이다. (『로마 제국의 쇠퇴와 몰락』[4] 24장은 오딸롤라의 운명과 비슷한 운명의 이야기를 들려주고 있지만 그것은 훨씬 더 방대하고, 그리고 믿기가 힘들다.) 「신학자들」에 관해 말하자면 그것들은 개인의 자기 정체성에 관한 하나의 꿈, 보다 정확하게 말해 하나의 음울한 꿈이라 적는 것으로 족하리라. 마찬가지로 「따

---

1) Cecilia Ingenieros : 보르헤스의 친구. 실제로 그녀가 「엠마 순스」에 나오는 얘기를 보르헤스에게 들려주었다고 한다.
2) Rivera, Cerro Largo는 우루과이의 지역 이름이다.
3) Gilbert Keith Chesterton(1874-1936) : 보르헤스가 자주 인용하고 극찬한 영국의 저명한 탐정 소설가.
4) 기본 Edward Gibbon의 저서이다. 기본에 관해서는 「전사(戰士)와 포로」 주 6번을 참조할 것.

데오 이시도로 끄루스의 전기」에 관해서는 마르띤 피에로[5]에 대한 일종의 주석이라고 말하는 것으로 족하리라. 「아스테리온의 집」과 그 가련한 주인공의 성격은 왓스[6]가 1866년에 그린 한 화폭에서 영감을 얻었다. 「또 다른 죽음」은 시간에 대한 하나의 환상이다. 나는 삐에르 다미아니[7]의 논지에 힘입어 그것을 추적했다. 지난 2차 대전 때 나만큼 독일이 패전하기를 바랐던 사람은 없었다. 아무도 나만큼 독일의 비극적인 운명을 감지했던 사람은 없었다. 「독일 진혼곡」은 독일에 대해 전혀 알지 못하는 우리들의 〈친독일주의자들〉이 애통해하지도, 어렴풋이 알아채지도 못했던 이러한 운명에 대해 이해하고자 하는 시도이다. 「신의 글」은 이제까지 관대한 평가를 받아왔다. 재규어는 나로 하여금 〈까홀롬 피라미드 제사장〉의 입 속에 카발라주의와 신학의 논지를 담을 수 있도록 만들어주었다. 「자이르」와 「알렙」에서는 웰스[8]의 단편 「유리 달걀」이 준 영향을 발견하리라 생각한다.

부에노스 아이레스, 1949년 5월 3일
호르헤 루이스 보르헤스

---

5) 마르띤 피에로에 관해서는 「따데오 이시도로 끄루스(1829-1874)의 전기」의 주 1번을 참조할 것.
6) George Frederic Watts(1817-1904): 영국의 화가이자 조각가.
7) Pier Damiani(1007-1072): 이탈리아의 교부신학자. 주요 저작으로 『신의 전지전능』 등이 있다.
8) Herbert George Wells(1866-1946): 영국의 저명한 사이언스 픽션 작가. 주요 작품으로 『타임머신』, 『투명인간』, 『혹성전쟁』 등이 있다.

1952년의 추신

 이 개정판에는 4편의 단편이 추가되었다. 「아벤하깐 보하리, 자신의 미로에서 죽다」는 그것의 잔혹한 제목에도 불구하고 기억에 남을 만한 작품이 아니다(그렇다고들 내게 확인시켜 주고 있다). 우리는 그것을 원래의 필경사들이 『천일야화』에 포함시켰지만 신실한 갈란[9]은 제외시켰던 「두 왕과 두 개의 미로」의 변형으로 간주할 수 있다. 「기다림」에 관해서는 십 년 전쯤일까, 브뤼셀 문서국의 편람에 따라 책들을 분류하고 있던 과정에서 알프레도 도블라스가 내게 읽어준 한 사건 기록부로부터 출현한 것이다. 하느님이 부호 231에 해당한다는 것만을 제외하고 나는 그 책의 암호체계를 모두 잊어버렸다. 이 사건 기록부에 나오는 주인공은 터키인이다. 나는 용이하게 그의 형상을 그려내기 위해 그를 이탈리아 사람으로 만들었다. 부에노스 아이레스의 빠라나 거리[10] 모퉁이에 깊숙이 들어앉아 있는 한 가옥의 순간적이면서도 계속 떠오르는 영상이 내게 「문턱의 남자」라는 제목의 이야기를 쓰도록 만들어주었다. 나는 그것의 비현실성을 보다 그럴듯하게 느끼도록 만들기 위해 무대를 인도로 설정했다.

호르헤 루이스 보르헤스

---

9) Antoine Galland(1646-1715) : 프랑스의 동양 연구가이자 번역가로 『천일야화』를 번역했다.
10) 부에노스 아이레스에 있는 거리의 이름.

해설

보르헤스의 세번째 작품집 『알렙』은 형식과 주제의 측면에서 두번째 작품집인 『픽션들』의 연장선상에 있다. 『픽션들』을 특징짓고 있는 형식적 성격들은 개략적으로 추리소설 구조, 미로 구조, 상호텍스트적 구조 등으로 대별해 볼 수 있다. 『픽션들』은 이러한 형식구조들을 바탕으로 신, 영원, 시간, 우주, 언어와 같은 형이상학적 주제들을 위시해 다른 여러 가지 소주제들을 다양한 방식으로 전개시켜 나간다. 『알렙』 또한 이와 비슷한 맥락하에 놓여 있는 길고 짤막한 17편의 단편들로 구성되어 있다. 그럼에도 불구하고 이들 두 단편집 사이에는 시간의 흐름이 당연히 가져다 주었을 수밖에 없는 명백한 변별성이 곳곳에서 발견된다.

첫번째의 차이점은 『픽션들』에서는 추리소설 구조와 미로 구조가 형이상학적 주제들을 구상화하기 위해 차용되고 있는 반면 『알렙』에서는 이들 양자가 분리되어 있다는 데서 발견된다. 물론 「자이르」에서는 추리소설과 형이상학, 그리고 「아스테리온의 집」에서는 미로와 형이상학의 연계와 같은 다분히 『픽션들』적인 요소가 부분적으로 엿보이지 않는 것은 아니다. 그러나 『알렙』에서는 이러한 연계가 깨뜨려져 있거나 아예 추리소설은 거의 순수한 의미의 추리소설로, 미로는 구체적인 공간으로서의 미로로 변환되어 있는 경우가 대다수이다. 그 대표적인 예가 전자의 경우는 「엠마 순스」와 「기다림」이며, 후자의 경우는 「아벤하깐 엘 보하리, 자신의 미로에서 죽다」와 「두 왕과 두 개의 미로」이다.

「엠마 순스」는 엘렉트라 콤플렉스와 완전범죄의 모티프를 중첩시켜 한 살인사건의 과정을 거의 냉혹하리만치 차가운 필체로 추적하고 있는 보르헤스의 단편들 중 걸작에 속하는 추리단편이다. 그럼에도 불구하고 다른 모든 보르헤스의 단편들이 그러한 것처럼 이 단편도 매우 복합적인 압축의 구조와 고도로 진작된 반전 기법의 존재 때문에 하나의 단일한 의미체계로 축약되어 이해되는 것만은 아니다. 그 한 예가 아마 범죄 과정을 묘파해 나가고 있는 완벽하도록 무감정적인 글쓰기로부터 발현되는 것으로 보이는 〈존재의 살인〉이라는 주제일 것이다. 왜냐하면 주인공인 엠마 순스가 아버지의 복수를 위해 자신이 일하는 공장의 공장주를 죽이는 행위가 마치 인류라는 종족 자체에 대한 살인이라는 또 다른 의미지평을 도출해 내고 있기 때문이다. 또 다른 추리소설의 한 예인 「기다림」에서도 이러한 중층적 구조가 나타난다. 이 작품은 한 남자가 독자로서는 알 수 없는 어떤 이유에 따라 자신을 죽이러 오게 될 어떤 남자를 기다리는 것을 그 줄거리로 가지고 있다. 그러나 마지막 죽는 과정에서 보르헤스는 다음과 같이 진술함으로써 그러한 일차적인 의미구조를 또 다른 차원의 의미지층으로 확대시켜 나간다.

……마침내 알레한드로 비야리와 낯선 남자 하나가 그에게 들이닥친 것이었다. 그는 기다리라는 시늉을 했고, 마치 다시 잠을 청하려고나 하는 것처럼 벽 쪽으로 몸을 돌려세웠다. 그는 자신들을 살해했던 사람들의 자비심을 일깨우기 위해 그렇게 했던 것일까, 아니면 하나의 공포스러운 사건을 상상하면서 끝없이 그것을 기다리기보다는 그것을 실제로 견뎌내는 게 더 쉬운 일이라고 판단했기 때문이었을까, 아니면——이게 아마 가장 그럴 듯한 것일 게지만——이미 그들

은 수없이 바로 그 같은 장소와 같은 시간에 있었기 때문에 그 암살자들이 꿈이 돼버리도록 하기 위해 그렇게 했던 것일까?
 총탄이 그를 지워버렸을 때 그는 그러한 마술 속에 있었다.

 하지만 미로를 주제로 가지고 있는 두 단편은 이와는 조금 다른 형상을 취하고 있다. 보르헤스 자신이 스스로「후기」에서 의구심을 표명하고 있는 것처럼 미로 단편 중「아벤하칸 엘 보하리, 자신의 미로에서 죽다」는 앞에서 언급한 그러한 의미구조의 확대재생산에 실패하고 있는 작품이라 할 수 있었다. 미로 안에서 살고 있던 어느 아프리카 왕의 죽음에 대한 시인과 수학자의 추리에 반전이 전혀 깃들어 있지 않은 것은 아니지만 그것들은 아주 평이한 수준에 답보되어 있는 한계를 벗어나지 못하고 있다. 더구나 또 다른 미로 단편인 「두 왕과 두 개의 미로」는 『천일야화』에 나오는 이야기를 있는 그대로 재구성해 놓은 일종의 베껴쓰기적 우화에 머물러 있는 것이다.
 그러나 추리소설 구조, 또는 미로 구조와 형이상학의 분리라는 이러한 특징보다 더욱 결정적으로 『알렙』을 『픽션들』로부터 구분시켜 주는 변별성은 『픽션들』에서 끝에 의문부호를 붙이며 제기했던 형이상학적 주제들에 대한 해답의 제시에 있다. 『픽션들』이 형이상학적인 주제들을 미로나 추리소설 구조 속에 침습시킨 것은 모호성을 모호성 그대로 받아들여야 한다는 인식 태도가 그 바탕에 깔려 있었기 때문이었다. 그래서 『픽션들』의 세계는 마치 꿈과 환영의 올림푸스 산 같은 모양을 취한다. 하지만 『알렙』에 이르러 그러한 형이상학적 주제들은 더 이상 모호성을 모호성으로 받아들이기에만 한정되지 않는다. 즉, 『알렙』에 이르게 되면 그러한 의문들은 일종의 설명체계들을 소지하게 되는 것이다. 그럼에도 불구하고 보르헤스가 천착했던 신, 영원, 시간, 우주의 비밀 등과 같은 주제들이 본질적으로 구체적 명시가 불가능한 추상들이기 때문에 그것들을 해석하기 위한 유일한 방도는 상징화뿐이다. 물론 『픽션들』에도 그러한 상징화 작업에 따른 결과물로서의 상징물들이 등장하지 않는 것은 아니다. 그것들은 바로 나침반(「틀뢴, 우크바르, 오르비스 떼르띠우스」), 도서관(「바벨의 도서관」), 복권(「바빌로니아의 복권」) 등이다. 그러나 『알렙』에서의 상징물들이 『픽션들』에서의 상징물들로부터 구분되는 것은 후자가 〈직관적 상징물〉들임에 반해 전자는 〈해석적 상징물〉들이라는 데에 있다.

『알렙』에는 신, 시간, 우주, 영원을 동일한 맥락의 지평에 놓고 그것들을 총체적, 표상적으로 지시하는 여러 상징물들이 등장한다. 하나 하나 예를 들어보자면 「죽지 않는 사람들」에서의 〈불사의 강〉, 「신학자들」과 「신의 글」에서의 〈수레바퀴〉, 「독일진혼곡」에서의 〈독일〉, 「자이르」에서의 〈자이르〉, 「신의 글」에서의 〈재규어〉, 「알렙」에서의 〈알렙〉이 그것들이다.

「죽지 않는 사람들」에서는 그 물을 마시게 되면 영원히 죽지 않게 되는 강이 등장한다. 그 불사의 종족에 속하는 사람 중의 하나가 바로 호머이며, 그는 여러 시대에 걸쳐 다른 여러 사람의 모습을 하고 살게 된다. 그러나 이러한 호머의 후대 삶에 대한 설명체계는 〈불사의 강〉이란 게 어떤 특정한 강을 가리키고 있는 게 아니라 모든 존재의 속성에 해당될 수 있는 〈영겁회귀〉에 대한 일종의 해석적 상징임을 명백히 드러나게 한다. 『알렙』에는 이 〈영겁회귀〉를 가리키고 있는 또 다른 상징물이 등장하는데 그것은 바로 힌두교와 불교에서 빌려온 〈수레바퀴〉라는 것이다.

「독일진혼곡」에서는 세계의 모든 현상들 하나 하나가 인과론적으로 연계되어 있다는 관념적 연기설을 나치와 관련시켜 묘파하고 있다. 화자는 말한다. 〈독일의 패배는 이미 일어났기 때문에, 비로소 현재에 일어나고 있고, 과거에 일어났고, 미래에 일어날 모든 일들이 무수히 서로 연결되고 있기 때문에, 실제로 일어난 단 한 가지 사건을 두고 비난을 가한다거나 한탄한다는 것은 우주를 모독하는 것이므로 나는 독일의 패배를 기꺼워하고 있는 것이리라.〉 이어 화자는 말한다.

히틀러는 한 국가를 위해 싸운다고 믿었지만 그는 모든 국가들, 심지어 자신이 침략했거니와 증오했던 그 나라들을 위해 싸웠다. 그의 자아가 그것을 인지하지 못했다는 것은 중요한 문제가 아니다. 그의 피와 그의 의지는 그것을 알고 있었던 것이다……. 이제 세계 위로 무자비한 시대가 만개하기 시작하고 있다. 우리가, 이미 그것의 희생자가 된 우리가 그것을 조련시켰다. 영국이 망치가 되고, 우리가 대장간의 모루가 된들 무슨 상관이란 말인가? 중요한 것은 비굴한 기독교적 소심함이 아닌 폭력이 지배하기만 하면 되는 것 아닌가. 만일 승리와 불의와 행복이 독일의 것이 아니라면 다른 국가들의 것이 되도록 하자. 비록 지옥이 우리가 거해야 하는 곳이라 할지라도 제발 천국이 있다면 얼마나 좋을까.

〈자이르〉는 우주의 비밀과 죽음과 구원에 대한 상징이다. 그것은 일단 사람으로 하여금 다른 모든 기억들을 지우도록 만들고 그것만을 생각토록 한다. 심지어 그것은 그것을 본 사람으로 하여금 자신이 누구인지조차 잊어버리도록 만든다. 따라서 사람들은 그런 그를 끔찍하다고 생각할지 모른다. 그러나 그것은 잘못된 생각이다. 왜냐하면 그것은 마치 마취되어 있는 환자가 수술중에 고통을 겪으리라는 말과 같기 때문이다. 이것은 마치 〈불사의 강〉이 특정한 강을 가리키는 게 아니라 영겁회귀를 가리키고 있는 것처럼 해탈로서의 죽음을 가리킴을 시사한다. 죽음은 고통스러운 게 아니다. 왜냐하면 그 상태는 마취되어 있는 것과 마찬가지이기 때문에 죽어 있는 사람은 그것을 느낄 수가 없다. 그것은 마치 여러 가지 기억이 아닌 단

한 가지의 기억, 즉 단 한 가지의 꿈 속에서 살고 있는 것과 같은 것이다.

이와 비슷한 맥락으로 「신의 글」에서의 〈재규어〉 또한 우주의 비밀을 가리키는 상징물로서 기능한다. 신은 창조의 첫날에 세상의 마지막 날에 일어날 재난과 화근들을 피할 마술적인 문장을 하나 짓는다. 화자는 신의 글이란 결코 시간과 공간의 변천 속에서 변하지 않는 무엇이어야 할 것이라고 판단하고, 끊임없이 대를 이어 같은 모양을 유지해 가는 재규어의 가죽 무늬가 바로 그러한 신의 글일 거라 추정한다. 그는 옆 감방에 갇혀 있는 재규어의 무늬를 줄기차게 사색한 끝에 그 〈신의 글〉을 해독하기에 이르게 된다. 그 진리를 깨우치는 순간 그가 보았던 것은 〈지극히 높은 바퀴〉이다. 이처럼 우주의 비밀을 해독하게 된 사람은 그것 자체가 너무도 광대하고 절대적인 것이기 때문에 스스로의 존재를 포함한 모든 것이 무의미해져 버림을 경험하게 된다. 마치 〈바퀴〉라는 게 불교적 상징이라는 점에서도 볼 수 있듯 이것은 다름 아닌 불교의 해탈을 가리킨다.

호랑이들의 몸에 씌어진 비밀은 나와 함께 죽게 되리라. 우주를 엿보았던 사람, 우주의 타오르는 구조를 보았던 사람은 비록 그게 그 자신일지라도 어떤 한 인간, 그리고 그의 하잘 것 없는 행운이나 불행에 대해 생각할 수 없게 된다. 그 어떤 사람이 바로 그 자신이었으나 이제 그에게는 그게 아무런 의미도 없다. 만일 이제 그가 아무도 아닌 그런 존재라면 그 또 다른 자의 운명이 그에게 무슨 의미가 있단 말인가, 그 또 다른 자의 조국이 그에게 무슨 의미가 있단 말인가. 그래서 나는 그 말을 입 밖에 내지 않고 있고, 그래서 어둠 속에 누워 세월이 나를 잊어가도록 가만 내버려두고 있는 것이다.

그러나 『알렙』에 등장하는 상징물들 중 세계의 실체를 가장 구체적으로 해석하고 있는 상징물이 있다면 그것은 〈알렙〉이다. 〈알렙〉은 마치 알라누스 데 인슐리스가 말한 〈중심이 모든 곳에 있고, 원주는 그 어떤 곳에도 없는 어떤 구체〉와도 같다. 그것에는 모든 것들이 서로 겹치거나 투명해져 버리는 법 없이 같은 지점에 위치해 있으며, 그리고 그것들은 동시적이다. 그것에는 모든 시간과 모든 공간과 모든 현상과 모든 사물이 함께 들어 있다. 이것은 일차적으로 모든 것을 모두 묘사하고자 하는 비압축적인 문학에 대한 풍자적 상징이라 할 수 있다. 그러나 이 상징의 보다 본질적인 성격은 우리 인간이 시간을 직선적으로 이해하고 있어서 그렇지 동시적인 것으로 본다면 결코 우리는 죽어도 죽지 않는 어떤 존재라는 자족적인 구원의 제시에 다름 아니다.

이외에도 『알렙』에는 『픽션들』에서처럼 상이한 소규모 주제들을 다루고 있는 여러 편의 단편들이 들어 있다. 보르헤스의 소설세계에서 또 다른 중심적 축을 이루고 있는 아르헨티나 목동(가우초)의 주제는 「죽어 있는 사람」과 「따데오 이시도로 끄루스(1829-1874)의 전기」에서 나타난다. 이 중 후자는 호세 에르난데스가 쓴 『마르띤 피에로』라는 서사시에 나오는 따데오 이시도로 끄루스라는 인물을 역사적 사건들의 맥락하에서 전기화시킨, 보르헤스가 창안해 낸 가짜 사실주의의 대표적인 작품에 속한다. 그 외에도 「전사와 포로」에서는 『픽션들』에서 보여주었던 미로와 형이상학의 연계가 부분적으로 중심적 구조를 점하고 있다. 「또 다른 죽음」은 『픽션들』의 「비밀의 기적」과 거의 같은 맥락을 가지고 있는 작품이다. 「비밀의 기적」에서는 한 작가가 사형당하기 전 마치지 못한 작품을 쓸 수 있는 시간을 허락해 달라고 신에게 기도한다. 기도는 받아들여져 총탄이 발사된 순간 시간이 동결되고 그는 작품을 완성할 수 있게 된다. 「또 다른 죽음」에서는 한 남자가 젊은 시절 전투에서 보였던 자신의 비겁한 행동으로 자책하다 다시 그 시간으로 돌아가 용감하게 싸울 수 있도록 해달라고 신에게 간청한다. 신은 그가 죽기 전 혼수상태 속에서 다시 그 시간으로 되돌아가 용감하게 싸우다 죽게 되도록 만들어준다. 따라서 그는 제목이 시사하듯 두 번의 죽음을 갖게 되는 것이다.

실제로 미국에서 보르헤스의 작품집들이 번역되었을 때 가장 선풍적인 인기를 모았던 책은 바로 이 『알렙』이었다. 그 이유는 『픽션들』에 비해 『알렙』에는 극단적인 실험들이 자제되어 있고, 이미 앞에서 언급한 대로 보다 해석적인 태도를 취하고 있기 때문이라고 추정된다. 하지만 『알렙』에는 여전히 보르헤스 문학의 특장인 뛰어난 반전의 기법, 환상적 사실성, 고도의 압축성 등이 여전히 상존하고 있다. 그럼에도 불구하고 『알렙』이 『픽션들』보다 대중적인 인기를 얻을 수 있었던 것은 그러한 특장들이 『알렙』에 이르러 보다 원숙한 순화의 단계에 들어갔기 때문이 아닌가 생각된다.

황병하

작가 연보

1899년 아르헨티나 부에노스 아이레스에서 8월 24일 태어남. 영국계 할머니의 영향으로 스페인어보다 영어를 먼저 배우며 자람.
1908년 《나라》지에 오스카 와일드의 단편 「행복한 왕자」를 스페인어로 번역하여 실음.
1914년 가족이 유럽으로 이주, 스위스의 제네바에 정착하여 리세 장 칼뱅 학교에 등록하여 프랑스어와 라틴어를 배움.
1919년 스페인으로 이주, 다음해 마드리드에서 기예르모 데 토레스와 함께 스페인어판 아방가르드인 '최후주의' 운동을 주도함.
1921년 부에노스 아이레스로 돌아옴. 잡지 《프리즘》 창간.
1923년 첫 시집 『아르헨티나의 열기』 발간.
1924년 시집 『앞의 달』, 에세이집 『심문들』 발표.
1931년 빅토리아 오캄포가 창간한 잡지 《수르》에 참여.
1935년 첫 소설집 『불한당들의 세계사』 발간.
1941년 『픽션들』의 1부 「끝없이 두 갈래로 갈라지는 길들이 있는 정원」 발간.
1944년 『픽션들』 발간.
1946년 정권을 잡은 페론에 대한 공개적인 비판으로 시립도서관의 일자리를 잃게 됨.
1949년 어머니와 여동생 노라가 정치적 이유로 구속됨.
1949년 소설집 『알렙』 발간.
1950년 아르헨티나 작가 연맹 회장으로 선출됨.
1952년 대표적인 에세이집 『또 다른 심문들』 발간.

1955년 페론의 실각으로 국립도서관장직에 임명됨.
1961년 사뮈엘 베케트와 함께 '포멘터상' 수상.
1967년 아스테테 미얀과 결혼.
1970년 소설집 『브로디의 보고서』 발간. 아스테테 미얀과 이혼.
1973년 새로 들어선 페론 정부가 그를 도서관장직에서 해임.
1975년 소설집 『모래의 책』 발간. 이후, 하버드 대학과 소르본 대학을 포함한 세계의 많은 대학들에서 명예박사학위를 받았고, 세르반테스상을 비롯하여 많은 국제적 명성의 상을 수상.
1986년 4월 26일 일본계 아르헨티나인 여비서 마리아 코다마와 결혼. 스위스의 제네바로 이주한 뒤 6월 14일 간암으로 사망.

작품 연보

시집

부에노스 아이레스의 열기 *Fervor de Buenos Aires* : 1923
앞의 달 *Luna de enfrente* : 1925
산 마르틴 노트 *Cuaderno San Martín* : 1929
시전집 *Poemas(1923-1943)* : 1943
시전집 *Poemas(1923-1958)* : 1958
시전집 *Obras poéticas(1923-1964)* : 1964
여섯 개의 현(밀롱가 곡)을 위하여 *Para las seis cuerdas(milongas)* : 1965
타자, 그 자신 *El otro, el mismo(1930-1967)* : 1969
심원한 장미 *La rosa profunda* : 1975
동전 *La moneda de hierro* : 1976
시전집 *Obra poetica(1923-1976)* : 1978
암호 *La cifra* : 1981
음모자들 *Los conjurados* : 1985

시와 산문집

창조자 *El hacedor* : 1960
그림자의 엘러지 *Elogio de la sombra* : 1969
호랑이들의 황금 *El oro de los tigres* : 1972

소설

불한당들의 세계사 La historia universal de la infamia : 1935
끝없이 두 갈래로 갈라지는 길들이 있는 정원 El jardín de senderos que se bifurcan : 1941
픽션들 Ficciones : 1944
알렙 El Aleph : 1949
브로디의 보고서 El informe de Brodie : 1970
모래의 책 El libro de arena : 1975
셰익스피어에 대한 기억 La memoria de Shakespeare : 1983

에세이

심문들 Inquisiciones : 1925
내 기다림의 크기 El tamaño de mi esperanza : 1926
아르헨티나 사람들의 언어 El idioma de los argentinos : 1928
에바리스토 카리에고 Evaristo Carriego : 1930
토론 Discusión : 1932
영원성의 역사 Historia de la eternidad : 1936
시간에 대한 새로운 반박 Nueva refutación del tiempo : 1947
가우초 문학에 관한 관점들 Aspectos de la literatura gauchesca : 1950
또 다른 심문들 Otras Inquisiciones (1937-1952) : 1952
마세도니오 페르난데스 Macedonio Fernández : 1961
서문들 Prólogos : 1975
말하는 보르헤스 Borges oral : 1979
7일 밤 Siete noches : 1980
단테에 관한 아홉 편의 에세이 Nueve ensayos dantescos : 1982
나를 사로잡은 책 Textos cautivos : 1986

황병하
텍사스 휴스턴 대학 졸업
동 대학원 석사
U.C.L.A. 박사(라틴아메리카 현대소설 및 현대소설론)
광주여대 창작문학과 교수로 재직하다 1998년 타계
저서 평론집 『반리얼리즘 문학론』, 『메타비평을 위하여』, 장편소설 『흑맥주』
역서 보르헤스 전집(전5권) 『불한당들의 세계사』, 『픽션들』, 『알렙』,
　　 『칼잡이들의 이야기』, 『셰익스피어의 기억』 등

알렙

1판 1쇄 펴냄 1996년 3월 1일
1판 26쇄 펴냄 2022년 8월 9일

지은이　호르헤 루이스 보르헤스
옮긴이　황병하
발행인　박근섭, 박상준
펴낸곳　(주)민음사

출판등록 1966. 5. 19. 제 16-490호
서울특별시 강남구 도산대로1길 62(신사동)
강남출판문화센터 5층 (우편번호 06027)
대표전화 02-515-2000 팩시밀리 02-515-2007
www.minumsa.com

한국어 판 ⓒ (주)민음사, 1996. Printed in Seoul, Korea
ISBN 978-89-374-0177-0 04890
ISBN 978-89-374-0174-9 (전5권)

* 잘못 만들어진 책은 구입처에서 교환해 드립니다.